Linnea Holmström
Weihnachten am Siljansee

AF203328

Weitere Titel der Autorin:

Elche im Apfelbaum
Irgendwo ist immer Frühling
Sommerglück auf Reisen
Im Himmel ist der Herbst wie Frühling

Über die Autorin:
Linnea Holmström liebt die Weite und die Vielfalt Schwedens. Wenn sie nicht gerade durchs Land reist oder ihre Erlebnisse in einem Roman verarbeitet, steht sie am liebsten in der Küche und probiert neue Rezepte aus. Sie ist gleichermaßen begeistert von Schwedens verschneiten Wäldern im Winter sowie von seinen langen Sommerabenden. *Weihnachten am Siljansee* war ihr erfolgreiches Romandebüt. Inzwischen hat sie vier weitere bezaubernde Geschichten über das Leben im hohen Norden geschrieben.

Linnea Holmström

Weihnachten am Siljansee

Schweden-Roman

lübbe

Die Bastei Lübbe AG verfolgt eine nachhaltige Buchproduktion. Wir verwenden Papiere aus nachhaltiger Forstwirtschaft und verzichten darauf, Bücher einzeln in Folie zu verpacken. Wir stellen unsere Bücher in Deutschland und Europa (EU) her und arbeiten mit den Druckereien kontinuierlich an einer positiven Ökobilanz.

Dieser Titel ist auch als E-Book erschienen

Vollständige Taschenbuchausgabe
der bei Bastei Lübbe erschienenen E-Book-Ausgabe

Copyright © 2021 und 2011 by Bastei Lübbe AG, Köln
Textredaktion: Hanna Granz
Titelillustrationen: © Gettyimages: PinkBadger | lagereek | Nastco
Umschlaggestaltung: Guter Punkt, München
Satz: Dörlemann Satz, Lemförde
Gesetzt aus der Goudy
Druck und Verarbeitung: Book on Demand GmbH, Norderstedt
Printed in Germany
ISBN 978-3-404-18551-1

Sie finden uns im Internet unter luebbe.de
Bitte beachten Sie auch: lesejury.de

MIX
Papier aus verantwortungsvollen Quellen
Paper from responsible sources
FSC® C105338

Midvinternattens köld är hård,
stjärnorna gnistra och glimma.
Alla sova i enslig gård
gott intill morgontimma.
Månen sänker sin tysta ban,
snön lyser vit på fur och gran,
snön lyser vit på taken.
Endast tomten är vaken.

(Viktor Rydberg, *Tomten*)

(Dt. Übersetzung: »Die Kälte in der Mittwinternacht ist hart/die Sterne glitzern und leuchten/alle schlafen im einsamen Hof/tief in der Mitternachtsstunde./Der Mond wandert seine stille Bahn/der Schnee leuchtet weiß auf Fichte und Tanne/der Schnee leuchtet weiß auf den Dächern/nur der Tomte ist wach.« Viktor Rydberg, *Tomten*)

Für Agnes

Lasse!«, rief Inger laut. Sie hatte die Hände vor dem Mund zu einem Trichter geformt und stapfte durch den tiefen Schnee. »Lasse, wo bist du?« Aufmerksam schaute sie sich nach allen Seiten um und hoffte, dass der kleine schwarz-weiße Hund schwanzwedelnd und laut bellend auf sie zu stürmte.

»Ist der kleine Racker mal wieder abgehauen?« Gustav Andersson hielt in seinen Bemühungen inne, eine Gasse in den Schnee vom Haus zur Straße zu schippen. Sein Gesicht war rot vor Anstrengung, und die kurze Pause schien ihm mehr als willkommen. Mit beiden Händen stützte er sich auf dem Stiel der Schneeschaufel ab.

»Hej, Gustav.« Inger blieb stehen, strich sich eine Strähne ihres blonden Haares aus der Stirn und lächelte nervös. »Ich habe ihn vor Stunden nach draußen gelassen«, erklärte sie und schaute in den wolkenverhangenen Himmel. »Bei dem Wetter mache ich mir natürlich Sorgen. Er bleibt sonst nie so lange weg.«

»Er kommt schon wieder. Spätestens wenn er Hunger hat«, meinte Gustav gemütlich und wechselte das Thema. Es war ja nicht das erste Mal, dass Lasse auf Freiersfüßen wandelte. Inzwischen war das im ganzen Dorf bekannt, und jeder wusste, dass er oft nach tagelanger Abwesenheit nach Hause zurückkam.

»Ich habe gehört, Augustas Neffe kommt heute?« Gustav schaute sie neugierig an.

»Ja, das habe ich auch gehört«, nickte Inger.

Gustav trat dicht an sie heran und flüsterte ihr vertraulich zu: »Er soll ziemlich reich sein und in Stockholm eine eigene Firma haben. Und Lisbet hat erzählt, dass er ganz allein in einer riesigen Wohnung direkt am Strandvägen wohnt.«

Inger kannte die Prachtstraße entlang des Nybroviken in Stockholm. Wer sich dort eine Wohnung leisten konnte, musste es im Leben weit gebracht haben. Beeindruckt war sie deshalb aber nicht. Sie wunderte sich vielmehr darüber, wie viel die Dorfbewohner bereits über Augustas Neffen herausgefunden haben wollten, und fragte sich, woher sie ihre Informationen bekamen. Sie selbst hatte bis vor Kurzem nicht einmal gewusst, dass es diesen Neffen überhaupt gab, dabei war sie Augustas engste Vertraute gewesen.

»Wer weiß, was das für ein aufgeblasener Fatzke ist«, fuhr Gustav nachdenklich fort. Es war allgemein bekannt, dass er eine Abneigung gegen Großstädter hegte, die er allerdings nicht begründen konnte. Vielleicht lag es einfach nur daran, dass er selbst nie weiter als bis nach Leksand gekommen war.

»Hoffentlich nimmt er euch nicht das Kinderheim weg«, fuhr Gustav fort, und es klang ganz so, als wäre auch das ein Thema, das bereits ausführlich unter den Dorfbewohnern erörtert worden war.

»Warum sollte er das tun?«, fragte Inger verwundert.

»Da es außer ihm keine weiteren Verwandten gibt, erbt er doch bestimmt alles, was Augusta besaß«, erwiderte Gustav. »Dazu gehört auch das Kinderheim.«

Inger schüttelte den Kopf. »Augusta besaß lediglich das Haus, in dem das Kinderheim untergebracht ist.« Streitlustig reckte sie das Kinn in die Höhe. »Aber selbst wenn es nicht so wäre, ließe ich mir ganz bestimmt nicht die Kinder wegnehmen.«

Ein breites Grinsen erschien auf Gustavs Gesicht. »Recht so«, lobte er. »Lass dir von diesem Großstädter bloß nichts gefallen.«

»Das habe ich nicht vor«, sagte Inger noch immer angriffslustig, im nächsten Moment musste sie über sich selbst lachen. »Aber ich werde nicht zum Kampf blasen, solange ich Augustas Neffen nicht kenne. Vielleicht ist er ja ganz nett.«

»Und wenn nicht?« Gustav machte ein düsteres Gesicht. Offenbar hatte er heute einen besonders pessimistischen Tag. »Möglicherweise ist er das genaue Gegenteil von Augusta. Wieso hat er seine Tante nie besucht? Nicht einmal zur Beerdigung ist er gekommen.«

Das war eine Frage, die das ganze Dorf bewegte. Auch Inger hatte sich darüber Gedanken gemacht, sich aber schließlich damit abgefunden, dass sie darauf nie eine Antwort finden würde. Es sei denn, dieser Neffe selbst fühlte sich berufen, ihr darüber Auskunft zu geben.

»Ach, Gustav«, seufzte Inger, »ich weiß es doch auch nicht. Lass uns einfach abwarten, bis er da ist. Ich will mich nicht vorher schon verrückt machen.«

Sie verschwieg ihm, dass sie sich durchaus Sorgen machte. Große Sorgen sogar, weil das Kinderheim derzeit finanziell arg in der Klemme steckte. Aber bisher hatten sie es immer geschafft, und Inger wollte nicht den Glauben daran verlieren, dass sie es auch weiterhin schaffen würden.

»Ich muss dann mal weiter«, verabschiedete sie sich von Gustav. »Grüß Gunda von mir. Sag ihr, ich bringe ihr in den nächsten Tagen das Rezept von Malena vorbei, um das sie mich gebeten hat.«

»Mache ich«, nickte Gustav. »Sobald meine Frau aus Leksand zurück ist. Der Wunschzettel unserer Kinder fällt dieses Jahr ein bisschen üppiger aus, sodass wir mit unseren Weihnachtseinkäufen früher anfangen müssen.« Er lachte über seine eigene Bemerkung.

Inger mochte im Moment nicht an Weihnachten denken, obwohl sie das Fest eigentlich liebte. Weihnachten, so fand sie, wurde erst durch Kinder richtig stimmungsvoll, und es war ihr jedes Jahr wichtig gewesen, dass ihre Kinder im Kinderheim ein schönes Fest erlebten. Dank Augusta Ekberg war ihr das bisher auch immer gelungen.

Inger ging langsam weiter. Sie rief und pfiff weiter nach Lasse, aber der schwarzweiße Mischling tauchte nicht auf. Die ersten Schneeflocken fielen zu Boden. Obwohl es erst kurz nach Mittag war, dämmerte es bereits, und in den Häusern wurden die ersten Lichter angezündet.

Vielleicht war Lasse inzwischen ja wieder zu Hause.

Mit dieser Hoffnung machte Inger sich auf den Rückweg. Sie beeilte sich nicht, obwohl es kälter geworden war. Die Schneeflocken fielen dichter, blieben auf ihren Schultern liegen.

Inger liebte Spaziergänge durch das Dorf, besonders um diese Jahreszeit. Am Sonntag war der erste Advent, und bereits jetzt waren die Häuser weihnachtlich geschmückt. Überall in den Fenstern hingen Weihnachtssterne und Lichter, die schon tagsüber leuchteten.

Die Hauptstraße des Dorfes führte vom Markt in Kurven hinunter zum Siljansee. Das letzte Stück der Straße bis zur Abzweigung führte an Wiesen und Feldern vorbei. Der Schnee ließ die Landschaft endlos erscheinen. Die dick verschneiten Eisschollen auf dem See bildeten eine bizarre Landschaft. An der Abzweigung ging es rechts zur Villa Pusteblume. Inger konnte sie bereits von hier aus sehen. Links ging es zu Augustas Haus, das hinter einer Wegbiegung ebenfalls am Seeufer lag. Von hier aus konnte man lediglich die hohen Bäume erkennen, die Augustas Grundstück umstanden.

Inger bog in den rechten Weg ein. Sie lächelte unwillkürlich, als sie sich der Villa näherte. Sie war in diesem Haus aufgewachsen, zusammen mit ihrer Schwester und vier Heimkindern, die ihr Vater damals betreut hatte. Es war ihr Zuhause, und Inger konnte sich nicht vorstellen, jemals woanders zu leben.

Zusammen mit den Kindern, die heute in der Villa Pusteblume lebten, hatte sie in den vergangenen Tagen das Haus geschmückt. Es war größer als alle anderen Häuser im Dorf. In der Mitte der Vorderfront führten Treppen auf eine Veranda, die durch den Balkon, der sich darüber befand, überdacht wurde. Das Geländer der Veranda war ebenso mit einer Lichterkette geschmückt wie das des Balkons. Wie kleine Eiskristalle leuchteten die Kerzen im Schnee.

Es war noch still im Haus. Bis auf Lotta waren alle Kinder in der Schule. Überall roch es nach Frischgebackenem. Malena stand in der Küche und zog ein Blech mit Lussekatter aus dem Backofen. Sie stellte es ab und wandte sich um, als Inger hereinkam.

»Hast du Lasse gefunden?«

»Nein«, sagte Inger. »Ich hatte gehofft, er wäre inzwischen wieder zu Hause.«

Malena schüttelte den Kopf. In ihrem Gesicht spiegelte sich die Besorgnis wider, die auch Inger spürte.

»Warten wir, bis die Kinder aus der Schule kommen«, schlug Malena vor. »Dann suchen wir alle zusammen noch einmal nach ihm.«

»Hoffentlich ist ihm nichts passiert.« Inger überlegte, wo sie noch nach dem kleinen Hund suchen konnte, bis Malena ihre Gedanken unterbrach. »Lotta ist den ganzen Vormittag nicht aus ihrem Zimmer gekommen.«

»Ich sehe nach ihr«, sagte Inger. Bevor sie hinausging, stibitzte sie zwei der noch warmen Lussekatter vom Blech und lachte nur, als Malena empört aufschrie.

Von der großen Diele führte eine Treppe in das obere Geschoss. Hier waren die Kinderzimmer untergebracht sowie Ingers und Malenas private Zimmer.

Inger und Malena gestanden den Kindern zu, was sie für sich selbst in Anspruch nahmen. Niemals wäre es ihnen eingefallen, einfach in die Kinderzimmer zu stürmen. Inger klopfte an und wartete, bis Lotta sie zum Eintreten aufforderte. Sie musste allerdings genau hinhören, um die ängstliche, zaghafte Stimme zu hören.

Das Mädchen saß auf dem Fußboden vor dem Bilderbuch, das es mit ins Heim gebracht hatte. Es schaute erschrocken zur Tür, entspannte sich jedoch sichtlich, als es Inger erblickte.

Inger setzte sich zu dem Kind auf den Fußboden und hielt ihm einen der Lussekatter hin. »Magst du?«

Lotta schaute auf Ingers Hand. Es dauerte eine ganze Weile, bis sie nickte und zögernd nach dem Gebäckstück griff. Sie wartete, bis Inger ein Stück abgebissen hatte, bevor sie selbst probierte.

»Schmeckt es dir?«, wollte Inger wissen.

Lotta nickte und lächelte jetzt sogar ein wenig, aber sie sagte immer noch nichts. Inger ließ sie in Ruhe. Schweigend aßen sie zu Ende, dann stand Inger auf. »Kommst du mit nach unten?«

Lotta schüttelte den Kopf und vertiefte sich wieder in ihr Bilderbuch. Inger schaute sekundenlang auf den blonden Schopf. Ihr Herz war voller Mitleid und Liebe für dieses kleine, traumatisierte Mädchen. Für sie allein lohnte es sich, um den Erhalt des Kinderheims zu kämpfen. Und die anderen Kinder waren ihr genauso wichtig.

»Bis später«, sagte Inger betont munter und verließ das Zimmer. An der Tür wandte sie sich noch einmal um.

Lotta blätterte still in ihrem Bilderbuch. Eine Seite nach der anderen. Immer wieder. Lesen konnte sie noch nicht, aber die Bilder musste sie inzwischen in- und auswendig kennen. Manchmal kam es Inger so vor, als hoffte das Mädchen darauf, etwas Neues in ihrem Buch zu finden.

»Wir beide schaffen das, nicht wahr, Lotta?«

Lotta hob ruckartig den Kopf. »Ja«, sagte sie. Nur dieses eine, kleine Wort, aber für Inger war es ein großer Erfolg.

Malena hatte gerade das letzte Blech mit Lussekatter in den Ofen geschoben, als Inger wieder nach unten kam. Ihr Blick fiel auf den seit Mittag gefüllten und immer noch unberührten Hundenapf.

»Ich gehe noch einmal raus«, sagte sie.

»Aber du hast doch schon überall nach ihm gesucht«, wandte Malena ein.

Inger schüttelte den Kopf. »Ich war noch nicht auf dem Friedhof.«

Malena schaute sie verwundert an. »Warum sollte er ausgerechnet dort sein?«

»Er ist im Sommer doch immer mitgekommen, wenn wir Blumen zu Papas Grab gebracht haben.«

Malena nickte. »Soll ich nicht lieber gehen?«, bot sie an.

Seit Augustas Beerdigung war sie nicht mehr auf dem Friedhof gewesen. Inger war kurz versucht, das Angebot ihrer Schwester anzunehmen, doch dann schüttelte sie den Kopf und lächelte sogar dabei. »Es ist gut so«, sagte sie.

❅

»Verdammt«, brummte Per Holmqvist, als der Wind eine riesige Schneewolke gegen die Windschutzscheibe blies.

Es war aber nicht nur der Schnee, auch die vereisten Straßen machten ihm zu schaffen, trotz des schweren Geländewagens mit Allradantrieb. Das Navigationsgerät hatte irgendwann versagt, und im Vertrauen auf die Technik führte er keine Straßenkarten mit sich. Er hatte die Orientierung vollkommen verloren und wusste nicht mehr, ob er sich auf der richtigen Straße befand.

Bis nach Leksand hatte er sich anhand der Beschilderung orientieren können, doch jetzt schneite es so stark, dass er nichts mehr erkennen konnte. Die Strahlen der Scheinwerfer verloren sich im dichten Schneetreiben, die Scheibenwischer arbeiteten auf der höchsten Stufe. Nur die Bäume rechts und links der Straßen, die er als dunkle Schatten wahrnahm, verrieten ihm, dass er sich immer noch auf einer Straße befand und nicht längst querfeldein fuhr.

Er sah das Ortsschild im letzten Moment. Obwohl er nicht schnell fuhr, rutschte der Wagen seitlich weg, als er bremste und genau vor der Abzweigung zum Stehen kam.

Per Holmqvist atmete auf. Das war knapp gewesen.

»Nichts passiert«, presste er hervor. Er startete den Motor neu, fuhr langsam los und lenkte den Wagen vorsichtig in die abzweigende Straße.

Zum Glück ließ das Schneetreiben jetzt ein wenig nach. Die Sicht wurde besser, und er konnte das Dorf am Ende der abschüssigen Straße erkennen. Es sah aus wie auf einer dieser kitschigen Weihnachtspostkarten.

Nur noch vereinzelte Schneeflocken rieselten vom Himmel auf die roten Häuser hinter verschneiten Vorgärten. Vor fast jedem Haus stand eine Birke. Sträucher und Hecken waren lediglich als weiße Wellen erkennbar.

Per Holmqvist war erst ein Mal hier gewesen, in jenem Sommer vor vielen Jahren. Trotzdem erkannte er, dass er sein Ziel erreicht hatte.

Die Hauptstraße mündete in einen hübschen Marktplatz, um den sich einige Häuser und die wenigen Geschäfte des Ortes gruppierten, und führte dann in der anderen Richtung wieder aus dem Dorf hinaus. Sie endete kurz vor dem Seeufer. Hier musste er sich entscheiden, ob es rechts oder links weitergehen sollte.

Per Holmqvist hielt an, sein Kopf ging von links nach rechts und wieder zurück. Schließlich setzte er den Blinker und entschied sich für den Weg links.

Lange musste er nicht suchen. Er erkannte Augustas Haus sofort, obwohl er es nur ein einziges Mal gesehen hatte. Damals war er mit seiner Mutter hier gewesen. Sie hatte ihm gesagt, dass sie ihm das Haus und die Gegend zeigen wollte, wo sie selbst aufgewachsen war, und er sollte seine Tante kennenlernen, die er bis dahin noch nie gesehen hatte.

An Augusta selbst konnte er sich kaum erinnern, aber er wusste noch, dass sie sich über den Besuch damals nicht gefreut hatte. Nach einer frostigen Begrüßung war er nach draußen geschickt worden.

Per hatte nie erfahren, worüber seine Mutter und Augusta gesprochen hatten. Lang hatte die Unterhaltung nicht gedauert. Mit verweinten Augen war seine Mutter aus dem Haus gekommen. Wortlos hatte sie ihn an die Hand genommen und konnte nicht schnell genug wieder von hier wegkommen.

Wenige Wochen später waren seine Eltern beide bei einem Autounfall ums Leben gekommen.

Per Holmqvist stieg nicht sofort aus dem Wagen. Er hatte den Motor abgestellt. Seine Miene zeigte keinerlei Regung, als er das Haus seiner Tante betrachtete. Es war grö-

17

ßer als die meisten anderen Häuser im Ort, zweigeschossig und in einem rechten Winkel erbaut. Sonst unterschied es sich kaum von den Häusern in der Umgebung. Falunrote Holzbalken, weiße Sprossenfenster mit graublau abgesetzten Rahmen. Der rechte Hausflügel reichte bis zur Straße, der linke Flügel mit dem Hauseingang lag ein Stück zurück. An der oberen Etage des rechten Flügels zog sich ein Balkon über die ganze Länge hinweg. Hinter den Fenstern war es dunkel.

Per Holmqvist löste den Sicherheitsgurt und öffnete die Tür. Kalte Luft schlug ihm entgegen. Er stieg aus dem Wagen. Auf dem Weg zur Tür sank er bei jedem Schritt tief in den Schnee ein.

Karin Svensson, Augustas Haushaltshilfe, die auch nach deren Tod hin und wieder im Haus nach dem Rechten sah, hatte den Hausschlüssel unter einem Blumentopf gleich neben der Tür hinterlegt.

Per Holmqvist hatte vor ein paar Tagen mit ihr telefoniert und das Versteck mit ihr abgesprochen, obwohl sie ihm versichert hatte, dass sie das Haus offen stehen lassen könnte. In ihrem Dorf würde nichts gestohlen.

Per hatte ihr mit kurzen, harschen Worten erklärt, dass er sich darauf nicht verlassen wollte, und seine Bitte, die eher ein Befehl war, wiederholt. Eingeschüchtert hatte Karin schließlich zugestimmt.

Als Per den Topf anhob und zur Seite stellte, fiel der Schneehaufen darin zusammen und gab eine vertrocknete Dahlie frei. Da lag auch der Schlüssel. Per nahm ihn an sich und steckte ihn ins Schloss.

Der Schlüssel klemmte ein bisschen, aber dann sprang die Tür auf. Abgestandene, kalte Luft schlug ihm entgegen.

Per wirkte verdrossen und unzufrieden. Es war ihm anzusehen, dass er sich in diesem Haus nicht wohl fühlte. Es war so ganz anders als sein modernes Penthouse in Stockholm.

Wegen des verhangenen Himmels fiel nur wenig Licht in die Räume. Per schaltete das Licht ein. Von der Diele aus konnte er direkt in den angrenzenden Wohnraum sehen.

Helle Möbel, pastellfarbene Teppiche, das war der erste Eindruck. Neben den Fichtenmöbeln gab es einzelne kostbare Antiquitäten, die sich harmonisch einfügten. Die Kälte in allen Räumen störte allerdings die Gemütlichkeit des schwedischen Landhausstils.

Pers Miene blieb unbewegt, als er seine Besichtigungstour durch das Haus fortsetzte. Nur als er vor dem alten Vertiko stand, auf dem Augustas Familienfotos standen, veränderte sich sein Gesichtsausdruck sekundenlang.

Auf einem der alten Fotos sah er seine Mutter als Kind. Sie schob einen Puppenwagen vor sich her und lachte in die Kamera, während das ältere Mädchen neben ihr unzufrieden auf den Boden starrte. Er glaubte in diesem älteren Mädchen seine Tante Augusta zu erkennen.

Abrupt wandte er sich ab und blieb eine Weile nachdenklich stehen. Dann schüttelte er den Kopf, doch sein Gesicht verriet, dass ihm der Anblick des Fotos immer noch zusetzte. Schließlich zog er sein Handy aus der Jackentasche und rief die Autovermietung an, bei der er in Stockholm den Geländewagen für die Fahrt gemietet hatte. Barsch informierte er die Mitarbeiterin über den Ausfall des Navigationsgerätes und forderte sie auf, schnellstmöglich für Ersatz zu sorgen. Befehlsgewohnt schüchterte er die Frau am anderen Ende so sehr ein, dass sie schnelle Abhilfe versprach.

Per entspannte sich, als hätte die kurze Ablenkung ausgereicht und ihn zu seinem inneren Gleichgewicht zurückfinden lassen. Er steckte das Handy zurück in die Jackentasche, überlegte es sich dann aber doch anders und wählte die Nummer des Anwalts seiner Tante. Er hatte gerade die Tasten gedrückt, als er ein sonderbares Geräusch vernahm. Ein hohes Fiepen, das er nicht zuordnen konnte. Es war nur ganz kurz, und dann meldete sich am anderen Ende auch schon Torvald Lindström. Per nannte ebenfalls seinen Namen.

»Ich bin jetzt im Haus meiner Tante«, verkündete er. »Je schneller wir die ganze Sache hinter uns bringen, desto besser.«

Als er das Gespräch beendet und das Handy endgültig in seiner Jackentasche verstaut hatte, hatte er das komische Geräusch bereits wieder vergessen.

Per stellte die elektrische Heizung an und inspizierte anschließend die Küche. Im Kühlschrank herrschte gähnende Leere. Nur in der Vorratskammer gab es ein paar Konserven und zwei verschrumpelte Zwiebeln.

Er hätte vorhin daran denken sollen, sich mit Lebensmitteln einzudecken. Jetzt musste er sich noch einmal auf den Weg ins Dorf machen. Er meinte sich zu erinnern, dass er im Vorbeifahren einen Laden gesehen hätte.

Als Per die Tür hinter sich zuschlug, war im Haus wieder dieses Fiepen zu hören. Mehrfach hintereinander, und dann schwoll es zu einem lauten, verzweifelten Jaulen an. Da saß Per aber bereits in seinem Wagen und konnte es nicht mehr hören.

Der Friedhof war nicht weit von der Villa Pusteblume entfernt. Zwei große Findlinge markierten den Eingang neben der niedrigen Mauer aus Bruchstein, die den ganzen Friedhof umgab. Die kleine Kapelle war wie die Häuser des Dorfes aus

Holz erbaut und rot gestrichen. Den Turm zierte ein spitzes Dach. Eine steinerne Vortreppe führte zum Eingang.

Grabsteine in unterschiedlichen Grautönen schienen aus dem schneebedeckten Boden zu wachsen. Einige waren so alt, dass sie sich nach vorn neigten und die Gravur darauf kaum noch zu lesen war.

Der Wald hinter dem Friedhof reichte bis weit in die Hänge des Gesundaberges hinauf. Der Berg bot jetzt im Winter wundervolle Skipisten.

Heute hatte sich die Spitze des Berges in dichte Wolken gehüllt, die sich im Laufe des späten Nachmittags weiter ausbreiten und für weiteren Schnee sorgen würden. Bei klarer Sicht hatte man vom Berg einen traumhaften Blick über den Siljan, dessen einzigartige Farbe als Siljanblau bezeichnet wurde. Es hieß, dass Schweden nirgendwo schwedischer sei als in Dalarna. Sanfte Hügellandschaften und ausgedehnte Wälder, die von Flüssen und Seen durchschnitten wurden, prägten die Landschaft.

Inger hatte zuerst nach Lasse gesucht und einen großen Bogen um Augustas Grab gemacht, bis sie diesen Moment nicht länger hinauszögern konnte.

»Du fehlst mir.« Inger presste die Lippen fest aufeinander und blinzelte die Tränen fort, als sie auf den Grabstein mit der frischen Inschrift starrte. Es war ihr immer noch unvorstellbar, dass es Augusta nicht mehr gab und sie nun irgendwo da unten in dem harten, gefrorenen Boden liegen sollte.

Augusta war für Inger wie eine Mutter gewesen, oder doch zumindest eine mütterliche Freundin, die immer für sie da war und die sie immer um Rat fragen konnte. So oft hatte Augusta Inger und auch ihrer Schwester Malena aus der Patsche geholfen, früher schon, als sie beide noch Kinder gewesen und bei einem ihrer Streiche erwischt worden waren.

Seit ein paar Jahren waren es allerdings die Probleme mit der Villa Pusteblume gewesen, bei denen sie Augustas Hilfe benötigten. Ohne Augusta hätte es das Kinderheim wohl schon lange nicht mehr gegeben.

Inger hatte es bisher erfolgreich verdrängt, aber jetzt holte sie die Erinnerung an den letzten Abend mit Augusta wieder ein.

»Es gibt da etwas, was du nicht von mir weißt«, hatte Augusta schwer atmend zu ihr gesagt. »Ich habe vor vielen Jahren etwas Schlimmes getan.«

Inger hatte sich nicht vorstellen können, dass ausgerechnet Augusta ein dunkles Geheimnis haben sollte. Bis heute war es für sie undenkbar, dass ausgerechnet die hilfsbereite und liebenswerte Augusta etwas Schlimmes getan haben könnte. An jenem Tag war es ihr auch nicht wichtig gewesen. Sie hatte einfach nur Angst um Augusta gehabt, die blass und erschöpft in ihrem Sessel saß. Es ging ihr seit ein paar Tagen nicht besonders gut, aber an diesem Abend hatte Inger das Gefühl, dass sich Augustas Zustand stündlich verschlechterte.

»Du solltest auf den Rat des Arztes hören und ins Krankenhaus gehen«, hatte Inger sie gedrängt, doch die alte Dame schüttelte den Kopf.

»Das geht nicht, ich habe noch so viel zu erledigen.« Sie hatte nach Ingers Hand gegriffen und sie ganz fest gedrückt. »Ich muss dir einmal sagen, wie dankbar ich dir bin, mein Kind. Du hast so viel für mich getan, bist immer für mich da.«

Inger hatte sie ungläubig angeschaut. »Du bist mir dankbar? Wie oft hast du uns die Miete für die Villa Pusteblume erlassen und uns sogar noch finanziell unterstützt?«

Augustas Miene war daraufhin ganz ernst geworden. »Morgen kommt Dr. Lindström. Ich werde in meinem Testament verfügen, dass dir die Villa nach meinem Tod gehört.«

Inger hatte sich darüber nicht freuen können. Augustas Worte hatten sie vielmehr erst recht in Angst versetzt. Was bewog Augusta dazu, so zu reden? Ging es ihr womöglich noch schlechter, als sie es sich anmerken ließ?

Augusta hatte Inger einen verschlossenen Umschlag in die Hand gedrückt, auf dem sie in großen Buchstaben den Namen Per Holmqvist geschrieben hatte.

»Per ist mein Neffe«, hatte Augusta mit schwacher Stimme gesagt. »Irgendwann wird er kommen. Versprich mir, dass du ihm diesen Brief gibst.«

»Ja«, hatte Inger verwirrt genickt. Sie hörte zum ersten Mal von diesem Neffen, und ihr wurde klar, dass es offensichtlich einiges gab, was sie über Augusta nicht wusste. So viele Fragen hatten ihr auf der Zunge gelegen. Sie stellte nur eine davon.

»Warum gibst du ihm diesen Brief nicht selbst?«

Augusta hatte darauf nicht geantwortet, sondern nach Ingers Hand gegriffen und mit verzerrter Miene gesagt: »Bitte, versprich es mir.«

Um zu verhindern, dass Augusta sich aufregte, hatte Inger hastig ihr Versprechen gegeben.

Mit einem erleichterten Lächeln hatte Augusta die Augen geschlossen. »Ich werde dir morgen von meinem Neffen erzählen. Jetzt muss ich mich ein bisschen ausruhen. Ich bin so schrecklich müde.«

Inger hatte bei Augusta bleiben wollen, doch davon wollte die alte Dame nichts wissen. Sie öffnete noch einmal die Augen. »Die Kinder in der Pusteblume brauchen dich dringender als ich. Geh nur, morgen geht es mir bestimmt wieder besser.«

Inger starrte auf Augustas Grabstein. »Ich hätte bei dir bleiben sollen«, sagte sie laut. Wie oft hatte sie sich in den vergangenen Monaten nicht vorgeworfen, dass sie Augusta ausgerechnet an diesem Abend allein gelassen hatte. Für

Augusta hatte es kein Morgen mehr gegeben. Sie war einfach nicht mehr aufgewacht. Als Karin Svensson wie jeden Morgen gekommen war, um Augusta den Haushalt zu führen, hatte die alte Dame tot in ihrem Sessel gesessen. Der Schmerz und die Anstrengung der letzten Tage waren von ihrem Gesicht verschwunden, und um ihre Lippen spielte ein leises Lächeln, als hätte sie ihren Frieden gefunden.

»Sie war eine tolle Frau«, vernahm Inger eine Stimme hinter sich. Sie erkannte sie, ohne sich umzudrehen.

»Ja, das war sie«, sagte sie und schaute ihren Pflegebruder Thorsten an, als er sich neben sie stellte. Wie Inger hatte er einen dicken Wintermantel und Handschuhe an, dazu trug er eine gestrickte Wollmütze mit passendem Schal. Inger lächelte, beides ließ eindeutig Malenas Handschrift erkennen.

Sobald sich das Laub der Bäume verfärbte und es draußen kühler wurde, kramte Malena ihre Stricknadeln hervor. Leider strickte Malena ebenso leidenschaftlich wie schlecht. Inger war froh, dass ihre Schwester bevorzugt die Kinder bestrickte, und die wiederum waren sehr geschickt darin, Malenas selbstgemachte Mützen und Schals so zu verlegen, dass sie nie wieder gefunden wurden. Inzwischen rebellierten die Kinder allerdings offen, und auch Inger hatte sich nicht sonderlich begeistert über ihr Sortiment an bunten Mützen gezeigt, die ihr entweder zu weit oder zu eng waren.

In Thorsten hatte Malena offensichtlich ein neues Opfer gefunden. Der Schal war an den Rändern verzogen und so lang, dass Thorsten ihn mehrfach um den Hals schlingen musste. Trotzdem hingen die Enden noch fast bis zum Boden hinab. Die Ohrenklappen seiner Mütze waren viel zu tief angesetzt. Es sah aus, als würde er einen bunt geringelten Helm tragen, aus dem einige Strähnen seiner blonden Haare hervorlugten.

Inger musterte ihn von Kopf bis Fuß und musste plötzlich lachen. Auch Thorstens Mund verzog sich zu einem breiten Lächeln.

»Ich habe keine kalten Ohren mehr, seit ich diese Mütze trage«, behauptete er.

»Du bist ein guter Bruder«, sagte sie, »aber ich fürchte, Malena wird dich jetzt von Kopf bis Fuß bestricken.« Inger hängte sich bei ihm ein. »Begleitest du mich noch zu Papas Grab?«

Thorsten nickte. »Natürlich. Auch für mich war er schließlich wirklich ein Vater.« Er drückte ihren Arm. »So wie du immer meine Schwester für mich warst.«

»Und Malena«, ergänzte Inger.

Thorsten schwieg sekundenlang. »Ja, und Malena«, sagte er schließlich.

Inger betrachtete ihn nachdenklich von der Seite. Irrte sie sich oder hatte da tatsächlich ein komischer Unterton in seiner Stimme mitgeschwungen?

»Hast du Streit mit Malena?«, wollte sie wissen.

»Nein.« Thorsten schüttelte lachend den Kopf, sagte aber nichts mehr dazu, und Inger beließ es dabei. Sie erzählte ihm, dass sie eigentlich auf der Suche nach Lasse war.

»Ist er mal wieder unterwegs?« Thorsten schmunzelte. »Ich gehe gleich noch einmal durchs Dorf und suche auch nach ihm«, versprach er. »Wenn ich ihn finde, bringe ich ihn zu euch.«

Inger drückte sich ganz fest an seinen Arm und spürte einmal mehr, wie gern sie Thorsten hatte. Er war mit seinen fünf Jahren ein Jahr jünger gewesen als Inger, als ihr Vater ihn in der Villa Pusteblume aufgenommen hatte.

Viele der Heimkinder blieben nur eine begrenzte Zeit, ein oder zwei Jahre, manchmal auch drei oder vier. Einige kamen in Pflegefamilien, andere Kinder kehrten zu ihren Familien zurück, wenn die Probleme, die zu ihrer Heimunterbringung geführt hatten, beseitigt waren. Thorsten aber war geblieben. Inger, Malena und er waren wie Geschwister aufgewachsen.

Thorsten hatte nach der Schule eine Ausbildung in einem Hotel in Tällberg gemacht und anschließend in einem Stockholmer Hotel gearbeitet. Vor einem Jahr hatte er eine Stelle im *Seeblick* angenommen, dem einzigen Hotel im Dorf. Es war bei den Sommerfrischlern ebenso beliebt wie bei den Skifahrern im Winter.

Es war so schön gewesen, Thorsten ganz in der Nähe zu haben, aber leider war die Zeit bald wieder vorbei. Ihm war ab dem kommenden Sommer die Leitung eines Hotels in Mariefred angeboten worden, und Thorsten hatte zugesagt.

Inzwischen hatten sie das Grab von Ingers Eltern erreicht. Ingers Mutter war schon so lange tot, dass sie sich kaum noch an sie erinnern konnte. Ihr Vater war vor sechs Jahren gestorben. Eine Weile standen die beiden jungen Menschen schweigend vor dem Grab.

»Manchmal frage ich mich, was ohne deinen Vater aus mir geworden wäre«, sagte Thorsten leise. »Ich verdanke ihm so viel. Ich wünschte, ich hätte ihm das einmal gesagt.«

»Das hast du doch«, sagte Inger. »Du hast ihm immer wieder gezeigt, wie dankbar du ihm bist, und du bist der beste Beweis dafür, dass seine Idee zumindest bei dem einen oder anderen seiner Schützlinge erfolgreich war.«

Ingers Vater hatte die Villa Pusteblume gegründet und ihr auch den Namen gegeben. Dahinter steckte der Gedanke, dass die Schützlinge wie Samenkörner einer Pusteblume waren. Wenn sie stark und reif genug waren, flogen sie in die Welt hinaus und waren hoffentlich dazu in der Lage, selbst

26

Wurzeln zu schlagen und zu wachsen. Thorsten hatte es geschafft.

»Weil ich ihm nach wie vor dankbar bin, würde ich euch gerne helfen«, sagte Thorsten. »Malena hat mir gesagt, dass ihr Probleme habt.«

Inger seufzte tief auf. »Wir kommen schon irgendwie zurecht«, behauptete sie.

Thorsten lachte laut auf, seine blauen Augen blitzten sie übermütig an. »Du kannst nicht besonders gut lügen, Inger. Das konntest du noch nie.«

»Es ist schwierig geworden«, gab Inger zu. »Ohne Augustas Hilfe in den vergangenen Jahren hätten wir das Kinderheim längst schließen müssen. In den letzten beiden Monaten war es besonders schlimm. Ständig ging etwas kaputt im Haus und musste ersetzt werden. Ich konnte die Mieten für die letzten beiden Monate nicht überweisen, und der November ist auch schon fast herum. Nächste Woche ist wieder eine Miete fällig.«

»Ich habe ein bisschen Geld gespart«, sagte Thorsten. »Das würde ich euch gerne zur Verfügung stellen.«

Inger schüttelte den Kopf. »Das kann ich auf keinen Fall annehmen.«

»Natürlich kannst du«, sagte Thorsten energisch. »Viel ist es ohnehin nicht. Es reicht vielleicht gerade für die ausstehenden Mieten.« Thorsten ließ nicht locker, bis Inger schließlich nachgab. Sie umarmte ihn.

»Danke, Thorsten, das hilft uns tatsächlich sehr. Wenigstens sind wir diesem Per Holmqvist dann nichts mehr schuldig.«

❆

»Ich finde es doof, dass du die Lucia sein sollst.« Nelly hatte sich in ihrer ganzen Größe von einem Meter dreißig vor Ronja aufgebaut. Die Hände in die Seiten gestemmt, schaute sie zu ihrer Pflegeschwester auf. »Ich wäre eine viel bessere Lucia als du.«

Die dreizehnjährige Ronja schaute geringschätzig auf Nelly herab. »Du kannst nicht die Lucia sein, du bist doch noch ein Baby.«

»Bin ich nicht.« Nelly stampfte wütend mit dem Fuß auf. Sie war ein kräftiges, kleines Mädchen. Ihr üppiger, blonder Pferdeschwanz wippte bei jedem Wort auf und ab, ihr rundes Gesicht war rot vor Empörung.

»Kinder, streitet euch nicht.« Malena sah nicht auf, als sie die Kinder ermahnte. Sie saß in dem Ohrensessel in der Ecke und strickte im Akkord. Bisher hatte keiner von ihnen Inger bemerkt, die an der Tür stand und die Szene lächelnd beobachtete.

Die große Wohnküche im Kinderheim Pusteblume war der zentrale Ort im Haus. Hier wurde gekocht, gegessen und gespielt. Hier wurden Hausaufgaben gemacht und beaufsichtigt. Die weißen Küchenmöbel hatte Ingers und Malenas Vater selbst geschreinert, den großen Kühlschrank in der Ecke und den Elektroherd hatte er damals angeschafft.

Die Wände waren in hellen Pastelltönen gestrichen, alle Böden im Haus bestanden aus hellen Holzdielen, die einmal im Jahr neu gewachst wurden. Malena und Inger hatten das bereits Anfang November erledigt, und der leichte Geruch nach Bienenwachs lag immer noch in der Luft.

Ein großer, weißer Tisch stand mitten im Raum. Die zehn Stühle dazu waren unterschiedlich in der Bauart, aber ebenfalls einheitlich weiß gestrichen. Die sonst pastellfarbenen Stuhlauflagen und Gardinen waren zur bevorstehenden

Weihnachtszeit gegen grünrot gestreifte Auflagen und rote Vorhänge ausgetauscht worden.

Eine Glastür zwischen den Fenstern führte hinaus auf eine Holzveranda. Nur eine Wiese trennte das Haus vom Ufer des Sees.

In einem alten Büfett stand das gute Geschirr, das nur an Weihnachten herausgenommen wurde. Das bunte Steingutgeschirr für alltags befand sich in den Küchenschränken. In einem Regal unter der Fensterfront waren Gesellschaftsspiele und anderes Spielzeug in heillosem Durcheinander verstaut.

Der Bezug des alten Ohrensessels in der Ecke war bereits ziemlich verschlissen. Es war Malenas Lieblingsplatz. Daneben stand der große Korb, in dem sie Wolle und Stricknadeln aufbewahrte. Links daneben gab es ein weiteres Fenster mit einer ausladenden Fensterbank. Darauf hatte es sich Kater Felix gemütlich gemacht. Wahrscheinlich träumte er gerade von einer Mäusejagd. Die rechte Pfote hing über den Rand der Fensterbank, hin und wieder zuckte sie, dabei maunzte Felix leise, obwohl er die Augen fest geschlossen hielt.

Ohne sich bemerkbar zu machen, lehnte Inger gegen den Türrahmen, während der Streit zwischen Nelly und Ronja in die nächste Runde ging.

»Du kannst gar nicht die Lucia sein, dazu bist du viel zu dumm«, sagte Nelly und grinste gemein.

Das hatte gesessen. Ronja musste sich tatsächlich alles hart erarbeiten, aber seit dem Beginn der Pubertät fehlte ihr dazu oftmals die Lust. Inzwischen gab es viele andere Dinge, die ihr sehr viel wichtiger erschienen.

Nelly hingegen war eine kleine Intelligenzbestie. Sie musste kaum lernen und sich auf Arbeiten vorbereiten, war aber trotzdem sehr fleißig und ging ihren Pflegegeschwistern mit ihrem Ehrgeiz oft gewaltig auf die Nerven.

Ronja musste Nellys Bemerkung erst einmal verdauen, doch plötzlich lächelte sie wieder boshaft. Sie warf den Kopf mit den rotblonden Locken zurück, drehte sich einmal um sich selbst. »Schöne Mädchen müssen nicht schlau sein, und sie sind viel beliebter als Streber.«

»Kinder, jetzt ist Schluss!« Malena schaute von ihrem Strickzeug auf und erblickte Inger. »Wo warst du denn so lange?«

»Ich habe Thorsten getroffen und mich festgequatscht«, erwiderte Inger.

»Ach so«, sagte Malena nur und konzentrierte sich wieder auf den länglichen, krummen Lappen, der an ihren Stricknadeln baumelte. »Hat er etwas gesagt?«, erkundigte sie sich beiläufig und ohne aufzusehen.

In Inger keimte erneut der Verdacht auf, dass zwischen Thorsten und Malena etwas nicht stimmte. Er hatte vorhin auch so komisch reagiert, als sie den Namen ihrer Schwester erwähnte.

»Sollte er?«, antwortete Inger mit einer Gegenfrage.

Malena schüttelte den Kopf und zuckte gleichzeitig mit den Schultern, sah dabei aber immer noch nicht auf. »Nein, ich frage ja nur.«

Inger beließ es dabei. Wenn die beiden sich gestritten hatten, mussten sie das auch selbst wieder in Ordnung bringen.

Nelly kam zu Inger gelaufen und umschlang sie mit beiden Armen. »Ich finde es nicht fair, dass Ronja in der Schule die Lucia sein darf.«

»So ist eben das Leben«, sagte Ronja spöttisch. »Es ist nicht fair.«

Inger streichelte Nelly über die Wangen, schaute dabei aber Ronja an. »Woher hast du denn diese Weisheit?«

Ronja lachte. »Von dir. Du hast das gestern erst zu Malena gesagt.«

»Du solltest in Gegenwart der Kinder aufpassen, was du sagst.« Malena packte ihr Strickzeug in den Korb und stand auf. »Es kann jederzeit gegen dich verwendet werden.«

Inger fiel auf, dass ihre Schwester blass und müde aussah. »Geht es dir nicht gut?«, fragte sie besorgt.

Malena schluckte, und für einen Moment hatte Inger das Gefühl, ihre Schwester würde gleich in Tränen ausbrechen, doch da kam Nils ins Zimmer.

»Darf ich raus-s?« Nils war Nellys Zwillingsbruder. Ein kleiner, schmächtiger Kerl mit blonden Locken und runder Nickelbrille, dessen Zunge bei den S-Lauten gegen die Zähne schlug. Trotzdem wagte es keiner seiner Mitschüler, sich über sein Lispeln lustig zu machen. Jedenfalls nicht, wenn Nelly es hören konnte. Sie stand unerschütterlich zu ihrem Bruder und drohte jedem Prügel an, der ihm zu nahe kam oder ihn auch nur neckte. Sie sorgte dafür, dass er warm angezogen war, wenn er nach draußen ging, und einige Male hatte Inger sie sogar dabei erwischt, wie sie die Hausaufgaben für Nils erledigte.

Die beiden waren vor vier Jahren in die Pusteblume gekommen. Zwei vernachlässigte Dreijährige, die noch nie Liebe und Zuwendung erfahren hatten. Ihre viel zu junge Mutter war einfach nur erleichtert gewesen, als sie die Zwillinge in Ingers und Malenas Obhut geben konnte. Inzwischen suchte sie wieder Kontakt zu den Kindern. Sie telefonierte regelmäßig mit den beiden, schickte sogar Geschenke und kam jeden Sommer zu Besuch. Irgendwann würde sie vielleicht so gefestigt sein, dass sie sie wieder zu sich nehmen konnte.

Eine Vorstellung, die Inger fast das Herz brach. Trotzdem würde sie jeden ihrer Schützlinge ziehen lassen, wenn es für das Kind gut und richtig war. Bis dahin aber sollten sie in der

Pusteblume all die Geborgenheit und Liebe bekommen, die jedes Kind verdiente.

Wenn es das Kinderheim demnächst überhaupt noch gibt, schoss es Inger durch den Kopf. Mein Gott, was soll nur aus all den Kindern werden?

Die hübsche Ronja, die als Vollwaise ins Heim gekommen war. Die Zwillinge Nils und Nelly. Der vierzehnjährige Jesper, der noch Ingers und Malenas Vater gekannt hatte. Nicht zuletzt Ingers Sorgenkind Lotta. Ein schwer traumatisiertes Mädchen, das vor allem Angst hatte und erst allmählich Zutrauen zu ihren Betreuerinnen und Geschwistern fand.

»Erde an Inger«, rief Malena laut in ihr Ohr und wedelte dabei mit der Hand vor ihrem Gesicht.

Inger zuckte erschrocken zusammen. Sie war so in Gedanken versunken gewesen, dass sie überhaupt nicht bemerkt hatte, wie ihre Schwester aufgestanden und auf sie zugekommen war.

Die drei Kinder schauten sie an und lachten laut.

»Du hast mit offenen Augen geträumt«, stellte Nelly fest.

»Und ich wüsste gerne wovon«, fügte Ronja hinzu.

Nein, das willst du nicht wirklich wissen, widersprach Inger ihr in Gedanken. Es geht nicht zuletzt um eure Zukunft, und im Moment ist es fraglich, ob Malena und ich euch dabei noch lange begleiten können.

»Darf ich raus-s?«, wiederholte Nils seine Frage, diesmal an Inger gewandt.

Inger zwang sich zu einem Lächeln. »Du bleibst besser noch drinnen«, sagte sie und strich über Nils' blonde Locken. »Deine Mittelohrentzündung ist noch nicht ganz ausgeheilt.«

Der Junge machte ein enttäuschtes Gesicht. »Und warum mus-s ich dann zur S-schule?«, folgerte er ganz logisch.

»Wie wäre es mit einem Spiel?«, schlug Malena vor, um ihn abzulenken. Die beiden Kleinen waren begeistert, Ronja zog eine Grimasse.

»Kinderkram!«

»Schön, dass du dazu keine Lust hast«, grinste Inger. »Dann kannst du ja mit mir einkaufen gehen. Wir brauchen noch ein paar Sachen.«

Erwartungsgemäß hatte Ronja auch dazu keine Lust, aber Inger ließ sich auf keine Diskussion ein.

»Zieh deinen Mantel an«, sagte sie und ging zur Tür. »Ich bin gleich wieder da«, rief sie dem Mädchen beim Hinausgehen über die Schulter zu. Nelly fragte sie erst gar nicht, ob sie mitkommen wollte. Wenn Nils nicht nach draußen durfte, blieb auch Nelly zu Hause. Außerdem lockte jetzt das Gesellschaftsspiel, und wie nicht anders zu erwarten, würde Nelly bestimmen, was gespielt wurde.

Lotta saß immer noch oder schon wieder vor ihrem Bilderbuch auf dem Fußboden, als Inger nach kurzem Anklopfen zu ihr ins Zimmer kam. Inger fragte sich, was die Kleine davon hatte und welche Erinnerungen sie mit diesem Bilderbuch verband.

»Ronja und ich gehen einkaufen. Kommst du mit?«

Lotta schüttelte heftig den Kopf.

Inger ging vor dem Kind in die Hocke. »Und wenn ich dich ganz lieb darum bitte? Es würde mir wirklich viel bedeuten.«

Lotta überlegte kurz und gab dann zu Ingers Überraschung plötzlich nach. »Na gut«, sagte das Mädchen leise.

Inger zeigte nicht, wie erleichtert sie war. Noch vor einem halben Jahr war es unmöglich gewesen, das Kind überhaupt dazu zu bewegen, das Haus zu verlassen. Wieder ein kleiner Schritt vorwärts, und das war auch wichtig. Eigentlich sollte Lotta im nächsten Sommer eingeschult werden. Inger hoffte, dass sie bis dahin so weit war und damit einem normalen Leben wieder einen Schritt näher kam.

Ronja wartete bereits mit missmutigem Gesicht vor der Haustür. Ihre Laune besserte sich unterwegs aber ganz schnell wieder. Alle Kinder liebten es, wenn sie Inger oder Malena einmal ganz für sich hatten. Lotta zählte in diesem Fall nicht. Das Mädchen sprach kaum, und auf dem Weg zum Lebensmittelladen saß sie auf dem Schlitten, den Inger hinter sich herzog.

»Können wir nächste Woche nach Leksand fahren?«, bat Ronja. »Ich brauche ein weißes Lucia-Kleid. Ja, und natürlich noch ein paar andere Sachen.«

»Bis zum dreizehnten Dezember sind es doch noch ein paar Wochen«, sagte Inger und dachte mit Schrecken an die zusätzlichen Ausgaben, die da auf sie zukamen. Sie freute sich mit Ronja, weil sie in der Schule als Lucia ausgewählt worden war. Es war hier Tradition, dass die Lucia mit ihrem Gefolge singend durch das Dorf zog und den älteren Mitbürgern Gebäck brachte.

»Ich will aber nicht irgendein Kleid, ich will das schönste«, beharrte Ronja. »Und außerdem sind es nur noch knapp drei Wochen.«

Sie wartete eine Antwort gar nicht ab und wechselte das Thema. Leider war auch das mit der Forderung nach zusätzlichen Geldausgaben verbunden.

»Ich brauche auch ein Geburtstagsgeschenk für Malin. Sie gibt nächste Woche eine Party.« Malin war Ronjas beste Freundin.

»Aha«, Inger wurde hellhörig. »Was ist das denn für eine Party, und wer kommt da alles hin? Sind Malins Eltern auch dabei?«

»Inger«, stöhnte Ronja auf und verdrehte genervt die Augen. »Du bist schlimmer als alle Eltern meiner Freunde zusammen.«

»Von mir aus«, erwiderte Inger ungerührt. »Jedenfalls gehst du nicht zu dieser Party, wenn ich nicht ganz sicher sein kann, dass ihr dort unter Aufsicht seid.«

»Keine Jungs, kein Alkohol«, zählte Ronja gelangweilt auf. »Und Malins Eltern sind auch da. Du kannst ihre Mutter ja anrufen.«

»Darauf kannst du dich verlassen«, versicherte Inger und zog den Schlitten über die verschneite Straße. Inzwischen hatten sie den Laden erreicht. Sie stellten den Schlitten unter dem mit Tannenzweigen geschmückten Schaufenster ab. Ein großer Julbock stand inmitten des Fensters, umgeben von kleinen Dalapferdchen.

Ein melodisches Läuten war zu hören, als Inger die Tür öffnete. Lotta hielt sich ganz dicht an ihrer Seite, während Ronja sich an ihr vorbeidrängte und zu dem Ständer mit den Zeitschriften lief.

Viljam stand an der Kasse im Eingangsbereich und unterhielt sich mit einem jungen Mann. Seine Frau Märta bediente Hjördis Berg und Stina Mattson an der Brottheke schräg gegenüber. Auf einem Stuhl saß die alte Greta Forsberg. Sie war eine der Frauen im Dorf, die Inger ganz besonders bewunderte.

Gretas Mann war vor vielen Jahren gestorben und hatte seine Frau mit fünf kleinen Kindern allein zurückgelassen. Es war kein leichtes Los gewesen, aber Greta hatte sich nicht unterkriegen lassen. Sie arbeitete halbtags als Krankenschwester, brachte ihre Kinder ohne Hilfe durch und ermöglichte jedem von ihnen sogar eine gute Ausbildung.

Die Zeit hatte Greta gezeichnet. Sie war mager, mit hohem, gebeugtem Rücken, das Gesicht von tiefen Falten durchzogen und grauem Haar. Leider verwirrte sich ihr Geist mit zunehmendem Alter immer mehr.

»Hej«, grüßte Inger in die Runde und wurde ebenfalls von allen begrüßt. Nur Greta sagte nichts, lächelte sie aber an.

Inger war sich nicht sicher, ob die alte Frau sie erkannte. Es kam vor, dass sie Inger beim Namen nannte, aber es gab auch Tage, an denen sie ihre eigenen Kinder nicht erkannte.

Viljam nahm eine Hand voll Bonbons aus einer Glasschale und streckte sie Lotta entgegen.

Lotta steckte den Zeigefinger in den Mund und versteckte sich hinter Inger. Inger lächelte Viljam entschuldigend an und zuckte mit den Schultern.

»Ist schon in Ordnung«, meinte der Ladenbesitzer gemütlich. »Steck du sie ein und gib sie der Kleinen später.«

Viljam griff gleich noch einmal in die Glasschale und schenkte Inger eine weitere Handvoll für die anderen Kinder in der Pusteblume. Danach führte er seine Unterhaltung mit dem jungen Mann fort, der ein sehr schlechtes Schwedisch sprach. Sein Akzent verriet unverkennbar seine deutsche Herkunft.

»In Schweden werden nur Mitglieder des Königshauses gesiezt. Sonst duzen sich einfach alle«, erklärte Viljam ihm.

Der junge Deutsche nickte, aber Inger hatte das Gefühl, dass er kaum ein Wort verstand.

Die beiden Frauen an der Brottheke setzten ihre Unterhaltung mit Märta fort, und Inger ging langsam die Regale entlang und suchte alles zusammen, was sie brauchte. Lotta folgte ihr auf Schritt und Tritt.

Als kurz darauf erneut die Türglocke ging, blickte sie ebenso wie alle anderen auf.

Sie hatte den Mann, der den Laden betrat, noch nie zuvor gesehen. Er war nicht aus dem Dorf, und er brachte eine Kälte

36

mit, die sich nicht allein durch das Wetter draußen erklären ließ.

Ronja trat neben Inger. »Was ist denn das für ein komischer Typ«, flüsterte sie. Leider war ihr Flüstern so diskret wie ein pfeifender Wasserkessel. Die dunklen Augen des Mannes fixierten das Mädchen sekundenlang, bevor sie sich auf Inger richteten. Er schaute sie an, sagte aber kein Wort. Inger starrte zurück.

Dieser Mann war zweifellos attraktiv. Er war sehr groß, überragte alle Personen im Laden um Kopfeslänge. Fast alles an ihm war dunkel. Sein Haar, seine Augen, selbst seine Kleidung. Unter dem langen, schwarzen Mantel schauten schwarze Hosenbeine und ebenfalls schwarze Schuhe hervor. Sein Gesicht wirkte müde, aber sehr markant. Trotz seiner Attraktivität hatte er etwas an sich, das Inger sofort gegen ihn einnahm. Vielleicht war es dieser Blick, der sie nach wie vor musterte. Finster, so als würde er ihre Abneigung auf den ersten Blick erwidern.

Die Gespräche im Laden waren verstummt, alle schauten den Fremden an, und Inger registrierte auf einmal, dass auch die Blicke der anderen nicht eben freundlich waren. Es war, als würde sich eine Wand zwischen den Dorfbewohnern und diesem Fremden aufbauen.

Viljam brach zuerst das Schweigen. »Haben Sie sich verfahren?« Im Gegensatz zu dem, was er eben noch zu dem jungen Deutschen gesagt hatte, siezte er diesen Fremden. Inger konnte es verstehen. Dieser Mann strahlte etwas aus, was eine andere Anrede überhaupt nicht zuließ.

»Nein«, antwortete er auf Viljams Frage. Nur dieses eine Wort, mehr nicht. Dabei ließ er Inger nicht aus den Augen.

»Machen Sie Urlaub hier?«, fragte Viljam mit hörbarem Misstrauen weiter.

Der Fremde zog eine Augenbraue in die Höhe und wandte endlich den Kopf. Arrogant und betont langsam musterte er Viljam von Kopf bis Fuß.

»Ich brauche Milch, Brot, Kaffee«, zählte er schließlich auf und fügte noch einige andere Lebensmittel hinzu, die ihm wahrscheinlich gerade erst einfielen.

Plötzlich schien Viljam sich an das Gerücht zu erinnern, das im Dorf die Runde gemacht hatte. »Sie sind Augustas Neffe«, stellte er fest.

Auch diesmal antwortete der Mann nicht. Er war offensichtlich nicht bereit, die Neugier der Anwesenden zu befriedigen.

»Kann ich dann jetzt die Sachen haben?« Er schaute Viljam mit durchdringendem Blick an.

Für einen Augenblick machte Viljam den Eindruck, als würde er sich glattweg weigern, diesem Mann etwas zu verkaufen. Märta schob sich dazwischen und erkundigte sich noch einmal, was der Mann alles brauchte, packte es ihm in eine Papiertüte und kassierte. Mit Ausnahme von Märta und dem Fremden sagte keiner ein Wort.

Plötzlich trat ausgerechnet die kleine Lotta, die sonst von allen Fremden ängstlich Abstand hielt, neben den Mann. Sie griff nach seiner Hand und schaute lächelnd zu ihm auf.

»Tante Augusta ist jetzt im Himmel.«

Der Mann schaute perplex auf das Kind. Auch Inger war so überrascht, dass sie bewegungslos auf der Stelle verharrte. Sie hörte, wie Ronja neben ihr erstaunt die Luft einsog.

Für einen Moment schien der Mann seine ganze zur Schau getragene Arroganz zu vergessen. Inger hatte das Gefühl, dass er sich gegenüber dem zutraulichen kleinen Mädchen unbeholfen fühlte. Er löste sich aus Lottas Griff und räusperte sich.

»Ich weiß, dass Augusta nicht mehr lebt«, sagte er.

»Du musst nicht alleine in Augustas Haus bleiben«, bot Lotta ihm an. »Du kannst zu uns in die Villa Pusteblume kommen.«

Inger wusste nicht, was sie darauf sagen sollte. Vielleicht wäre es richtig gewesen, die Einladung des Kindes zu bestätigen, um mit ihrem neuen Vermieter von Anfang an ein gutes Einvernehmen zu finden, doch der Mann kam ihr zuvor.

»Nicht nötig, ich komme schon zurecht.«

Inger war erleichtert, dass er die Einladung von sich aus ausschlug. Gleichzeitig machte sich in ihr das unangenehme Gefühl breit, dass sie mit diesem Mann nicht gut zurechtkommen würde.

Er schaute niemanden mehr an, drehte sich um und verließ den Laden, ohne sich zu verabschieden. Nur das Läuten der Ladenglocke begleitete seinen Abgang.

»Was war das denn?« Viljam Jonsson blickte auf die gläserne Ladentür. Der Fremde wandte ihnen den Rücken zu. Sekundenlang verharrte er, bevor er zu dem Geländewagen ging, der am Bordstein parkte.

»Offensichtlich ist er wirklich Augustas Neffe.« Märta schaute wie alle anderen hinter dem Mann her.

»Der hat sich aber Zeit gelassen«, sagt Viljam trocken. »Nicht einmal zur Beerdigung ist er gekommen. Ein unsympathischer Mensch.«

Zustimmendes Gemurmel folgte seinen Worten. Inger fühlte sich mit einem Mal niedergeschlagen. Sie hatte sich Augustas Neffen anders vorgestellt. Oder einfach nur gehofft, dass er anders wäre. Ein wenig wie Augusta. Freundlich und liebenswert.

Sie spürte ein dumpfes Pochen in der Brust. Viljam hatte recht, dieser Mann war unsympathisch. Sie mochte ihn nicht, und er selbst machte den Eindruck, als könne er grundsätzlich keinen Menschen leiden.

Inger hatte plötzlich Angst. Sie atmete ganz tief durch, ließ nicht zu, dass dieses Gefühl die Oberhand gewann, und konzentrierte sich auf ihre Einkäufe.

Viljam kassierte inzwischen bei dem jungen Deutschen und bediente danach die alte Greta Forsberg.

»Wir bringen dich gleich nach Hause, Greta«, bot Inger an und ignorierte Ronjas Grimasse. »Du kannst deine Tasche auf unseren Schlitten stellen.«

Greta nickte, ließ Viljam dabei aber keinen Moment aus den Augen und schien erst zufrieden, als sie sah, dass er zwei Tafeln Schokolade in ihre Tasche packte. Nur Inger bemerkte, dass er die Schokolade nicht auf dem Zettel notierte, auf dem er die Preise der anderen Lebensmittel vermerkt hatte.

Einmal in der Woche kam Gretas Tochter Asta vorbei, um die Einkäufe ihrer Mutter zu bezahlen. Es war nicht ratsam, Greta Geld mitzugeben, seit sie vor etwas mehr als einem Jahr damit nicht einkaufen gefahren war, sondern beschlossen hatte, einen Ausflug nach Stockholm zu machen.

Glücklicherweise hatte das Geld gerade für die Busfahrt nach Leksand gereicht. Es war ein Zufall gewesen, dass sie dort ausgerechnet Märta begegnet war, die ihre Tochter in Leksand besucht hatte und mit dem nächsten Bus zurückfahren wollte. Märta überredete Greta dazu, mit ihr nach Hause zu kommen.

Seither erzählte Greta oft von ihrer Reise nach Stockholm, die sie zur Freude ihrer Zuhörer gerne mit erfundenen Details ausschmückte. Auch jetzt, als Inger und die beiden Kinder sie nach Hause brachten, erzählte sie von ihrer großen Reise nach Stockholm.

»Du hättest dabei sein müssen«, schwärmte Greta. »Stockholm ist eine schöne Stadt. Eine ganze Woche habe ich im besten Hotel gewohnt, und ich habe sogar den König gesehen.«

Inger hörte geduldig zu, obwohl kein Wort stimmte. Aber wahrscheinlich war Greta davon überzeugt, alles so erlebt zu haben, wie sie es erzählte.

Lotta hatte sich auf den Schlitten gesetzt und hielt die Tüten und Taschen mit den Lebensmitteln fest. Ronja zog den Schlitten hinter sich her und beeilte sich, um mit Greta und Inger Schritt zu halten. Sie wollte alles hören, was Greta erzählte, und würde es wahrscheinlich später beim Abendessen detailgenau wiedergeben.

Inger ging neben Greta her und musterte sie immer wieder von der Seite. Die alte Dame bewegte sich erstaunlich zügig und sicher durch den Schnee, doch als sie zu Hause ankam und Asta die Tür öffnete, wies sie ihre Tochter an, das Taxi zu bezahlen, das sie hierhergebracht hatte.

Ronja lachte laut auf, aber Inger brachte sie mit einem einzigen Blick zum Schweigen. Greta achtete ohnehin nicht darauf. Sie ging an ihrer Tochter vorbei ins Haus.

»Danke, dass ihr sie nach Hause gebracht habt«, sagte Asta und seufzte tief, als Inger ihr Gretas Einkäufe überreichte.

»Normalerweise schicke ich sie bei diesem Wetter nicht zum Einkaufen, aber heute war sie so unruhig und wollte unbedingt raus.«

»Bis zu Märta und Viljam ist es ja nicht so weit«, meinte Inger.

Asta nickte, aber ihre Miene blieb bekümmert. »Ich kann mir nur nie sicher sein, dass sie wirklich zum Laden geht und anschließend auch wieder zurückkommt. In letzter Zeit spricht sie immer davon, dass sie nach Hause will. Ich glaube, sie vergisst inzwischen sogar, dass hier ihr Zuhause ist.«

»Dann sollten wir alle im Dorf ein bisschen auf sie aufpassen«, sagte Inger.

Asta bedankte sich noch einmal, und Inger machte sich mit ihren beiden Pflegetöchtern auf den Heimweg durch das winterlich verschneite Dorf.

Es sah aus, als wären die roten Häuser in dicke Watte eingepackt. Rauch quoll aus den Schornsteinen, und die Fensterscheiben waren bereits hell erleuchtet. Hier und da sah sie flackernde Kerzen hinter den Fensterscheiben. Die ersten Vorboten des Weihnachtsfestes. Alles wirkte warm und heimelig. Auch die Kinder ließen sich offensichtlich von dieser Stimmung einfangen. Lotta saß mit großen Augen auf dem Schlitten, bei jedem erleuchteten Fenster lächelte sie.

Ronja, die sonst keine Minute den Mund hielt, schwieg ausnahmsweise einmal. Auch auf ihrem Gesicht sah Inger ein Lächeln. Nur das Knirschen des Schnees unter ihren Schritten war zu hören.

Inger genoss diese Minuten des Heimwegs. Sie liebte ihre Heimat zu jeder Jahreszeit, aber jetzt, so kurz vor Weihnachten, schien sie ihr besonders schön.

Er blieb einen Augenblick vor dem Laden stehen. »Verdammt, ich hätte diese lästige Erbschaftssache längst hinter mich bringen sollen«, fluchte er leise vor sich hin. Es war ihm anzusehen, wie lästig ihm das alles war.

Per Holmqvist setzte sich in Bewegung. Er warf die Tüte mit den Einkäufen auf den Beifahrersitz und setzte sich hinter das Steuer des Geländewagens. Der Motor heulte auf, als er ihn startete und ungeduldig das Gaspedal heruntertrat.

Per fuhr so schnell, wie die Straßenverhältnisse es eben

noch zuließen. Kurz vor der Wegbiegung am See erfasste der Lichtkegel seines Scheinwerfers eine einsame Gestalt, die durch den hohen Schnee stapfte. Sie befand sich mitten auf der Straße und statt auszuweichen, blieb sie stehen und drehte sich neugierig um, als sie das Motorgeräusch vernahm.

Per Holmqvist fluchte laut und trat instinktiv auf die Bremse. Trotz des Allradantriebs rutschte der Wagen durch den Schnee und kam unmittelbar vor der Person zum Stehen.

Per Holmqvist schaute durch die Windschutzscheibe direkt in das Gesicht eines Jungen. Der starrte zurück, der ausgestandene Schreck war ihm noch anzusehen. Allmählich wandelte sich der Gesichtsausdruck. Er wurde zunehmend ärgerlich. Der Junge hob die Hand und tippte sich an die Stirn.

Per Holmqvist riss die Wagentür auf, gleichzeitig nestelte er an seinem Sicherheitsgurt. Als er endlich draußen war, hatte sich der Junge schon abgewandt und war weitergegangen.

»He«, rief Per ihm nach, doch der Junge drehte sich nicht einmal um. Bevor er in den Weg rechts einbog, hob er noch einmal die Hand und zeigte Per den ausgestreckten Mittelfinger.

»Unverschämter Kerl«, rief Per ihm nach. Kurz sah es so aus, als wolle er dem Jungen folgen, doch dann zuckte er mit den Schultern und stieg wieder in den Wagen. Das letzte Stück bis zum Haus seiner Tante legte er bedeutend langsamer zurück.

❅

Aus der Küche drang lautes Gelächter, als die drei nach Hause kamen. Inger half Lotta aus ihrem Mantel, während Ronja ihre Jacke achtlos über das Treppengeländer warf. Die

Stiefel flogen in verschiedene Richtungen. Ronja wollte zu den anderen.

»Ronja«, mahnte Inger. Sie zog eine Braue hoch, schaute erst auf Ronjas Mantel, dann auf die Stiefel und schließlich in Ronjas Gesicht.

»Ja, schon gut.« Ronja hängte genervt ihre Jacke auf und stellte die Stiefel zu den anderen Schuhen, die ordentlich in einer Reihe standen.

Lotta wollte nach oben, aber Inger dirigierte sie sanft in die Küche. Malena saß mit den Zwillingen am großen Esstisch, aber niemand konzentrierte sich auf das Brettspiel, das auf dem Tisch aufgebaut war. Alle drei lauschten Jespers Schilderung von seinem Zusammentreffen mit einem unfreundlichen Autofahrer.

»Und dann habe ich ihm das hier gezeigt«, erklärte Jesper und veranschaulichte seine Erzählung, indem er den Mittelfinger seiner rechten Hand auch jetzt wieder in die Höhe reckte.

»Jesper!«, riefen Inger und Malena unisono aus. Nils, Nelly und auch Ronja, die noch gar nicht wusste, worum es eigentlich ging, lachten laut auf.

»Was ist denn passiert?«, wollte Inger wissen, und da erzählte Jesper die ganze Geschichte noch einmal. Einige Details schmückte er dramatisch aus. »So nahe blieb der Typ vor mir stehen«, sagte er und drückte seine Hand gegen seinen Bauch. »Ich schwöre euch, ich wäre tot, wenn der nur ein bisschen schneller gefahren wäre.«

Inger bemerkte, dass Lotta bei Jespers Behauptung blass wurde. Sie legte eine Hand auf die Schulter des Kindes. »Ist ja nichts passiert«, sagte sie leise.

Lotta schaute zu ihr auf, nickte und schmiegte sich plötzlich an sie. Ein weiteres Zeichen, dass sie begann, ihr zu vertrauen. Inger war glücklich und besorgt zugleich. Glücklich über Lottas zunehmende Veränderung, besorgt wegen Jesper. Auch Malena hatte die Stirn in Falten gelegt, als sie ihm zuhörte.

»Wer war das überhaupt?«, wollte sie verärgert wissen, als Jesper mit seiner Erzählung fertig war. Auf die entsprechende Gestik zu seiner Schilderung hatte er diesmal verzichtet.

Jesper zuckte mit den Schultern. »Ich habe ihn hier noch nie gesehen. Er fuhr die andere Seite des Seeweges hinunter.«

»Dann war es wahrscheinlich Per Holmqvist«, sagte Inger ruhig. »Augustas Neffe.«

»Den haben wir schon bei Viljam im Laden gesehen«, ergänzte Ronja. Sie hob die Hände, formte sie zu Krallen und schnitt eine Grimasse. »Ein grässlicher Kerl, kann ich euch nur sagen.«

Lotta löste sich von Inger und trat einen Schritt vor. »Das stimmt nicht«, rief sie heftig aus. »Er sah sehr nett aus.«

Wäre es Nelly gewesen oder eines der anderen Kinder, hätte Ronja sich sofort auf einen Streit eingelassen. Aber eine solche Reaktion von der stillen Lotta hatte hier noch niemand erlebt, und so starrten sie alle sprachlos an.

Inger fasste sich zuerst. Sie lächelte Lotta zu. »Du kennst doch unsere Ronja, sie übertreibt gerne.«

Ronja wollte empört auffahren, doch Malena trat neben sie und hielt sie zurück. Sie schüttelte leicht den Kopf, und Ronja schwieg tatsächlich.

Lotta schaute fragend zu Inger auf. »Darf ich nach oben gehen?«

Inger nickte und lächelte, dabei dachte sie an die Szene im Laden und daran, wie Lotta diesen Fremden eben in Schutz genommen hatte. Was sah Lotta in diesem Mann, den alle anderen im Laden, Inger eingeschlossen, zutiefst unsympathisch gefunden hatten? Die Mauer der Ablehnung war deutlich spürbar gewesen.

Malena trug den Kindern auf, das Brettspiel vom Tisch zu räumen und den Tisch für das Abendessen zu decken. Danach schickte sie sie zum Händewaschen ins Bad. Erst als Inger mit ihrer Schwester allein war, sprach Malena sie auf Per Holmqvist an.

»Was ist das denn jetzt für ein Typ? Glaubst du, wir kommen mit ihm zurecht?«

Inger zuckte mit den Schultern. »Keine Ahnung. Er war irgendwie seltsam. Nicht besonders freundlich.«

»Wann wirst du mit ihm reden?«, fragte Malena.

»Vielleicht gehe ich morgen zu ihm«, sagte Inger ohne große Begeisterung. »Ich muss ihm ja auch noch Augustas Brief geben.«

Malena öffnete den Mund, um etwas zu sagen, aber da kamen die Zwillinge zurück in die Küche. Nils setzte sich auf seinen Stuhl, während Nelly sein und ihr Glas mit Wasser füllte.

»Ich glaube, die Lotta is-st s-sehr traurig«, lispelte Nils. »S-sie will nie mit mir s-spielen.«

»Na und, du kannst doch mit mir spielen«, warf Nelly eifersüchtig ein und knallte das gefüllte Wasserglas so hart neben seinen Teller, dass ein wenig davon überschwappte. Sie hatte es von Anfang an mit Argwohn betrachtet, dass Nils den Kontakt zu Lotta suchte.

»Nelly, wisch das bitte auf«, sagte Inger ruhig.

Nelly schob unwillig die Unterlippe vor, gehorchte aber widerspruchslos. Als Nils sie fragte, ob sie jetzt mit ihm spielen wollte, schüttelte sie trotzig den Kopf.

Inger musste einfach noch einmal zu Lotta gehen und nachsehen, wie sie den kurzen Ausflug verarbeitet hatte.

Die Kleine saß wie immer auf dem Fußboden, vor sich das

aufgeschlagene Bilderbuch. Inger legte sich bäuchlings zu ihr, sagte kein Wort, sondern schaute interessiert auf die Seiten, die Lotta umblätterte. Nach der letzten Seite begann sie wieder von vorn.

Als Lotta das Buch zum dritten Mal schloss, herumdrehte und die erste Seite wieder aufschlug, legte Inger eine Hand auf das Buch.

»Die Bilder kennst du doch jetzt alle schon. Soll ich dir ein anderes Buch holen?«

Lotta schüttelte den Kopf.

»Soll ich dir wenigstens vorlesen, was unter den Bildern steht?«

Wieder schüttelte Lotta den Kopf.

Inger setzte sich auf und betrachtete das Kind bekümmert. Das Mädchen war stärker geprägt durch seine frühen Kindheitserfahrungen als alle Kinder vor ihm in der Villa Pusteblume. Das Leben mit einer alkoholkranken Mutter und einem gewalttätigen Stiefvater hatte Spuren auf der sensiblen Kinderseele hinterlassen.

»Aber du kommst nachher zum Abendessen nach unten?«, fragte Inger.

»Ja.« Ein kleines, zartes Lächeln erschien auf Lottas Gesicht. Zwei Punkte, die Inger als weiteren Fortschritt verbuchte. Lottas Lächeln und ihre Bereitschaft, zum Essen nach unten zu kommen. Vor ein paar Wochen hatte sie sich noch strikt geweigert, ihr Zimmer zu verlassen. Damals schien es der einzige Ort zu sein, an dem sie sich halbwegs sicher fühlte.

Als Inger in die Küche kam, war Thorsten da. Er stand mitten im Raum, trug noch seinen Mantel und Malenas komische selbstgestrickte Mütze. Nur den Schal hatte er abgenommen und drehte ihn zwischen den Fingern, während er

Malena beim Kochen zuschaute. Sie wandte ihm den Rücken zu und schien sehr beschäftigt.

Thorsten wirkte unsicher und lächelte erleichtert, als Inger dazukam.

»Thorsten!« Inger freute sich über den Besuch ihres Pflegebruders. »Schön, dass du da bist. Du bleibst doch zum Essen?«

»Ich weiß nicht.« Unsicher schaute er zu Malena hinüber. »Ich will nicht stören.«

»Du störst doch nicht«, wandte Inger erstaunt ein. Seit wann benahm Thorsten sich so komisch? Bisher hatte er die Villa Pusteblume wie selbstverständlich als sein Zuhause betrachtet. Jetzt stand er unbeholfen herum wie ein Fremder.

Thorsten zog einen Briefumschlag aus der Manteltasche und reichte ihn Inger. »Eigentlich bin ich nur deshalb gekommen. Wie gesagt, ist es nicht viel. Hoffentlich hilft es euch ein bisschen weiter.«

Der Umschlag war nicht zugeklebt. Inger öffnete ihn und schluckte, als sie die Scheine sah. »Ich weiß nicht«, sie schüttelte den Kopf. »Ich finde immer noch, dass wir das nicht annehmen können.«

»Das hatten wir doch schon«, winkte Thorsten ab. »Ich helfe euch wirklich gerne.«

Inger wollte im Beisein der Kinder nicht länger mit ihm darüber diskutieren. Außerdem konnte sie das Geld wirklich gut brauchen. Wenn sie Per Holmqvist die ausstehende Miete bezahlt hatte, befand sie sich ihm gegenüber in einer weitaus besseren Position.

Inger umarmte Thorsten dankbar und zupfte am Kragen seines Mantels. »Zieh den aus und bleib zum Essen.«

»Ein anderes Mal gerne«, lehnte Thorsten ab und verabschiedete sich hastig.

»Schade«, seufzte Inger. Als er sich verabschiedete und hinausging, drückte Malena Inger den Kochlöffel in die Hand. »Kannst du für mich weitermachen? Ich muss Thorsten noch etwas sagen.«

Inger nickte verwundert, aber das bekam Malena nicht mehr mit. Sie eilte aus der Küche.

Inger rührte nachdenklich das Abendessen um. So wie Malena und Thorsten miteinander umgingen, hatten sie sich bestimmt gestritten. Sie hoffte, dass Malena jetzt die Gelegenheit nutzte, um sich mit Thorsten auszusprechen.

Inger mochte keine Streitigkeiten und Spannungen, und jetzt in der Vorweihnachtszeit empfand sie sie als besonders schlimm. Sie rührte unkonzentriert in dem Topf auf dem Herd und lauschte angestrengt nach draußen. Es war jedoch kein Wort zu hören.

Es dauerte nicht lange, bis Malena zurück in die Küche kam. Sie schien in Gedanken, aber ein Lächeln umspielte ihre Lippen.

Wie schön, dachte Inger erleichtert, die beiden haben sich wieder versöhnt. Sie gab ihrer Schwester den Kochlöffel zurück und wandte sich Ronja und Jesper zu, die ebenfalls wieder in die Küche gekommen waren. Sie wollte wissen, wie es in der Schule gewesen war.

»Ich habe die Mathearbeit zurück.« Stolz präsentierte Jesper die ausgezeichnete Note, die er bekommen hatte.

»Streber«, sagte Ronja verächtlich.

»Ihr habt doch auch eine Arbeit geschrieben?« Inger schaute Ronja fragend an. »Habt ihr die noch nicht zurück?«

Ronja lief rot an und verriet sich damit selbst. Inger seufzte. »Und?«, wollte sie wissen.

Ronja senkte den Kopf. »Mangelhaft«, murmelte sie.

»Wir sollten einmal ernsthaft über Nachhilfestunden nachdenken«, sagte Inger, während sie insgeheim überlegte, wie sie das überhaupt bezahlen sollte.

Ronja schaute sie entsetzt an. »Unterricht noch nach der Schule?«

»Ich könnte ihr Nachhilfe geben«, sagte Jesper eifrig. »Ich bin ja ziemlich gut in Mathe.«

Ronja stieß einen lauten Protestschrei aus, während Inger gleichzeitig hoffnungsfroh fragte: »Würdest du das machen?«

Jesper ignorierte Ronja. »Klar«, sagte er und schaute Inger dabei an. »Was bekomme ich denn für die Stunde?«

»Irgendwo ganz tief in mir war die Hoffnung, ich hätte euch zu gegenseitiger Hilfsbereitschaft erzogen«, erwiderte Inger ironisch.

»Na gut, für dich mache ich es umsonst«, sagte Jesper grinsend.

»Und mich fragt keiner?«, stieß Ronja böse hervor.

»Nein!«, antworteten Inger und Jesper gleichzeitig. Darüber musste auch Ronja wieder lachen.

In der Küche duftete es nach gebratenen Zwiebeln. Das Licht der Lampe warf einen warmen Schein auf den Tisch. Jesper zündete Windlichter an und stellte sie in die Glasschalen auf der Fensterbank.

»Sonntag ist der erste Advent«, sagte Ronja, und für einen Augenblick legte sich andächtiges Schweigen über den Raum. Die Augen der Kinder glänzten, Malena und Inger lächelten sich zu.

»Ich freue mich auf Weihnachten«, brach Jesper zuerst das Schweigen, »aber jetzt habe ich erst mal Hunger.«

Malena holte die große Pfanne vom Herd. Sie war eine begnadete Köchin. Die Kinder liebten ihr Pytt i Panna, das sie aus den Resten des Mittagessens gezaubert hatte.

»Nils, holst du bitte Lotta«, bat Malena, als sie die dampfende Pfanne auf ein Holzbrett stellte.

Nils nickte und lief aus dem Zimmer bis zur Treppe. Da blieb er stehen, formte mit beiden Händen einen Trichter vor dem Mund und brüllte: »Lotta, es-sen kommen.«

»Das hätte ich auch gekonnt«, sagte Malena und setzte sich.

»Genau so machst du es doch auch«, sagte Ronja grinsend und nahm ihren Platz rechts neben Malena ein. »Was glaubst du denn, von wem er das hat?«

Malena streichelte über Ronjas Arm. »Nur gut, dass die Kleinen eine große Schwester haben, die sie sich zum Vorbild nehmen können«, erwiderte sie ebenfalls grinsend.

Nicht zum ersten Mal registrierte Inger, dass Ronja diese Bemerkung Malenas lachend hinnahm. Wenn sie selbst so etwas zu ihr sagte, reagierte das Mädchen meistens genervt.

Inger fragte sich oft, was ihr unterschiedliches Verhältnis zu den Kindern ausmachte. Während sie Malena eher als eine der ihren betrachteten, schien Inger für sie die Respektsperson zu sein. Mit Malena tollten sie herum. Sie neckten sich mit ihr, und Malena durfte vieles sagen, was bei Inger zu Protesten führte. Aber wenn die Kinder ernsthafte Probleme hatten, in der Schule oder miteinander, dann war Inger ihre bevorzugte Bezugsperson.

Inger stellte ihr Verhalten den Kindern gegenüber immer wieder in Frage. Ständig überlegte sie, ob sie richtig handelte, während Malena ihre Schützlinge mit einer unbefangenen Selbstverständlichkeit behandelte. Sie war der Kumpeltyp, machte sich wenig Gedanken um Probleme und überließ alle schwierigen Situationen gerne ihrer Schwester.

Eigentlich gab es nur eine Gemeinsamkeit zwischen Inger und Malena, und die bezog sich weniger auf ihre charakterlichen Eigenschaften als vielmehr auf ihr Äußeres. Sie hatten beide blondes Haar, auch wenn das von Malena ein klein wenig heller war.

Inger war groß, mit schönen, klaren Gesichtszügen und dunklen Augen. Malena war fast einen Kopf kleiner als sie, hatte blaue Augen, die sie kindhaft aufriss, wenn sie etwas erreichen wollte, und wirkte sehr zart. Sie alberte gerne herum und besaß die besondere Fähigkeit, in jedes erreichbare Fettnäpfchen zu treten. Es nahm ihr aber kaum jemand übel, weil sie über sich selbst herzhaft lachen konnte.

Inger war ernsthafter, handelte überlegter. Manchmal beneidete sie Malena um ihre Unbefangenheit. Im Gegensatz zu ihr selbst konnte Malena Probleme meist vollkommen ausblenden. Vielleicht lag es aber auch einfach nur daran, dass sie sich in dieser Hinsicht ebenso wie die Kinder auf Inger verließ.

»Du machst das schon irgendwie«, war Malenas Standardsatz, wenn Inger mit ihr über die finanzielle Situation des Kinderheimes sprechen wollte.

»Du machst das schon«, lautete ihre Antwort, wenn es Probleme mit den Behörden gab.

»Du machst das schon«, hatte sie auch gesagt, als das Jugendamt vor einiger Zeit überlegt hatte, Lotta aus der Villa Pusteblume zu nehmen und in eine Pflegefamilie zu geben. Ausgerechnet zu dem Zeitpunkt, als Inger allmählich Zugang zu dem Mädchen fand.

Ja, dachte sie mit einem Anflug von Verbitterung. Irgendwie habe ich es immer geschafft, aber nur mit Hilfe von Augusta.

»Du grübelst zu viel«, drang Malenas Stimme in ihre Gedanken. Inger hatte gar nicht bemerkt, dass die Schwester sie schon eine ganze Weile beobachtete. »Schalte einfach mal deine Gedanken aus und setz dich zu uns.«

Inzwischen war auch Nils zusammen mit Lotta in den Raum gekommen.

Jesper setzte sich links neben Malena, gegenüber saßen Lotta, Nils und Nelly. Inger gehörte der Platz am Kopfende zwischen Jesper und Lotta.

Eigentlich war Malenas Platz am anderen Kopfende des Tisches, und eine Zeitlang hatte sie da bei den Mahlzeiten auch gesessen. Irgendwann hatte sie sich dann aber zwischen Jesper und Ronja gesetzt, als die beiden noch jünger waren und ständig miteinander stritten, und dabei war es geblieben.

Jesper erzählte, dass seine Schulklasse auf dem nächsten Weihnachtsmarkt einen Stand betreiben wollte. Die Erlöse sollten gespendet werden, und die Kinder durften selbst entscheiden, an welche Einrichtung sie ihren Gewinn weitergeben wollten. Im Moment herrschte darüber allerdings noch Uneinigkeit.

Inger fand die Idee gut. »Was wollt ihr denn verkaufen?«, fragte sie.

»Selbstgebastelten Weihnachtsschmuck.«

Inger fragte weiter und war zufrieden, als sie erfuhr, dass Jespers Klassenlehrerin bei diesem Schulprojekt die Aufsicht führte.

Malena war ganz still geworden und rührte nachdenklich mit der Gabel in ihrem Essen herum.

»Das mache ich auch«, rief sie plötzlich aus.

»Was?«, fragte Inger verwirrt.

»Ich miete einen Stand auf dem Weihnachtsmarkt und verkaufe meine selbstgestrickten Sachen.«

Sekundenlang war es mucksmäuschenstill, dann brachen Inger und die Kinder in lautes Gelächter aus. Malena war beleidigt.

Jesper legte einen Arm um ihre Schulter. »Sei nicht sauer«,

sagte er und grinste sie an. »Immerhin kannst du super gut kochen, und das ist uns allen lieber als ein schief gestrickter Schal.«

»Meine Schals sind nicht schief, sondern exklusiv und extravagant. So etwas gibt es nirgendwo zu kaufen«, sagte Malena, lachte jetzt aber auch wieder. Sie legte ihren Kopf kurz auf Jespers Schulter und wirkte in diesem Moment kaum älter als er. Dann richtete sie sich wieder auf.

»Ihr werdet schon sehen«, sagte sie gespielt hoheitsvoll. »Meine Stricksachen werden auf dem Weihnachtsmarkt reißenden Absatz finden.«

»Du schaffst es doch gar nicht mehr, so viele Teile zu stricken, dass es sich für einen Stand auf dem Weihnachtsmarkt lohnt«, wandte Inger ein.

»Ich habe schon eine komplette Kollektion zusammen.« Malena setzte eine geheimnisvolle Miene auf. »Könnt ihr euch noch an all die Schals, Handschuhe und Mützen erinnern, die auf mysteriöse Art und Weise verschwunden sind?« Malena schaute in die Runde, aber alle wichen ihrem Blick aus.

»Ich habe ganz viele davon in der Mülltonne gefunden.« Sie machte eine kurze Pause und zog nachdenklich die Stirn kraus. »Wie sie da nur hineingekommen sein mögen …?«

Niemand sagte ein Wort, alle starrten auf ihre Teller, bis Ronja leise zu kichern begann. Nelly stimmte ein, und dann prusteten wieder alle los. Auch Malena wischte sich die Lachtränen aus den Augen.

Inger lehnte sich entspannt zurück. Sie waren ein zusammengewürfelter Haufen, und doch war das hier ihre Familie. Sie würde alles dafür tun, damit es so blieb und die Kinder hier glücklich aufwachsen konnten.

Nach dem Essen spülte sie gemeinsam mit Malena ab.

»Das war ein schöner Abend«, sagte sie und rieb mit dem Geschirrtuch gedankenverloren über einen Teller. »Solche Momente zeigen mir immer wieder, dass wir das Richtige tun.«

Malena wusch gerade eine der Schüsseln und rieb heftig an einem imaginären Flecken. Sie öffnete den Mund, schloss ihn aber wieder und stellte schließlich doch die Frage, die ihr auf der Zunge lag.

»Hast du denn nie das Gefühl, dass du hier mal rauskommen willst? Etwas anderes sehen und erleben, einmal keine Verpflichtungen und keine Verantwortung haben? Hast du nie das Gefühl, dass dir das das alles hier zu viel wird?«

Inger stellte den Teller langsam ab. »Doch, ich habe oft das Gefühl, dass es mir zu viel wird, dass mich die Verantwortung niederdrückt. Ich frage mich oft, ob ich mit den Kindern richtig umgehe und den kleinen, verletzten Seelen nicht noch mehr Schaden zufüge, aber ich habe nie auch nur einen Moment daran gedacht, das alles hier aufzugeben. Es ist für mich nicht nur eine Verpflichtung, das Werk unseres Vaters fortzusetzen. Es ist eine Aufgabe, die mich erfüllt.« Inger schaute ihre Schwester prüfend an. »Ich dachte immer, wir wären uns in diesem Punkt einig.«

Malena schaute auf. Ihre Blicke trafen sich. »Ja, wir waren uns einig.«

Wir waren uns einig? Malena sprach in der Vergangenheitsform, aber Inger kam nicht dazu, nachzuhaken.

Malena rieb den nächsten Teller sauber. »Glaubst du, Per Holmqvist wird uns Schwierigkeiten machen?« Malenas Stimme klang beklommen.

Inger brauchte einen Augenblick, um sich auf den raschen Themenwechsel einzustellen. »Wir werden sehen, was das Treffen mit ihm bringt. Ich muss ihm ja noch Augustas Brief geben.«

Malena nickte und wirkte nicht mehr ganz so bedrückt. »Du machst das schon«, sagte sie.

Ja, ich mache das schon, dachte Inger bitter. Das Gespräch mit Malena wirkte in einer Weise in ihr nach, die sie sich selbst nicht erklären konnte. Da war etwas, was sie störte und was sie dennoch nicht greifen konnte. Nicht mehr als ein unbestimmtes und sehr ungutes Gefühl.

Sie hatte den nächsten Teller zum Abtrocknen in die Hand genommen. Er entglitt ihren Händen und zersplitterte auf dem Boden.

Sie starrten beide erschrocken auf die Scherben. Malena fasste sich zuerst und nahm Inger das Geschirrtuch aus der Hand.

»Lass mich das mal machen. Du kümmerst dich um die ganzen schwierigen Sachen, da kann ich dir wenigstens diesen Kleinkram abnehmen.«

Inger spürte, dass Malena vor allem allein sein wollte. »Na gut«, nickte sie. »Dann werde ich also mal zu diesem Per Holmqvist gehen und ihm Augustas Brief bringen.«

Malena sagte kein Wort, schaute Inger nur an. Plötzlich schlang sie beide Arme um ihren Hals und drückte sie fest an sich.

Inger spürte, wie ihr Tränen in die Augen stiegen. Sie drückte Malena ebenfalls und machte sich dann schnell von ihr los. »Bis später«, sagte sie mit belegter Stimme.

Malena nickte lächelnd.

Inger verließ die Küche und holte Augustas Brief aus dem kleinen Büro neben der Wohnstube, bevor sie sich ihren Wintermantel anzog. Sie knöpfte ihn gerade zu, als Lotta die Treppe herunterkam.

»Gehst du weg?« Das kleine Gesichtchen schaute sie enttäuscht an.

»Ich muss nur schnell etwas erledigen.«

»Schade«, murmelte Lotta und ließ den Kopf sinken.

Inger strich ihr über die Wange und schob ihr die Hand unters Kinn, um ihr ins Gesicht zu sehen. »Was ist denn, Lotta?«

»Ich wollte dich fragen, ob du mir aus meinem Buch vorliest.«

Es war das erste Mal, dass Lotta eine Bitte vorbrachte. Und sie kam damit zu ihr, Inger, nicht zu Malena.

Inger stopfte den Brief in die Tasche ihres Mantels und zog ihn wieder aus. »Weißt du was«, sagte sie. »Das kann warten. Viel lieber lese ich dir jetzt etwas vor.«

Das blasse Kindergesicht leuchtete auf. Hand in Hand gingen die beiden nach oben. Lotta nahm das Buch aus dem Regal neben ihrem Bett und reichte es Inger, bevor sie sich wieder auf den Boden setzte.

Inger überlegte, ob sie das Mädchen auffordern sollte, sich zusammen mit ihr auf das Bett zu setzen. Sie entschied sich nach kurzem Nachdenken dagegen. Lotta hatte heute einen großen Schritt nach vorn gemacht, sie wollte das Mädchen nicht überfordern und setzte sich zu ihr auf den Boden.

Andächtig lauschte das Mädchen, als Inger ihr die Geschichte von den Weihnachtswichteln vorlas, die einem ängstlichen Mädchen halfen, als es in Not geriet.

»Das ist eine schöne Geschichte«, sagte Inger, als sie die Geschichte zu Ende gelesen hatte. Lotta nickte.

»Früher hat meine Mama mir das Buch manchmal vorgelesen«, sagte sie leise.

»Vermisst du deine Mama sehr?«

Das Kind schüttelte heftig den Kopf, hielt inne und zuckte gleich darauf mit den Schultern. »Ich weiß nicht«, sagte es unsicher.

Inger zog das Mädchen kurz an sich. »Es ist Zeit, schlafen zu gehen«, sagte sie liebevoll. »Morgen beginnt ein neuer, schöner Tag.«

❄

Die Kinder schliefen längst, und auch Malena hatte sich bereits zurückgezogen. Inger saß in dem kleinen Büro gleich neben dem Eingang. Sie liebte diesen Raum mit den beiden großen, über Eck angebrachten Fenstern. Der alte Schreibtisch stand schräg zwischen diesen Fenstern, von hier aus hatte man eine traumhafte Aussicht über die Wiese hinter dem Haus bis zum See. Jetzt in der Nacht sah man allerdings nur die weiße Schneefläche, die sich irgendwo in der Dunkelheit verlor.

Allein die kleine Lampe neben der Schale mit den Stiften brannte noch und malte eine helle Lichtinsel auf die Schreibtischplatte. Es war ganz still im Haus, nur das Rascheln des Papiers war zu hören, als Inger die Post des Tages durchlas.

Nichts als Rechnungen und Mahnungen. Inger starrte hilflos auf den Stapel. Sie fragte sich, wie ihr Vater diese Situationen gemeistert hatte. Er hatte doch auch nicht mehr Geld zur Verfügung gehabt, außer den Zuschüssen, die sie für ihre Pflegekinder erhielten. Hin und wieder trafen zwar Spenden ein, vor allem nach öffentlichen Berichten über die Villa Pusteblume. Aber nach der weltweiten Wirtschaftskrise waren es sehr viel weniger geworden, und in den letzten Wochen waren sie gänzlich ausgeblieben.

Inger hielt es nicht mehr auf ihrem Stuhl. Sie sprang auf, trat ans Fenster, lehnte ihr Gesicht an die kühle Scheibe und schaute nach draußen.

Wieso sind Sorgen in der Nacht besonders erdrückend,

fragte sie sich. Sie hörte sich selbst schwer atmen. Die Angst vor der Zukunft schnürte ihr die Luft ab.

Ich muss hier raus, schoss es ihr durch den Kopf.

Inger überlegte nicht lange. Sie eilte aus dem Büro, riss in der Diele ihren Mantel von der Garderobe und zog ihn hastig über, während sie bereits die Haustür öffnete. Frostige Luft schlug ihr entgegen, aber das spürte sie in ihrer Erregung kaum.

Eigentlich wollte sie nur bis zur Abzweigung gehen, aber die kalte Nacht besaß einen ganz besonderen Zauber, der sie weiter vorantrieb. Sie schlug den Weg ins Dorf ein.

Es war still. Die Bewohner hatten sich längst in ihre Häuser zurückgezogen, aber einige von ihnen waren trotz der späten Stunde noch wach. In dem Wohnhaus neben dem Lebensmittelladen konnte Inger durch das beleuchtete Fenster die Besitzer sehen. Viljam saß in einem bequemen Ohrensessel und stopfte gemächlich seine Pfeife. Seine Frau Märta saß auf dem Sofa und las ihm etwas vor. Sie schaute auf, die beiden lachten sich an. Sie waren immer noch glücklich miteinander, obwohl ihre Kinder längst erwachsen und aus dem Haus waren. Im Kamin brannte ein Feuer, auf dem Tisch standen Kerzen, deren Schein sich in der Fensterscheibe spiegelte.

Inger ging ein paar Schritte weiter, bis sie mitten auf dem schneebedeckten Marktplatz neben dem Weihnachtsbaum stand, der bereits mit Lichterketten geschmückt war. Langsam drehte sie sich um sich selbst. Da, wo die Bewohner noch wach waren, leuchtete es anheimelnd hinter den Fenstern.

Mein Zuhause, dachte Inger und spürte endlich wieder diese Ruhe in sich, die sie eben noch so sehr vermisst hatte.

»Ich werde es schaffen«, flüsterte sie vor sich hin und fühlte es in diesem Moment auch so. Sie kostete die neu erwachte

Zuversicht aus und hoffte, sich dieses Gefühl über die nächsten Wochen bewahren zu können. Was immer auch passierte, die Vorweihnachtszeit sollte so schön wie möglich werden. Für Malena, für die Kinder und auch für sie selbst.

Inger wandte sich um und machte sich auf den Rückweg. Als sie ihre Hände in die Taschen steckte, spürte sie trotz der Handschuhe knisterndes Papier.

Augustas Brief, schoss es ihr durch den Kopf.

Es musste kurz nach Mitternacht sein. Zu spät für einen Nachbarschaftsbesuch. Inger wusste selbst nicht, wieso sie sich trotzdem an der Weggabelung dafür entschied, den linken Weg einzuschlagen.

Schon von Weitem konnte sie das erleuchtete Wohnzimmerfenster sehen, und es berührte sie eigentümlich. Es war so vertraut und gleichzeitig fremd, weil sie wusste, dass dort nicht Augusta in ihrem Lehnstuhl saß und in einem Buch las oder Radio hörte, sondern dass ein Fremder sich dort aufhielt. Viele lange Winterabende hatte sie in diesem Zimmer zusammen mit Augusta bei einer Tasse Tee verbracht, während das Feuer im Kamin gemütlich prasselte.

Inger trat langsam näher, bis sie in das Fenster schauen konnte. Auf den ersten Blick sah es aus wie immer, und doch war alles ganz anders. Es dauerte einen Moment, bis sie begriff, was anders war. Diesem Raum fehlte die Wärme, die er zu Augustas Zeiten ausgestrahlt hatte, und das lag nicht nur daran, dass das Feuer im Kamin nicht brannte.

Der Mann hinter dem Schreibtisch hatte den Kopf über irgendwelche Unterlagen gebeugt. Trotzdem konnte Inger die zusammengezogenen Augenbrauen und die steile Falte auf seiner Stirn erkennen. Er schien sich über das, was er vor sich sah, sehr zu ärgern. Ob sie anklopfen und ihm den Brief geben sollte? Während Inger noch überlegte, hob er plötzlich den Kopf. Inger trat erschrocken einen Schritt zurück. Sie war sich sicher, dass er sie in der Dunkelheit nicht sehen konnte, und doch schien er ihr genau ins Gesicht zu schauen. Sein Blick war finster.

Inger ging rückwärts, einen Schritt nach dem anderen, den Blick starr auf das erleuchtete Viereck des Fensters gerichtet. Erst als sie mit dem Fuß hängenblieb und fast gestürzt wäre, wandte sie sich um und eilte davon.

Sie ging schnell, bevor Per Holmqvist möglicherweise aus dem Haus kam und sie sah. Sie wollte diesem Mann nicht begegnen. Nicht in dieser Nacht und am liebsten überhaupt niemals mehr. Erst als sie wieder zu Hause war, fiel ihr der Brief in ihrer Manteltasche ein. Sie hätte ihn in Augustas Briefkasten werfen können.

Inger trug immer noch ihren Mantel. Unschlüssig stand sie in der Diele und entschied schließlich, dass sie an diesem Abend nicht noch einmal zu Augustas Haus zurückgehen würde.

Es waren wenig erfreuliche Unterlagen, die da vor ihm lagen. Seine Miene spiegelte den Ärger wider, den er beim Lesen empfand. Plötzlich hob er lauschend den Kopf. Er hatte wieder dieses seltsame Fiepen gehört, und diesmal wusste er, dass er sich nicht geirrt hatte. Das Fiepen wurde lauter und endete in einem kurzen, schmerzerfüllten Jaulen.

Per schob den Stuhl zurück und erhob sich. Er hatte nach seiner Ankunft das ganze Haus inspiziert, nur in den Keller war er nicht gegangen.

Der Kellerabgang lag neben der Treppe, die in die erste Etage führte. Per blieb oberhalb der Stufen stehen und drückte auf den Lichtschalter rechts an der Wand. Eine einzelne Glüh-birne flammte auf. Das fahle Licht erleuchtete die Treppe und einen Teil des Kellerganges. Es war wieder ganz still.

»Hallo«, rief Per nach unten. Ein leises Winseln antwor-tete ihm. Er stieg hinunter und schaltete dort ebenfalls das Licht ein. Rechts und links des Ganges führten geschlossene Türen zu den einzelnen Kellerräumen, geradeaus mündete der Gang in einen großen, quadratischen Raum, der mit Möbeln und allerlei Gerümpel vollgestellt war.

Ein altes Büfett stand rechts an der Wand, eine der Türen war geöffnet. Alte Kleider und Stoffe befanden sich darin. Eine altmodische Kühltruhe summte leise vor sich hin und verriet, dass sie noch im Dienst war. Links befand sich ein alter, rot gestrichener Kleiderschrank, und in der Mitte des Raumes stand der Puppenwagen, den er auf dem Foto gesehen hatte. Er sah schäbig aus. Der feuchte Keller hatte Stockfle-cken auf den Bezügen hinterlassen. Die Puppe, die darin lag, starrte ihn leblos an. Ihr Haar war verfilzt, ein Riss zog sich über die Porzellanwange. Zwei alte Sessel mit aufgerissenen Bezügen standen daneben, bedeckt mit alten Zeitungsstapeln. Aus einem fahrbaren Nähkästchen quollen ineinander ver-flochtene Garne und Spitzen.

Ihm gegenüber, ganz in der Ecke des Raumes, stand ein Re-gal mit alten Einmachgläsern, die teilweise umgekippt waren. Darüber befand sich ein Schacht, aus dem Schnee und Kälte in den Raum drangen. Der Schacht schien geradewegs nach draußen zu führen.

Noch konnte Per nichts sehen, bis er den Puppenwagen und die Sessel beiseiteschob. Dahinter lag ein schwarzweißes Wollknäuel und wedelte schwach mit dem Schwanz. Drum-herum lagen Glassplitter, und eine dunkle Lache hatte sich auf dem Boden ausgebreitet.

Per ahnte, was passiert war. Der Hund war draußen herumgelaufen und irgendwie in diesen Kellerschacht gefallen. Wahrscheinlich war er dabei auf das Regal mit den Einmachgläsern gefallen, und einige der Gläser waren auf dem Boden zersplittert.

»Wer bist du denn?«

Der Hund wedelte wieder mit dem Schwanz und versuchte, aufzustehen. Erst jetzt konnte Per erkennen, dass er sich an den Glassplittern die rechte Vorderpfote aufgeschnitten hatte. Mit einem schmerzerfüllten Jaulen gab der Hund seinen Versuch auf und ließ sich zurückfallen. Seine Augen waren jedoch unverwandt auf Per gerichtet. Er schien ganz auf die Hilfe des Zweibeiners zu vertrauen.

»Ich kenne mich gar nicht aus mit Hunden.« Per schüttelte den Kopf und kam langsam näher. »Du wirst mich doch nicht beißen?«

Der Hund wedelte stärker mit dem Schwanz. Vorsichtig streckte Per die Hand nach ihm aus und berührte das wuschelige Fell.

Der Kopf des Hundes fuhr hoch, eine feuchte Zunge leckte über Pers Hand. Dabei winselte das Tier, als hätte es Angst, dass sein neuer Freund es im Stich lassen könnte.

»Ist ja schon gut«, brummte Per. »Wollen wir einmal sehen, was ich für dich tun kann.« Er erhob sich und schaute nachdenklich auf den Hund hinunter. Er hatte überhaupt keine Ahnung, was er mit dem verletzten Tier jetzt anfangen sollte.

Der Hund ließ den Kopf auf die Vorderpfoten sinken, sein Blick, der immer noch auf Per gerichtet war, schien plötzlich resigniert. Wahrscheinlich spürte er die Unsicherheit und Unbeholfenheit des Menschen.

Per gab sich einen Ruck. »Wir schaffen das schon, mein

Kleiner. Du musst jetzt ganz tapfer sein und die Zähne zusammenbeißen. Ich hebe dich jetzt hoch und trage dich nach oben.«

Per hielt kurz inne, schüttelte den Kopf. »Jetzt rede ich schon mit einem Hund«, hielt er sich selbst vor.

Den kleinen Hund schienen seine Worte mit neuem Mut zu erfüllen. Er hob den Kopf, und als Per vorsichtig nach ihm griff, leckte er ihm wieder über die Hände. Er jaulte auf, als Per ihn hochhob, aber er biss nicht zu.

»Tapferer, kleiner Kerl«, lobte Per. »Ich bringe dich jetzt nach oben und sehe mir mal die Wunde an.«

Er trug den Hund in die Wohnstube und legte ihn auf das Sofa. Seine Hände waren voller Blut, als er sich aufrichtete.

Per gab sich alle Mühe, dem Hund nicht allzu wehzutun, als er ihn untersuchte. Trotzdem jaulte der kleine Kerl einige Male auf, leckte ihm danach jedoch wieder die Hände, als wollte er sich dafür entschuldigen.

Per entdeckte einige Schnitte an beiden Vorderpfoten, die aber nicht allzu tief zu sein schienen. »Dein rechter Lauf macht mir Sorgen«, sagte er zu dem Hund. Es schien, als wollte er durch den Klang seiner Stimme nicht nur den Hund, sondern vor allem sich selbst beruhigen.

Per holte eine Schüssel mit warmem Wasser und reinigte erst einmal sorgfältig die Schnittwunden. Dabei entdeckte er eine Glasscherbe, die noch in der Pfote steckte und bei jeder Bewegung des Tieres weiter einschnitt. Deshalb hörte die Wunde nicht auf zu bluten.

Diesmal ging er nach oben ins Badezimmer und fand dort tatsächlich, wonach er suchte. Mit der Pinzette in der Hand kam er zurück.

Es bereitete dem kleinen Hund mit Sicherheit Schmerzen,

als er die Glasscherbe vorsichtig entfernte, doch er ließ alles mit sich geschehen, und in seinen Augen lag grenzenloses Vertrauen.

»Ganz schön leichtsinnig, dich so auf einen Menschen zu verlassen«, sagte Per. »Weißt du denn nicht, dass du dabei nur enttäuscht werden kannst?«

Nichts im Verhalten des kleinen Hundes deutete darauf hin, dass er die Meinung seines Retters teilte.

Nachdem Per die Glasscherbe vorsichtig herausgezogen hatte, hörte die Wunde auf zu bluten. Dem kleinen Hund ging es aber trotzdem zunehmend schlechter. Er trank nur ein paar Schlucke Wasser. Die Wurstscheiben, die Per ihm anbot, verschmähte er.

»Du musst zu einem Tierarzt«, sagte Per. In seiner Stimme schwang Angst.

»Du wirst nicht sterben«, sagte er zu dem Hund. »Das kannst du mir doch nicht antun, nachdem ich mir so viel Mühe mit dir gegeben habe.«

Der kleine Hund schien immer schwächer zu werden. Inzwischen wedelte er nicht einmal mehr mit dem Schwanz. Seine Augen blickten trübe, der Kopf lag schwer auf seiner linken Vorderpfote, während die rechte in einem seltsamen Winkel abknickte und ihm offensichtlich große Schmerzen bereitete.

»Wo zum Teufel bekomme ich mitten in der Nacht einen Tierarzt her?«

Die Angst in Pers Stimme schien auch den Hund zu beunruhigen. Er schaute Per an und winselte leise.

»Schon gut, mein Kleiner.« Per kraulte ihm den Kopf. »Wir schaffen das schon.« Er musste ihn kurz allein lassen, als er mit seinem Handy die Auskunft anrief, um die Nummern einiger Tierarztpraxen zu notieren. Einen Tierarzt allerdings erreichte er um diese Zeit nicht mehr. Lediglich die Band-ansagen in den Praxen, die ihn über die Sprechzeiten tagsüber informierten.

»Tja, mein Freund«, sagte Per niedergeschlagen, »da bleibt uns beiden wohl nichts anderes übrig, als bis morgen zu war-ten. Wenn du mir versprichst, bis dahin durchzuhalten, ver-spreche ich dir im Gegenzug, dass ich dich diese Nacht nicht allein lasse.«

Als hätte der Hund jedes seiner Worte verstanden, we-delte er kurz mit dem Schwanz. Per zog einen der Sessel bis ans Sofa. Er setzte sich neben den Hund und legte die Beine auf den Sessel. »Vielleicht schaffen wir es ja, ein wenig zu schlafen«, sagte er und schaute auf die Uhr. »Hoffentlich geht diese Nacht schnell vorbei.«

❄

»Inger, wach auf!«

Oh, nein! Inger zog sich die Decke über den Kopf. Sie war doch gerade erst eingeschlafen. Ihre Glieder waren schwer wie Blei, ihre Augenlider wie zugeklebt.

»Bitte, Inger, es ist etwas Schreckliches passiert!«

Der drängende Ton in Malenas Stimme alarmierte sie. In-ger fühlte sich müde und ausgelaugt. Sie hatte bis zwei Uhr im Büro gesessen und danach noch lange wach gelegen. Trotz-dem schlug sie die Decke zurück und starrte ihre Schwester an.

»Du siehst ja furchtbar aus«, sagte Malena.

»Danke, genau das wollte ich jetzt hören«, erwiderte Inger zynisch.

»Wir haben da ein Problem …«

»Bitte keine neuen Probleme«, fiel Inger ihr ins Wort.

»Der Herd ist kaputt«, sagte Malena.

Inger zog die Decke über den Kopf. »Sag, dass das nicht wahr ist«, murmelte sie dumpf. Als sie keine Antwort bekam, schlug sie die Decke wieder zurück. Malena stand immer noch vor ihrem Bett und zuckte mit den Schultern.

»Ich kann doch auch nichts dafür«, sagte sie unglücklich.

Inger gab sich der verzweifelten Hoffnung hin, dass vielleicht nur eine der Sicherungen herausgesprungen war. Sie folgte ihrer Schwester im Nachthemd nach unten. Nelly kam ihnen auf dem Weg ins Bad entgegen. Aus Ronjas Zimmer war laute Rockmusik zu hören.

Inger gähnte. »Wie spät ist es denn?«

Malena schaute sie schuldbewusst an. »Gleich halb sieben. Ich wollte dich ja schlafen lassen. Ich habe gehört, dass du erst irgendwann in der Nacht ins Bett gegangen bist.«

»Konntest du auch nicht schlafen?«

Inger wunderte sich darüber, dass Malena rot anlief und ihrem Blick auswich. »Ich habe nur gehört, wie du die Treppe hinaufgekommen bist. Danach bin ich sofort wieder eingeschlafen.«

In der Küche roch es verschmort, obwohl die Platten kalt waren. In einem Topf befanden sich die Zutaten für den Haferbrei, den es zu jedem Frühstück gab, auf dem Tisch standen Himbeerkonfitüre und Apfelmus.

Inger war inzwischen hellwach. Sie überprüfte die Sicherungen, obwohl der verschmorte Geruch sie bereits ahnen ließ, dass es daran nicht lag. Hoffnungslos drehte sie anschließend an den Schaltknöpfen. Vielleicht erbarmte sich das alte Ding ja doch noch. Die Platten blieben kalt.

»Und jetzt?«, fragte Malena.

Inger war gereizt. Sie sagte nichts, zuckte nur mit den Schultern.

»Wie soll ich denn jetzt das Frühstück für die Kinder machen?« Ihre nölende Stimme zerrte an Ingers Nerven.

»Woher soll ich das wissen«, fuhr sie ihre Schwester an.

»Lass deine schlechte Laune nicht an mir aus«, pampte Malena prompt zurück.

»Dann mach dir verdammt noch mal selbst einmal Gedanken, anstatt immer von mir zu erwarten, dass ich alle Probleme löse.«

»Gut.« Auf einmal war Malena ganz ruhig. »Die Kinder bekommen Brote, und wir rufen einen Elektriker, damit der sich den Herd ansieht.«

»Und wovon sollen wir den bezahlen?«, fauchte Inger. »Dieser Per Holmqvist bekommt noch die rückständige Miete. Wir müssen den Strom bezahlen, Viljam bekommt auch noch Geld. Ich habe die letzten Einkäufe wieder bei ihm anschreiben lassen. Ganz zu schweigen von den Weihnachtsgeschenken für die Kinder.« Unvermittelt brach Inger in Tränen aus.

Malena schlang beide Arme um sie. Auch ihr liefen jetzt Tränen über die Wangen. »Nicht weinen, Inger«, schluchzte sie. »Wir schaffen das schon. Wir schaffen das doch immer irgendwie.«

Inger hatte es verdrängt, aber seit Augustas Tod befand sie sich in einer Stimmung zwischen Trauer und Verzweiflung. Augusta fehlte ihr als der Mensch, der sie gewesen war, aber Augusta hatte die Villa Pusteblume auch immer wieder vor dem Abgrund gerettet. Es wurde Inger erst jetzt richtig bewusst, was sie ihrer mütterlichen Freundin alles zu verdanken hatte.

»Machen wir uns nichts vor«, weinte Inger, »ohne Augusta hätten wir längst aufgeben müssen.«

Malena schob sie ein Stück von sich und sah ihr eindringlich in die Augen. »Wir sind die Nyström-Schwestern, wir geben nicht auf. Niemals!«

Inger starrte ihre Schwester an, und plötzlich musste sie lachen. Das war typisch Malena. Keinen Plan, aber die Entschlossenheit einer Löwin.

Malena zog die Stirn kraus. »Was würde denn mit den Kindern passieren, wenn wir die Pusteblume nicht mehr halten können?«, fragte sie vorsichtig.

»Sie würden auf andere Kinderheime verteilt«, sagte Inger.

Malena nickte langsam, schüttelte aber gleich darauf den Kopf. »Das dürfen wir nicht zulassen.«

Inger riss sich zusammen. Sie musste ihre Mutlosigkeit wieder in den Griff bekommen. Wenn sie resignierte, war alles verloren.

»Es tut mir leid«, sagte sie, »ich hätte mich nicht so gehen lassen dürfen.«

Malena schüttelte den Kopf. »Du bist auch nur ein Mensch. Ich frage mich ohnehin oft, wie du das alles aushältst. Ich bin froh, dass ich mit diesem ganzen Finanzierungskram nichts zu tun habe. Ich wäre damit hoffnungslos überfordert.«

Auch ich bin damit hoffnungslos überfordert, dachte Inger, aber inzwischen hatte sie sich wieder so weit unter Kontrolle, dass sie diesen Gedanken für sich behielt.

»Vielleicht ist dieser Per Holmqvist ja ganz nett«, überlegte Malena laut. »Immerhin ist er Augustas Neffe, und wenn er nur ein bisschen so ist wie sie, wird er unsere Situation verstehen und uns wegen der fehlenden Mietzahlungen nicht gleich die Pistole auf die Brust setzen.«

Inger schüttelte zweifelnd den Kopf. »Er machte keinen sehr freundlichen Eindruck«, sagte sie und ließ ihre Schwester in dem Glauben, dass sie damit die Begegnung in Viljams Laden meinte. Von ihrem nächtlichen Spaziergang und ihrem

Blick durch Augustas Wohnzimmerfenster sagte sie nichts. Das finstere Gesicht Per Holmqvists hatte sie bis in den Schlaf verfolgt. Natürlich hatte sie diesen Ausdruck nicht auf sich bezogen. Warum sollte sie auch, schließlich kannte Per Holmqvist sie nicht und hatte keinen Grund, sie so böse anzuschauen. Allerdings war sie inzwischen davon überzeugt, dass dieser Mann kein leichter Verhandlungspartner sein würde.

»Ach, komm!« Malena hängte sich bei ihrer Schwester ein und zog sie zum Tisch. »Den Kindern ist es bestimmt egal, wenn es heute zum Frühstück statt Haferbrei belegte Brote gibt, die Kaffeemaschine funktioniert zum Glück noch …«

»Beschrei es nicht«, fiel Inger ihrer Schwester ins Wort.

»… und um den Elektriker kümmere ich mich«, fuhr Malena fort, den Einwand ihrer Schwester ignorierend. »Kannst du dich noch an Mårten aus meiner Klasse erinnern?«

Inger zuckte mit den Schultern und schüttelte gleichzeitig den Kopf.

»Der Hübsche mit den blonden Locken«, versuchte Malena der Erinnerung ihrer Schwester nachzuhelfen.

»Der Junge, der im letzten Schuljahr mit der Gitarre unter deinem Fenster gesungen hatte?«, fiel es Inger plötzlich ein.

Malena kicherte. »Er hat aber nicht unter meinem, sondern unter Papas Fenster gesungen, und das mitten in der Nacht. Das war aber nur eine von vielen Nächten, die Mårten Papa um den Schlaf gebracht hat. Papa musste ihn immer trösten, weil ich Mårtens Gefühle nicht erwiderte.« Malena seufzte theatralisch auf. »Er war schon sehr verliebt in mich, damals.«

Inger verstand. »Und das willst du jetzt ausnutzen, du berechnendes Biest?«

Malena setzte eine Unschuldsmiene auf. »Soll ich es lieber lassen?«

Inger hob beide Hände. »Bloß nicht. Ich bin mit allem einverstanden, was uns Kosten erspart.«

»Dann schick mich nicht mehr zur Schule«, kam es muffig aus Richtung Tür. Ronja, schlecht gelaunt wie jeden Morgen, schob sich ins Zimmer und ließ sich auf ihren Stuhl fallen. »Wenn ich nicht mehr zur Schule gehe, könnt ihr euch Bücher, Hefte und den ganzen anderen Kram sparen.«

»Das Geld für deine Schulsachen können wir gerade noch aufbringen«, erwiderte Inger trocken.

»Und was ist mit meinem Lucia-Kleid?«, bohrte das Mädchen sofort nach.

Inger spürte die Gereiztheit von vorhin wieder in sich aufsteigen. Sie setzte zu einer heftigen Erwiderung an, doch Malena kam ihr zuvor.

»Darum kümmern wir uns später«, sagte sie mit ungewohnter Strenge. »Im Moment haben wir andere Probleme.«

»Okay.« Ronja gab sofort nach, und wieder einmal musste Inger denken, dass das Mädchen bei ihr ganz anders reagiert hätte.

Nach und nach kamen auch die anderen Kinder in die Küche, und die erste Frage galt Lasse. Sonst wuselte der kleine Hund zwischen den Kindern umher, kommentierte bellend das morgendliche Chaos und bettelte am Tisch. Niemand hielt sich an das Verbot, den Hund bei den Mahlzeiten zu füttern.

Auch an diesem Morgen herrschte das übliche Gedränge, und doch war es anders. Lasse fehlte!

Normalerweise redeten alle durcheinander, und wenigstens ein Kind suchte nach seinen Hausaufgaben, einem wichtigen Buch oder nach seinen Strümpfen. Heute war es ruhig am Tisch, bis Inger sagte: »Ich werde gleich mit Yngve telefonieren. Vielleicht findet er ja heraus, wo unser Lasse ist.«

Es schien zumindest die Kinder erst einmal zu beruhigen. Inger selbst hegte wenig Hoffnung, dass der Dorfpolizist etwas über den Verbleib ihres Hundes herausfand.

Eine halbe Stunde später waren die Kinder auf dem Weg in die Schule. Zurück blieb ein Chaos, das Malena und Inger jeden Morgen gemeinsam beseitigten. Heute jedoch hielt Malena ihre Schwester zurück.

»Ich versuche zuerst, Mårten telefonisch zu erreichen, danach bringe ich das hier in Ordnung. Heute gibt es ohnehin nur kalte Küche.«

»Und was soll ich machen?«

Malena kaute sekundenlang auf ihrer Unterlippe, bevor sie vorsichtig vorschlug: »Du könntest diesen Per Holmqvist besuchen und ihm endlich Augustas Brief geben.«

Malena hatte recht, irgendwann musste sie Per Holmqvist aufsuchen. Dann konnte sie es auch jetzt gleich hinter sich bringen. Ein paar Minuten später machte sie sich mit dem Brief in der Tasche und klopfendem Herzen auf den Weg.

✳

Per Holmqvist fuhr die Straße zurück, die er gestern gekommen war. Er hatte am Morgen endlich einen Tierarzt in Leksand erreicht und war nun mit dem verletzten Hund auf dem Weg zu ihm. Sie waren beide völlig erschöpft, nachdem sie in der Nacht kaum geschlafen hatten. Der Zustand des Hundes schien sich noch weiter verschlechtert zu haben.

Das Navi streikte nach wie vor, aber zum Glück war es ein klarer Sonnentag. Kein Schneetreiben, das ihm die Sicht versperrte.

Der Tierarzt hatte ihm am Telefon den Weg erklärt. Per bog vom Tällbergsvägen in den Rättviksvägen ein. Die Tierarztpraxis war ganz in der Nähe der Kirche. Er war der erste Kunde an diesem Morgen.

»Das sieht gar nicht gut aus«, meinte der Tierarzt nach eingehender Untersuchung und bestätigte, dass das Bein wirklich gebrochen war. »Ich müsste Ihren Hund operieren.«

»Das ist nicht mein Hund«, widersprach Per und erklärte dem Tierarzt, wie er ihn in der vergangenen Nacht gefunden hatte.

»Oh!« Der Tierarzt wurde hellhörig. »Das Tier trägt auch kein Halsband. Möglicherweise ein herrenloser Hund.«

»Spielt das eine Rolle?«, fragte Per barsch.

Der Tierarzt antwortete nicht sofort.

»Sie haben doch gesagt, er kann operiert werden.« Per schaute den Tierarzt empört an.

»Ja, schon«, erwiderte der Veterinär gedehnt, sprach aber nicht weiter.

»Ich verstehe«, sagte Per scharf. »Keine Sorge, ich zahle die Behandlung.«

»Sie haben natürlich recht.« Die Miene des Tierarztes veränderte sich. Er lächelte plötzlich, nickte bestätigend. »Es geht mir auch nicht um die Kosten, sondern darum, dass das Tier auch hinterher noch Pflege benötigt.«

Per entspannte sich sichtlich. »Wenn ich den Besitzer nicht finde, werde ich mich selbst darum kümmern«, sagte er.

Seit ein paar Minuten stand Inger vor der Tür. Zweimal hatte sie bereits die Hand gehoben und sie dann doch wieder sinken lassen. Immer, wenn sie gerade anklopfen wollte, sah sie ihn vor sich. So, wie sie ihn in Viljams Laden erlebt und in der vergangenen Nacht durchs Fenster gesehen hatte.

»Bringe es einfach hinter dich«, sagte sie leise zu sich selbst. Sie hob die Hand zum dritten Mal, schloss die Augen, und dann klopfte sie endlich an. Sehr zaghaft, wie sie selbst feststellte. Kein Wunder, dass es drinnen nicht zu hören war. Zumindest regte sich nichts hinter der verschlossenen Tür.

Inger nahm ein weiteres Mal allen Mut zusammen und klopfte wieder an, doch auch jetzt blieb alles ruhig. Offensichtlich war niemand zu Hause. Inger war so erleichtert, dass sie leise auflachte. Sie hatte es zumindest versucht.

»Es ist nur aufgeschoben«, flüsterte eine kleine, ziemlich gemeine Stimme tief in ihrem Innern.

»Das weiß ich selbst«, murmelte Inger und zog Augustas Brief aus der Manteltasche, um ihn in den Briefkasten zu werfen. Sie hatte die Klappe bereits geöffnet, hielt aber plötzlich inne.

Es ging ja nicht nur um den Brief. Sie musste mit Per Holmqvist über die Mietschulden reden. Augustas Brief bot zumindest die Möglichkeit, mit ihm ins Gespräch zu kommen. Ohne diesen Brief würde es ihr bedeutend schwerer fallen, diesen Mann anzusprechen und ihn um Geduld und Verständnis zu bitten. Ein bisschen hegte Inger auch die Hoffnung, dass die letzten Worte seiner Tante ihn weich stimmen konnten.

»Ich werde ihm den Brief morgen bringen«, sagte sie laut zu sich selbst. »Dann wird alles gut, ganz bestimmt.«

»Alles wird gut!« Wie eine Beschwörungsformel murmelte sie diese Worte vor sich hin.

Inger machte noch einen Abstecher ins Dorf, kaufte bei Viljam Milch und Brot ein und bezahlte die Einkäufe der letzten Tage, die Viljam in sein kleines Buch eingetragen hatte.

Quer über den Marktplatz, gegenüber von Viljams Laden, befand sich Yngve Löfgrens Büro.

Es passierte nur selten etwas in dem kleinen Dorf am Siljansee, und das gemütliche Leben hatte bei dem Polizisten seine Spuren hinterlassen. Er liebte gutes Essen, und das war ihm deutlich anzusehen. Der würzige Geruch von Pfeifentabak lag in der Luft, als Inger das Büro nach kurzem Anklopfen betrat.

Yngve saß an seinem Schreibtisch. Direkt hinter ihm unter dem Fenster verstaubten Akten in einem halbhohen Regal. Neben dem Eingang stand ein Spind, und daneben gab es eine Tür, die in einen weiteren Raum führte und im Dorf reichlich Anlass zu Spekulationen gab. Niemand wusste, was sich dahinter befand. Es gab die wildesten Gerüchte, aber Inger war sich sicher, dass es einfach nur ein Waschraum mit einer Toilette war. Yngve selbst gab über die Bestimmung dieses Raumes niemals Auskunft. Er grinste nur, wenn er danach gefragt wurde.

Inger war jedes Jahr einmal im Büro des Polizisten. Immer in der Weihnachtszeit, wenn sie ihm zusammen mit den Kindern Selbstgebackenes brachte.

Yngves blaue Augen, die tief in Speckfalten eingegraben waren, schienen nach dem obligatorischen Körbchen in ihrer Hand zu suchen, obwohl es für das Weihnachtsgebäck eigentlich noch zu früh war. Er nahm die Pfeife aus dem Mund und wies auf den Besucherstuhl vor seinem Schreibtisch. »Was kann ich für dich tun, Inger?«

»Lasse ist weg.« Inger zog sich einen Stuhl heran und setzte sich. »Ich weiß, es ist eigentlich nicht deine Aufgabe, nach einem verschwundenen Hund zu suchen, aber vielleicht hast du ja etwas gehört. Möglicherweise von einem Unfall, in den ein Hund verwickelt war.«

Yngve nahm einen Zug aus seiner Pfeife und schüttelte dann den Kopf. »Ich habe weder etwas von deinem Lasse gehört, noch habe ich ihn in den letzten Tagen gesehen. Aber ich werde mich einmal umhören.«

»Danke, Yngve«, seufzte Inger.

Yngve nahm die Pfeife wieder aus dem Mund und beugte sich vor, soweit es sein dicker Bauch zuließ. »Mach dir keine Sorgen, wahrscheinlich wandelt er nur auf Liebespfaden.«

»Ich hoffe, du hast recht. Im Sommer ist das ja auch ganz normal bei ihm, aber im Winter bleibt er nie so lange weg.« Inger stand auf und schob den Stuhl wieder an den Schreibtisch. »Sagst du mir Bescheid, wenn du etwas hörst?«

»Darauf kannst du dich verlassen«, nickte Yngve.

Inger machte sich auf den Heimweg und traf zeitgleich mit einem knallroten Lieferwagen vor dem Kinderheim ein. Ein junger Mann mit blonden Locken und einem fröhlichen Lachen sprang aus dem Wagen.

»Hallo, Inger!«

Inger schaute ihn fragend an. Plötzlich dämmerte es ihr. »Mårten?«

Der junge Mann nickte und streckte ihr die Hand entgegen. »Malena hat mich angerufen und mir von euren Schwierigkeiten mit dem Herd erzählt. Mal sehen, ob wir das gute Stück wieder hinkriegen.«

»Glaubst du, dass das sehr teuer wird?«

Mårten lächelte gutmütig. »Das kann ich dir jetzt noch nicht sagen. Ich weiß ja nicht, was kaputt ist. Aber Malena hat mir schon gesagt, dass das Geld bei euch so kurz vor Weihnachten ziemlich knapp ist. Ich werde mich bemühen, es so preiswert wie möglich zu machen.«

Inger seufzte erleichtert auf. »Du kannst dir nicht vorstellen, wie dankbar ich dir bin.« Sie griff nach Mårtens Hand. »Du hast mir den Tag gerettet.«

Malena kam aus dem Haus geflogen. Sie lief auf Mårten zu

und umarmte ihn stürmisch. »Toll, dass du sofort gekommen bist.«

Mårten schien die Umarmung zu gefallen, und das, was er sah, auch. Er konnte den Blick kaum von Malena wenden.

»Ich war ganz in der Nähe, als du mich über Handy angerufen hast.«

Inger hatte plötzlich ein schlechtes Gewissen. Es war sicherlich nett von Mårten, dass er ihnen zu Hilfe kam, aber sie kam sich jetzt selbst sehr berechnend vor. Sie erinnerte sich jetzt wieder sehr gut an Mårten, der in jenem Sommer, als er seine Liebe zu Malena entdeckte, die Villa Pusteblume geradezu belagert hatte. Mit der Grausamkeit, zu der Jugendliche manchmal fähig sind, hatte Malena sich über seine Gefühle lustig gemacht.

Inger wusste nicht, was vorgefallen war, aber irgendwann tauchte Mårten nicht mehr auf, und sie selbst hatte ihn dann vergessen. Es war gemein, dass sie und Malena seine frühere Verliebtheit jetzt für ihre Zwecke ausnutzten.

Inger wusste nicht, was sie sagen sollte. Sie konnte Mårten jetzt schlecht wieder wegschicken, und so begnügte sie sich damit, ihrer Schwester warnende Blicke zuzuwerfen.

Malena übersah diese Blicke und flirtete ungeniert mit Mårten. »Wie erwachsen du geworden bist«, sagte sie bewundernd und tippte gegen seine Oberarme. »Du hast ja richtig Muskeln entwickelt.«

»Regelmäßiges Fitnesstraining«, sagte Mårten geschmeichelt. »Du siehst übrigens immer noch so toll aus wie früher.«

Inzwischen waren sie in der Küche angekommen, und Inger beschloss, diese gegenseitige Bewunderung abzubrechen.

»Hier ist das gute Stück«, sagte sie und klopfte auf eine der Herdplatten.

Es schien Mårten schwerzufallen, seinen Blick endlich von Malena zu lösen. Er warf einen Blick auf den Herd, das Lächeln verschwand von seinem Gesicht. »Himmel«, stöhnte er auf. »Wie alt ist denn das Ding?«

»Er hat uns bisher nie im Stich gelassen«, verteidigte Malena den Herd und streichelte liebevoll über eine der Herdplatten. Bittend schaute sie Mårten an. »Du schaffst das doch?«

Mårten schaute von Malena auf den Herd und dann wieder zu Malena. »Ich gebe immer mein Bestes«, behauptete er. Inger hatte das Gefühl, dass er damit nicht nur seine Arbeit meinte.

Mit Malenas Hilfe zog Mårten den Herd von der Wand und begann mit einer Inspektion. Dabei seufzte er mit gespielter Verzweiflung, aus der in der nächsten Stunde echter Kummer wurde. Weniger bei ihm als bei Inger.

»Es tut mir leid.« Mårten, der hinter dem Herd in gebückter Haltung herumgeschraubt hatte, richtete sich auf. »Da ist nichts mehr zu machen.«

Inger setzte sich an den Tisch und vergrub ihr Gesicht in beide Hände.

»Ich kann euch einen neuen Herd zum Einkaufspreis besorgen«, bot Mårten an. »Ich schließe ihn euch sogar kostenlos an.«

Wir können uns keinen neuen Herd leisten, schoss es Inger durch den Kopf, sie war aber unfähig, etwas zu sagen.

Malena hingegen wollte wissen, mit welchen Kosten sie für eine Neuanschaffung zu rechnen hätten. Die Summe, die Mårten nannte, war sicher weitaus geringer, als selbst für den preiswertesten Herd im Geschäft bezahlt wurde, und doch war es für Inger im Augenblick unerschwinglich.

»Danke, Mårten«, sagte sie und fasste einen spontanen Entschluss, dessen Konsequenzen sie noch nicht richtig durchdacht hatte, während sie bereits sprach. »Es wäre sehr nett, wenn du uns einen neuen Herd besorgst. Was glaubst du, wie lange das dauert?«

Inger spürte den überraschten Blick ihrer Schwester auf sich gerichtet, aber in Mårtens Gegenwart mochte sie keine Erklärungen abgeben.

»Bis spätestens morgen«, versprach Mårten. Er klopfte auf den alten Herd. »Und diese Ruine entsorge ich auch für euch.«

»Ich weiß nicht, wie ich dir jemals danken soll.« Inger merkte selbst, wie kraftlos ihre Stimme klang.

»Na ja, wenn ich mal zu euch zum Adventskaffee kommen darf, würde mich das freuen«, sagte er. »Früher gab es im Kinderheim Pusteblume immer die besten Pfefferkuchen.«

»Die gibt es auch heute noch«, lächelte Malena. »Ein Rezept meines Vaters.«

»Ich weiß. Du hast sie früher immer mit zur Schule gebracht und gegen die Erledigung deiner Hausaufgaben eingetauscht. Ich war für Mathematik zuständig.«

»Pst!« Malena legte den Zeigefinger über ihre Lippen. »Bisher wusste niemand davon.« Sie grinste Mårten an und danach Inger.

Inger hatte keine Ahnung gehabt, aber im Augenblick konnte sie nicht einmal darüber lächeln. Sie war einfach nur fertig, vollkommen am Ende.

Malena schien ihr anzusehen, wie es ihr ging. Sie gab sich alle Mühe, Mårten so schnell wie möglich loszuwerden, ohne ihn zu verärgern. Es dauerte noch fast eine halbe Stunde, bis er sich zur Tür geleiten ließ und bis zum nächsten Tag verabschiedete.

Nach einer Weile kam Malena zurück in die Küche und setzte sich zu Inger an den Tisch.

»Wie willst du den neuen Herd bezahlen?«

»Mit dem Geld, das Thorsten uns gegeben hat.«

»Aber das brauchst du doch für Per Holmqvist.«

Inger fiel auf, dass Malena immer nur »du« und nicht ein Mal »wir« sagte. Es waren ihre Probleme, ihre Sorgen …

Nicht darüber nachdenken, ermahnte Inger sich selbst. Sie hatte sich heute bereits einmal fast mit Malena gestritten, sie wollte es nicht noch einmal dazu kommen lassen. Die Situation war kompliziert genug, da mussten sie sich nicht auch noch gegenseitig das Leben schwer machen.

»Per Holmqvist muss eben noch ein bisschen länger auf seine Miete warten«, sagte sie müde.

»Hast du mit ihm gesprochen?«

Offensichtlich fiel Malena erst jetzt wieder ein, dass Inger sich ja erst heute Morgen auf den Weg zu ihrem neuen Vermieter gemacht hatte.

Inger schüttelte den Kopf. »Er war nicht da.«

»Vielleicht solltest du es gleich noch einmal versuchen.«

Inger sah auf, schüttelte den Kopf. »Das kann ich nicht, Malena. Dazu bin ich heute nicht mehr in der Lage.« Insgeheim hoffte sie, dass Malena sich anbot, zu Per Holmqvist zu gehen, um mit ihm zu reden. Vielleicht konnte ihre Schwester ihn ja ebenso um den Finger wickeln wie eben noch Mårten.

»Na gut«, erwiderte Malena leichthin. »Dann gehst du eben morgen zu ihm. Auf einen Tag mehr oder weniger kommt es jetzt auch nicht mehr an.«

Der Tierarzt hatte gesagt, er solle gegen Mittag wiederkommen. Per fuhr nicht zurück, sondern vertrieb sich die Zeit in Leksand. In einem Supermarkt kaufte er Lebensmittel, und anschließend besorgte er in einer Zoohandlung alles, was nach Meinung des Verkäufers ein Hund benötigte. Angefangen von einem bequemen Körbchen, Spielzeug und einer Leine, bis hin zu Hundefutter.

Hundefutter trocken, Hundefutter nass, Kausnacks sowie Ergänzungs- und Spezialfutter.

Per ließ sich von einem Verkäufer beraten. Dabei schaute er immer wieder auf die Uhr. Endlich war es so weit und er konnte zurück in die Tierarztpraxis fahren.

Der Tierarzt kam ihm entgegen, als er das Wartezimmer betrat.

»Die OP ist gut verlaufen und der gebrochene Vorderlauf fixiert. Der Kleine ist inzwischen aus der Narkose erwacht und recht stabil. Er wird es schaffen.«

Per erhielt noch ein paar Anweisungen, bevor er den Hund in seinen Wagen brachte und vorsichtig auf den Rücksitz legte.

Der Hund schien zu spüren, dass ihm geholfen wurde. Er ließ alles mit sich geschehen und konnte inzwischen sogar wieder mit dem Schwanz wedeln. Der Tierarzt hatte ihm ein Schmerzmittel injiziert und Per für später ein paar Tabletten mitgegeben.

»Jetzt müssen wir erst einmal zusehen, dass wir deinen Besitzer finden«, sagte Per auf der Rückfahrt zu dem kleinen Hund. »So ganz unter uns muss ich dir ehrlich gestehen, dass ich mich eigentlich freuen würde, wenn du wirklich niemandem gehörst. Als Kind habe ich mir immer einen Hund gewünscht. Als ich erwachsen wurde, habe ich es dann vergessen.«

Per warf einen kurzen Blick in den Rückspiegel. Der Hund lag ausgestreckt auf dem Sitz, hatte den Kopf allerdings hochgehoben und schien ihm aufmerksam zuzuhören.

»Und jetzt bist du da«, fuhr Per fort. »Ganz ehrlich, mein Kleiner, du bist mir mehr wert als diese ganze verdammte Erbschaft.«

Der Hund bellte. Es war das erste Mal, dass er nicht jaulte oder winselte, und es klang wie Zustimmung.

Per lächelte. »Ich habe dir schon eine komplette Ausstattung gekauft. Die bekommst du natürlich auch, wenn wir deinen Besitzer finden.«

Per fuhr ins Dorf ein. Auf der Straße begegnete ihm ein junges Paar. Er erinnerte sich plötzlich, dass er den Mann gestern in dem Dorfladen gesehen hatte. Er hielt an und ließ die Seitenscheibe hinunter.

»Hej«, sagte er und winkte den jungen Mann zu sich ans Auto. Er wies auf den Rücksitz. »Sie sind doch von hier. Wissen Sie, wem dieser Hund gehört?«

Der junge Mann schaute durch das Fenster und schüttelte den Kopf. »Nein, danke«, sagte er.

»Na gut«, sagte Per. Er nickte dem jungen Mann knapp zu, bevor er das Fenster wieder schloss und weiterfuhr. »Wir haben es wenigstens versucht«, sagte er im Rückspiegel zu dem kleinen Hund.

❊

»Was wollte der denn von dir«, fragte die Freundin des jungen Deutschen. Sie trat neben ihn und schaute ebenso wie er dem Geländewagen nach.

Der Mann zuckte mit den Schultern. »Ich habe ihn nicht so genau verstanden, aber ich glaube, er wollte mir seinen verletzten Hund verkaufen.« Er schaute seine Freundin an und legte lächelnd einen Arm um ihre Schultern. »Manchmal sind die Schweden schon seltsam.«

❊

Es gelang Inger kaum, sich im Laufe des Tages zu entspannen, und das lag nicht nur an dem kaputten Herd. Lasse war immer noch nicht wieder nach Hause gekommen, und inzwischen gab es für Inger keinen Zweifel mehr, dass ihm etwas passiert sein musste.

Nelly weinte ein bisschen, als sie aus der Schule kam und erfuhr, dass der Herd kaputt war und nicht mehr repariert werden konnte. Zuerst hatte Inger Angst, dass sich ihre eigenen Sorgen allmählich auf die Kinder übertrugen, doch dann stellte sich heraus, dass Nelly sich wegen der Weihnachtswichtel Sorgen machte.

»Wie sollen wir ihnen denn Milchbrei kochen, wenn wir keinen Herd haben?«, weinte das Kind. »Und wenn wir ihnen keinen Milchbrei kochen, haben wir im nächsten Jahr nur Pech.«

Noch mehr Pech geht fast nicht, dachte Inger. Sie beruhigte das Mädchen und versicherte ihm, dass sie spätestens morgen einen neuen Herd haben würden.

Später weinte Nelly, weil Lasse nicht zu Hause war. Inger verschwieg, welche Befürchtungen sie selbst hegte und überließ es Malena, das Mädchen zu trösten, während sie sich selbst mit Jesper noch einmal auf die Suche nach dem kleinen Hund machte.

Lasse war nirgendwo zu finden, und im Dorf hatte ihn auch niemand gesehen.

»Vielleicht wurde er irgendwo aus Versehen eingesperrt. In einem Schuppen oder so, und er kann deshalb nicht mehr nach Hause kommen.«

Jesper wollte nicht nur Inger, sondern vor allem sich selbst beruhigen. Alle Kinder hingen an Lasse, aber Jesper liebte ihn ganz besonders.

»Ja, das ist natürlich möglich«, nickte Inger, obwohl sie

diese Vorstellung eher erschreckte. Wenn Lasse bei diesen Temperaturen irgendwo eingesperrt war, hatte er kaum eine Chance.

Niedergeschlagen kehrten sie in die Villa Pusteblume zurück. Um die Kinder abzulenken, schlug Malena vor, zusammen Weihnachtsschmuck zu basteln.

Alle machten mit, sogar Lotta. Sie schnitt Sterne in unterschiedlichen Größen aus rotem Glanzpapier aus, die später auf die Fenster geklebt werden sollten. Die meisten Sterne waren ziemlich schief und die Zacken unterschiedlich lang, aber daran störte sich niemand.

Ronja und Jesper bastelten kleine Julböcke aus Stroh, während Nelly und Nils aus buntem Pappkarton Weihnachtskarten herstellten.

Die beiden Großen arbeiteten selbständig und neckten sich dabei gegenseitig. Inger half Lotta und Malena den Zwillingen.

»Wo wohnt der Jultomte eigentlich?«, wollte Nelly plötzlich wissen.

»Du Baby«, lachte Ronja sie aus. »In Wirklichkeit gibt es den Jultomte doch überhaupt nicht. Das ist doch alles nur Kinderkram, auch diese ganzen Wichtelgeschichten.«

Nils und Lotta schauten erschrocken auf, aber Nelly wurde wütend.

»Als ob du das wüsstest«, fuhr sie Ronja an.

»Hast du schon einmal einen Wichtel gesehen?« Ronja grinste Nelly frech an. »Und ich wette, du kennst auch keinen Menschen, der je einen gesehen hat. Das sind doch nur Märchen für kleine Kinder wie dich.«

Nelly streckte Ronja die Zunge heraus. Danach drehte sie sich zu Inger herum und fragte weinerlich: »Gibt es wirklich keine Weihnachtswichtel?«

Inger schaute in drei Augenpaare, die sie gespannt anschauten und darauf hofften, dass sie ihnen nicht die Magie der Weihnachtszeit zerstörte. Sie sah in das grinsende Gesicht Ronjas, die eher darauf wartete, wie sie sich aus der Affäre zog.

Malena wirkte verärgert, und die Blicke, die sie Ronja zuwarf, zeigten, wem ihr Zorn galt. Es war Jesper, der plötzlich die Initiative ergriff und die Situation rettete.

»Niemand sieht die Wichtel. Sie verlieren ihre Kräfte, wenn Menschen sie sehen, und deshalb helfen sie uns zwar, aber sie verstecken sich auch vor uns.«

Ronja tippte sich mit dem Zeigefinger gegen die Stirn, während die drei Kleinen allesamt erleichtert wirkten. Jesper war schon groß, und wenn er sagte, es gab die Wichtel, dann gab es sie auch.

»Du spinnst doch«, sagte Ronja. »Die Märchenstunde …«

»Jesper hat recht«, fuhr Malena ihr mit erhobener Stimme in die Parade. Sie sah Ronja streng an. »Und du hältst jetzt besser den Mund.«

Einen Augenblick schien Ronja ihr widersprechen zu wollen, aber dann lachte sie nur und griff nach ein paar Strohhalmen, um ihre Bastelarbeit fortzusetzen.

»Glaub doch, woran du willst«, sagte sie zu Nelly.

»Das mache ich auch.« Nelly warf Ronja einen undefinierbaren Blick zu. »Das Leben ist nämlich viel schöner, wenn man an etwas glauben kann.«

Ronjas Kopf flog überrascht hoch. Niemand am Tisch sagte etwas, aber Inger drückte unter dem Tisch ganz fest Nellys Hand.

*

Ganz früh am nächsten Morgen tauchte Mården mit einem Gehilfen und dem neuen Herd auf. Die Kinder hatten das Haus gerade erst verlassen, um zur Schule zu gehen. In der Küche herrschte das übliche Chaos. Der Tisch war noch nicht abgeräumt, ungespülte Teller, Tassen und die Reste des Frühstücks standen herum.

Mården störte sich nicht an der Unordnung. Wahrscheinlich nahm er sie nicht einmal wahr, denn auch an diesem Morgen hatte er nur Augen für Malena.

»Carl und ich werden euch jetzt den neuen Herd anschließen«, sagte er, aber letztendlich war es Carl, der die Arbeiten erledigte. Mården half lediglich, den alten Herd nach draußen zu bringen, in den Lieferwagen zu verfrachten und anschließend den neuen Herd ins Haus zu tragen. Während Carl sich um den Anschluss kümmerte, saß Mården mit Malena am Tisch.

Inger hatte nicht die Muße, sich dazuzusetzen. Ihr war schlecht vor Aufregung. Sie zog sich in das kleine Büro zurück.

»Ich hatte keine andere Wahl«, sagte sie leise zu sich selbst und zählte die Geldscheine aus Thorstens Umschlag. Sie konnte zwar den Herd bezahlen und hatte anschließend noch eine geringe Summe übrig, aber es reichte nicht für die ausstehenden Mieten. Sie konnte nur darauf hoffen, dass Per Holmqvist Verständnis zeigte.

Die Post kam, noch während Mården und Carl bei Malena in der Küche waren. Inger nahm ein Schreiben des Elektrizitätswerks in Empfang. Sie hatte ja gewusst, dass sie mit ihren Zahlungen auch da im Rückstand war, trotzdem erschreckte sie der Brief mit der Drohung, dass der Strom in der kommenden Woche abgestellt würde, wenn sie nicht umgehend die ausstehenden Beträge bezahlte.

Klasse, dachte Inger mit einem Anflug von Galgenhumor. Was nutzt uns der neue Herd, wenn wir keinen Strom haben, um ihn anzustellen?

Der Rest von Thorstens Geld würde knapp für die Energiekosten reichen, und damit ging Per Holmqvist erst einmal leer aus.

Er wird uns schon nicht von heute auf morgen auf die Straße setzen, machte Inger sich selbst Mut. Kein Mensch konnte so herzlos sein, Kindern das Dach über dem Kopf wegzunehmen.

Natürlich würde für ihre Schützlinge auch gesorgt werden, wenn sie und Malena das Heim nicht mehr halten konnten. Inger konnte sich leicht ausrechnen, was dann passieren würde. Die Kinder würden getrennt und auf andere Heime verteilt werden. Wahrscheinlich musste sie damit schon rechnen, wenn die Behörden erfuhren, mit welchen Schwierigkeiten die Villa Pusteblume zurzeit zu kämpfen hatte.

Inger schlug beide Hände vors Gesicht, aber sie erlaubte es sich nicht, sich der Verzweiflung hinzugeben. Sie musste einen klaren Kopf bewahren. Sie nahm die Hände herunter und ballte sie zu Fäusten. »Ich werde es schaffen«, stieß sie hervor. »Jawohl, ich schaffe das!«

»Was wirst du schaffen?« Malena kam zu ihr ins Büro. Sie sah erschöpft aus und wartete eine Antwort auf ihre Frage gar nicht erst ab. »Kannst du bitte mit in die Küche kommen? Allmählich wird Mårten ein bisschen anstrengend.«

Inger zog die Stirn kraus. »Wieso? Was ist denn?«

Malena zog eine Grimasse. »Wahrscheinlich habe ich es ein bisschen übertrieben. Jedenfalls scheint er jetzt zu glauben, dass ich mich für ihn interessiere.«

»Wundert dich das? So wie du ihn angeflirtet hast.«

»Also bitte, ich habe es nur für dich getan.«

Inger riss die Augen weit auf. »Für mich?«

»Na ja, weil du doch so fertig warst wegen dem Herd.«

Inger verschlug es sekundenlang die Sprache. Sie atmete tief durch und sagte dann ganz ruhig. »Malena, du hast es nicht für mich getan, sondern für uns beide. In letzter Zeit kommt es mir oft so vor, als hättest du vergessen, dass wir beide nach Vaters Tod beschlossen haben, das Heim weiterzuführen.«

Malenas Augen verengten sich. Ingers Worte schienen sie aus einem unerfindlichen Grund wütend zu machen. Sie sagte aber nichts und entspannte sich langsam wieder.

»Sei doch bitte so freundlich und komm trotzdem mit in die Küche. Ich möchte nicht mit Mårten alleine sein.«

So förmlich hatte Malena noch nie mit Inger gesprochen. Inger nickte und folgte ihrer Schwester.

Der Herd stand inzwischen an seinem Platz und war angeschlossen. Carl packte das Werkzeug zusammen, während Mårten am Küchentisch saß und den letzten Schluck aus seiner Kaffeetasse trank. Bei Malenas Anblick strahlte er und stand auf.

»Wir sind fertig«, sagte er, obwohl Carl die ganze Arbeit gemacht hatte. »Jetzt zeige ich dir kurz, wie der Herd funktioniert.«

Inger zog eine Augenbraue in die Höhe. »So schwer wird es nicht sein, die richtige Platte einzuschalten«, meinte sie.

Mårten war da offensichtlich anderer Ansicht und klärte sie darüber auf, dass es sich um keinen Edelstahlherd handelte wie ihr altes Modell, sondern um einen hochmodernen Herd mit Ceranfeld.

Obwohl Mårtens Vortrag sie mit zunehmender Ungeduld erfüllte, hörte Inger aufmerksam zu. Sie vergaß keinen Augenblick, dass die Kosten für den neuen Herd ohne Mårten ganz andere Dimensionen erreicht hätten.

Mårten schien sein eigener Monolog plötzlich zu langweilen. »Lange Rede, kurzer Sinn«, sagte er schließlich, »ihr könnt mit dem Ding wieder kochen, und wenn es Probleme gibt, wisst ihr ja jetzt, wie ihr mich erreichen könnt.«

Inger und Malena nickten gleichzeitig.

»Ich komme aber auf jeden Fall vorbei und erkundige mich, wie ihr mit dem neuen Herd zurechtkommt.«

Wieder nickten Inger und Malena gleichzeitig. Mårten wirkte daraufhin ein wenig enttäuscht, als hätte er eine ganz bestimmte Antwort erwartet.

»Es bleibt doch bei der Einladung zum Advent?«

»Zu Pfefferkuchen und Glögg«, nickte Inger. Sie trat auf Mårten zu und nahm seine Hand. »Du ahnst nicht, wie dankbar ich dir bin. Du hast uns wirklich sehr geholfen.«

Mårtens Blick flog an ihr vorbei zu Malena, und plötzlich schämte Inger sich sehr. Sie hatte das Gefühl, dass Mårten immer noch oder wieder eine ganze Menge für ihre Schwester empfand. Im Grunde war es gemein, dass sie seine Gefühle ausnutzten, um sich einen Vorteil zu verschaffen.

Inger bezahlte Mårten und begleitete ihn anschließend zur Tür. Wieder schaute er an ihr vorbei und schien enttäuscht, weil Malena nicht mitgekommen war, um ihn zu verabschieden.

»Wir sehen uns dann am Sonntag«, sagte er.

»Ich freue mich schon«, nickte Inger und hoffte, dass es ehrlicher klang, als es gemeint war.

»Du hättest ihn ruhig ein wenig freundlicher verabschieden können«, sagte sie zu Malena, als sie zurück in die Küche kam.

Malena verdrehte die Augen. »Er fängt an, mir schrecklich auf die Nerven zu gehen.«

»Weil er dich mag?« Inger schüttelte verständnislos den Kopf. »Er war doch sehr nett.«

»Ich werde ganz bestimmt nichts mit ihm anfangen, nur weil es dir gerade so in den Kram passt«, brach es völlig unerwartet aus Malena heraus. Sie stürzte an Inger vorbei aus dem Raum.

»Was war das denn jetzt?«, murmelte Inger erschrocken. Im Augenblick schienen sie alle etwas überempfindlich zu sein.

❄

»Ich will, dass Lasse wiederkommt«, Nelly stampfte mit dem Fuß auf, ihre Augen füllten sich mit Tränen.

»Ich will auch, das-s Las-se wiederkommt«, lispelte Nils.

Inger vermisste den kleinen Hund selbst schmerzlich. Yngve hatte sich bisher noch nicht gemeldet.

»Ohne Lasse ist alles doof«, sagte Jesper mit finsterer Miene. »Lasst uns noch einmal nach ihm suchen.«

Die Zwillinge stimmten sofort begeistert zu und wollten sich ihre Mäntel anziehen, aber Inger hielt sie zurück. »Draußen ist es schon dunkel, außerdem sucht Yngve bereits nach Lasse.«

Ronja zog eine missbilligende Grimasse. »Bevor der seinen dicken Hintern aus seinem warmen Büro …«

»Ronja!«, fiel Inger ihr scharf ins Wort.

»Ist doch wahr«, grinste Ronja. »Im letzten Jahr gab es hier nur den Hühnerdiebstahl bei Bauer Mattson und den betrunkenen Randalierer im Hotel Seeblick.«

»Er muss ja keinen komplizierten Mordfall lösen, sondern nur unseren Lasse finden«, mischte sich Jesper ein. »Das wird er wohl noch schaffen.«

Der Junge schien sich selbst Mut zusprechen zu wollen. Inger tätschelte ihm liebevoll den Arm. »Unser Lasse kommt bestimmt bald zurück.«

»Ich kann aber doch noch einmal rausgehen und nach ihm suchen.« Jesper schaute Inger bittend an. »Bis zum Abendessen bin ich bestimmt wieder zurück.«

Inger gab nach, zumal Jesper nicht allein gehen wollte. Ronja, die zwar nach außen nicht zeigte, dass ihr Lasse ebenfalls fehlte, bot an, Jesper zu begleiten.

»Warum dürfen Ronja und Jesper nach Lasse suchen und wir nicht?«, beschwerte Nelly sich natürlich prompt.

»Ja«, pflichtete Nils seiner Schwester, wie nicht anders zu erwarten, bei. »Wir wollen auch nach Las-se s-suchen.«

»Ihr geht nicht mehr raus, weil es dunkel ist und schneit«, erklärte Inger geduldig. »Jesper und Ronja können nicht gleichzeitig nach Lasse suchen und auf euch aufpassen.«

»Ich kann alleine auf mich aufpassen.« Nelly blitzte Inger wütend an. »Besser als die da.« Mit dem Finger wies sie auf Ronja.

Natürlich wollte Ronja kontern, doch Inger kam ihr mit einem Machtwort zuvor.

»Schluss jetzt«, sagte sie sehr bestimmt. »Ihr beide geht jetzt raus«, sagte sie zu Jesper und Ronja, bevor sie sich den Zwillingen zuwandte. »Warum geht ihr nicht einfach mal rauf zu Lotta und fragt sie, ob sie mit euch spielen will?«

»Ich will nicht mit der doofen Lotta spielen«, schimpfte Nelly.

»Ich s-spiele mit Lotta.« Nils war schon auf dem Weg zur Treppe. Nelly schaute ihm verblüfft nach. Für sie war es eine ganz neue Erfahrung, dass ihr Bruder etwas anderes wollte als sie. Darüber vergaß sie sogar ihre Diskussion mit Inger.

»Warte«, rief sie ihrem Bruder nach. »Ich komme mit.«

Lächelnd schaute Inger den beiden nach. Dieses eifersüchtige kleine Biest, dachte sie belustigt. Gleich darauf wurde ihre Miene ernst. Malena war immer noch sauer auf sie und ihr seit dem Mittag aus dem Weg gegangen, und in ihrer Manteltasche befand sich der Brief, den sie Per Holmqvist bringen sollte.

Inger verstand immer noch nicht richtig, worüber ihre Schwester sich eigentlich so sehr geärgert hatte. Schließlich war es Malenas Idee gewesen, Mårten anzurufen.

Sie strich sich die Haare aus dem Gesicht. Ich muss erst die Sache mit Per Holmqvist klären, dachte sie, danach werde ich mich um Malena kümmern.

Es ging ihr weniger um den Brief, den sie Augustas Neffen übergeben musste, als vielmehr um die Miete, die sie ihm schuldete. Die Angst vor dem Gespräch hatte etwas Lähmendes und breitete sich immer weiter aus. All die Unstimmigkeiten und Missverständnisse waren wahrscheinlich nichts anderes als eine Auswirkung ihrer Furcht vor dem bevorstehenden Gespräch.

Inger hatte sich noch nie vor einer Konfrontation gefürchtet, aber sie hatte Angst vor den Konsequenzen, die sich daraus für ihre Schützlinge ergeben könnten.

Sie wollte nicht länger darüber nachdenken, das brachte sie auch nicht weiter. Sie zog ihren Mantel an und steckte kurz den Kopf in die Küche, wo Malena mit den Vorbereitungen für das Abendessen beschäftigt war. »Ich gehe jetzt zu Per Holmqvist«, sagte sie.

»Ja«, sagte Malena kurz angebunden und drehte sich nicht einmal zu ihr um.

Sekundenlang geriet Ingers Vorsatz ins Wanken, und sie spielte mit dem Gedanken, erst einmal diese dumme Geschichte mit Malena in Ordnung zu bringen.

»Malena, du …«

»Ich will jetzt nicht darüber reden«, fiel Malena ihr ins Wort. Noch immer hatte sie ihr den Rücken zugewandt.

»Wie du meinst.« Inger gab sich alle Mühe, ihre eigene Gereiztheit zu unterdrücken. »Bis später.«

Malena sagte überhaupt nichts mehr. Sie stand am Herd und rührte in einem Topf.

Inger gab es schließlich auf. Sie zuckte mit den Schultern und ging. Kalte Luft schlug ihr entgegen, als sie die Tür öffnete. Dicke, weiße Flocken wirbelten um sie herum, legten sich auf ihren Kopf und ihre Schultern.

Inger versuchte, nicht an das zu denken, was vor ihr lag. Da erinnerte sie sich plötzlich an einen Spaziergang mit ihrem Vater. Wie sie zusammen an einem frühen Winterabend durch den Schnee gegangen waren. Es war ein seltener und kostbarer Moment gewesen, in dem sie ihren Vater einmal ganz für sich allein hatte. Er hatte sie fest an der Hand gehalten, während sie zusammen *Hej, mitt vinterland* sangen.

Die Hand, die sie damals hielt, hatte ihr so viel Kraft und Zuversicht vermittelt. Genau das spürte sie auch jetzt wieder. Es war, als würde ihr Vater neben ihr gehen und ihr den nötigen Halt vermitteln. Leise summte sie das Lied vor sich hin, um dieses Gefühl nicht zu verlieren.

Auch diesmal sah sie schon von Weitem das erleuchtete Fenster von Augustas Wohnzimmer. Das heißt, jetzt war es ja nicht mehr Augustas Wohnzimmer. Das Haus gehörte Per Holmqvist.

Inger hatte die Eingangstür erreicht. Sie zögerte keinen Moment und klopfte an. Es dauerte nicht lange, bis sie von drinnen Schritte vernahm und eine weiche Männerstimme.

»Bleib ganz ruhig liegen, ich bin gleich wieder bei dir.« Dann fiel eine Tür ins Schloss.

Inger fragte sich, mit wem Per Holmqvist gesprochen hatte. Seiner Frau? Seiner Freundin?

Kurz darauf ging die Außenbeleuchtung an und blendete Inger. Als sich ihre Augen an die veränderten Lichtverhältnisse gewöhnt hatten, stand Per Holmqvist direkt vor ihr. Die Tür hatte er bis auf einen kleinen Spalt hinter sich zugezogen.

Obwohl Inger den Mann bereits einmal in Viljams Laden gesehen hatte, war sie doch überrascht, wie groß er war, als er vor ihr stand. Sie musste den Kopf heben, um ihm ins Gesicht blicken zu können. Ein Gesicht, das nicht zu der Stimme passte, die sie eben vernommen hatte. In seinen Zügen lag nichts Weiches. Er bat sie nicht ins Warme, erwiderte nicht einmal ihren Gruß.

»Ich bin Inger Nyström«, stellte sie sich vor. »Sie wissen wahrscheinlich schon, dass meine Schwester und ich die Villa Pusteblume leiten.«

Der Mann zog nur eine Augenbraue in die Höhe, sagte aber immer noch nichts. Allmählich wurde Inger nervös.

»Ja«, sie suchte nach der richtigen Einleitung, nach den Worten, mit denen sie ihm ihre finanzielle Misere schildern und die ausgebliebenen Mietzahlungen so erklären konnte, dass er wenigstens ein bisschen Verständnis aufbrachte. Alles, was ihr einfiel, war der Brief in ihrer Tasche. Sie zog ihn heraus, stellte erschrocken fest, dass er ein wenig zerknittert war, und versuchte, ihn mit ihren behandschuhten Händen zu glätten, bevor sie ihn Per Holmqvist hinhielt.

»Von Ihrer Tante«, sagte sie ein wenig atemlos. »Es war Augusta sehr wichtig, dass ich Ihnen diesen Brief gebe.«

Anscheinend war das genau der falsche Weg, um das Gespräch zu eröffnen. Das Gesicht des Mannes verfinsterte sich. Er starrte auf den Brief in ihrer Hand, ohne danach zu greifen. Langsam zog Inger ihre Hand zurück.

»Augusta war ein wundervoller Mensch«, sagte sie mit erstickter Stimme. »Ich weiß nicht, wie ich die vergangenen Jahre ohne sie überstanden hätte.«

»Ja, ich habe schon festgestellt, dass Augusta offensichtlich großzügig sein konnte, wenn sie es nur wollte.« Zynismus lag in seiner Stimme, aber noch etwas anderes, das Inger nur schwer deuten konnte.

»Das war sie«, versicherte Inger hastig. »Ich weiß ja nicht, ob Sie Ihre Tante gut kannten, aber ich kann Ihnen gerne alles über Augusta erzählen, was ich weiß.«

Die dunklen Augen des Mannes verengten sich. »Was ich über meine Tante wissen muss, weiß ich«, erwiderte er unfreundlich. Er machte es ihr schwerer, als sie befürchtet hatte.

Inger holte noch einmal tief Luft, und dann sprudelte es aus ihr heraus.

»Es gibt noch etwas, was ich Ihnen sagen muss. Wir hatten zuletzt Probleme mit den Mietzahlungen, aber ich verspreche Ihnen, Sie bekommen Ihr Geld.« Inger schaute Per Holmqvist flehend an. »Wenn ich Sie nur um ein bisschen Geduld bitten dürfte.«

»Das Testament meiner Tante wurde bisher noch nicht verlesen.« Per Holmqvist schüttelte den Kopf. »Ich weiß also nicht, was mit dem Haus geschieht, in dem Sie Ihr Kinderheim betreiben.«

Das klang gar nicht mal so ablehnend, fand Inger, doch seine nächsten Worte machten diesen Eindruck schnell zunichte.

»Sollte ich das Vermögen meiner Tante und damit auch die beiden Häuser hier erben, werde ich ganz sicher keine Geduld aufbringen. Entweder können Sie zahlen, oder Sie sind raus.«

Inger starrte den Mann entsetzt an. »Das können Sie doch nicht machen. In dem Haus leben fünf Kinder …«

»Für die Sie die alleinige Verantwortung tragen«, fiel er

ihr ungeduldig ins Wort. »Und jetzt entschuldigen Sie mich bitte. Mir ist kalt, und ich habe Wichtigeres zu tun, als mit Ihnen über Ihre Mietschulden zu diskutieren.«

Er ging zurück ins Haus und schlug ihr die Tür vor der Nase zu.

»Das gibt es doch nicht«, murmelte sie leise vor sich hin. »Er kann mich hier doch nicht einfach so stehen lassen.«

Doch, er konnte und schaltete jetzt sogar die Außenbeleuchtung aus. Inger stand plötzlich im Dunkeln. In der Hand hielt sie immer noch Augustas Brief.

Inger wusste nicht, wie lange sie dort stand. Sie starrte auf das dunkle Holz der Eingangstür, die sich jedoch nicht mehr öffnete. Irgendwann spürte sie die Kälte, und das lag nicht nur an den Außentemperaturen.

Sie überlegte, was sie jetzt mit dem Brief machen sollte. Er hatte ihn nicht angenommen, aber sie hatte Augusta fest versprochen, dass ihr Neffe ihn bekommen würde.

Schließlich beugte sie sich hinab und warf ihn durch den Briefschlitz. Ihr Versprechen an Augusta hatte sie damit eingelöst. Ob Per Holmqvist den Brief las, war seine Sache.

Sie wandte sich um und ging. In ihr war alles leer und taub. Sie hatte keine Ahnung, wie es weitergehen sollte. Sie war nicht einmal dazu in der Lage, darüber nachzudenken.

❄

Per Holmqvist war hinter der Tür stehen geblieben, nachdem er die Außenbeleuchtung ausgeschaltet hatte. Aus der Wohnstube vernahm er das leise Winseln des kleinen Hundes. Nur verhalten und kaum hörbar. Er hatte ihm die Schmerzmittel verabreicht, die der Tierarzt ihm mitgegeben hatte, und die machten das Tier ziemlich schläfrig.

Er wartete weiter, hörte die Frau vor der Tür murmeln, ohne jedoch die Worte zu verstehen. Danach blieb es eine ganze Weile still.

Auf einmal war ein klackendes Geräusch zu hören. Etwas Helles schien durch den Briefschlitz zu schweben und flatterte zu Boden. Von draußen waren Schritte im verharschten Schnee zu hören, die sich entfernten, schließlich war es ganz still.

Per Holmqvist löste sich aus der Dunkelheit. Er hob den Brief auf und ging zurück in die Wohnstube, wo der kleine Hund in seinem neuen Korb hinter dem Schreibtisch lag. Das Tier wedelte kurz mit dem Schwanz und ließ den Kopf wieder sinken. Die Augen fielen ihm zu.

Per beugte sich zu ihm hinunter, streichelte ihn und befühlte kurz die Nase. »Du hast inzwischen wieder eine feuchte Nase, kleiner Kerl. Das heißt, du bist auf dem Weg der Besserung.«

Der Hund öffnete ein Auge und schloss es gleich darauf wieder.

»Wir beide sind ab sofort füreinander da, nicht wahr, mein Kleiner?«

Per Holmqvist ging zum Schreibtisch und stopfte Augustas Brief ganz hinten in die unterste Schublade.

»Vielleicht sollte ich ihn gleich in den Papierkorb werfen«, überlegte er laut. »Es interessiert mich nämlich überhaupt nicht, was diese Frau mir noch mitzuteilen hatte.«

Er griff bereits nach dem Brief, als der kleine Hund wieder jaulte.

Per hielt inne und ging zurück zu dem verletzten Tier. Er setzte sich auf den Boden neben den Korb und streichelte den Hund.

»Allerdings wird es allmählich Zeit, dass wir einen Namen

für dich finden.« Er schaute nachdenklich auf den Hund, dann lächelte er plötzlich. »Wie gefällt dir denn der Name Timmy?«

Der kleine Hund schlief jetzt tief und fest. Per erhob sich. »Na gut, haben wir das auch geklärt«, schmunzelte er. Er ließ den Hund in Ruhe schlafen und setzte sich hinter den Schreibtisch. Sein eben noch lachendes Gesicht wurde hart und abweisend, als er sich auf Augustas Unterlagen konzentrierte.

❄

An der Weggabelung traf Inger auf Jesper und Ronja.

»Wir haben Lasse nicht gefunden«, sagte der Junge geknickt.

Inger musste sich zusammenreißen. Die Kinder sollten auf keinen Fall mitbekommen, wie sehr die Begegnung mit Per Holmqvist sie aus der Fassung gebracht hatte.

»Lasst uns nach Hause gehen«, schlug sie vor und zwang sich zu einem Lächeln. »Vielleicht hat Yngve sich ja inzwischen gemeldet.«

Es roch nach Malenas Kartoffelauflauf, als sie in die Villa kamen. Von den drei Kleinen war nichts zu sehen. Malena hantierte in der Küche, und die Geräusche ließen darauf schließen, dass sie gerade den Tisch deckte.

Jesper und Ronja liefen zu ihr, ohne sich die Mäntel auszuziehen. Inger folgte den beiden langsam und bekam gerade noch mit, wie ihre Schwester bedauernd den Kopf schüttelte.

»Lasse ist nicht nach Hause gekommen«, sagte sie. »Und Yngve hat sich auch nicht gemeldet.«

Jesper ließ sich schwer auf einen der Stühle am Esstisch fallen und starrte vor sich hin. Ronja sah so aus, als würde sie jeden Moment in Tränen ausbrechen. Inger drückte sie an sich und strich Jesper über den Kopf.

»Es tut mir so leid«, sagte sie leise. Sie hätte den beiden so gerne versprochen, dass sie ihren Lasse wiederbekamen, aber inzwischen hatte sie selbst überhaupt keine Hoffnung mehr.

»Das wird ein doofes Weihnachten ohne Lasse.« Ronja versuchte, ihren üblich motzigen Ton anzuschlagen, aber ihre Stimme klang belegt.

»Wenn Lasse nicht mehr nach Hause kommt, habe ich gar keine Lust auf Weihnachten«, sagte Jesper rau.

Wer weiß, ob wir Weihnachten überhaupt noch alle zusammen sind, schoss es Inger durch den Kopf. Natürlich sind wir das, schalt sie sich im nächsten Moment. Selbst Per Holmqvist würde es nicht gelingen, so schnell eine Räumungsklage durchzufechten.

»Sagt bitte den Kleinen nichts«, bat Inger. »Vielleicht ist Lasse morgen ja wieder zu Hause.«

Eigentlich sagte sie das nur, um die beiden Großen zu trösten. Ein Blick in Ronjas und Jespers Gesicht zeigte ihr allerdings, dass sie damit nicht sehr erfolgreich war. Verdammt, konnte Malena denn nicht endlich etwas sagen? Ihr gelang es sonst doch immer, die Kinder aufzumuntern.

»Das Essen ist fertig«, sagte Malena knapp.

»Zieht eure Mäntel aus und bringt sie an die Garderobe«, bat Inger mit mühsamer Beherrschung, »und holt danach bitte die Kleinen.«

Ronja und Jesper schienen zu spüren, dass etwas in der Luft lag. Jesper stand auf, und kommentarlos gingen die beiden raus.

»Was ist eigentlich mit dir los, Malena?«, sagte Inger und gab sich jetzt keine Mühe mehr, ihren Ärger zu verbergen.

Malena fuhr herum. »Das fragst du mich noch?«

»Ja, das frage ich dich«, erwiderte Inger ganz ruhig. »Ich habe nur gesagt, dass Mårten sehr nett war, aber du führst dich seither auf, als hätte ich versucht, dich mit ihm zu verkuppeln.«

»Es wäre dir doch ganz recht, wenn ich mich mit ihm einlasse. Er hat ein eigenes Geschäft, ist handwerklich begabt …«

Die Unterstellung ihrer Schwester machte sie sekundenlang sprachlos.

»Es war deine Idee, ihn anzurufen«, erinnerte Inger sie noch einmal. Sie fühlte sich plötzlich ziemlich erschöpft und hätte am liebsten geweint.

Malena sagte nichts mehr, sie starrte verstockt vor sich hin. Inger wurde das Gefühl nicht los, dass das nicht alles war. Es ging doch nicht nur um Mårten, Malena quälte noch etwas anderes, aber darüber wollte sie offensichtlich nicht reden.

»Per Holmqvist hat mir die Kündigung angedroht«, sagte Inger leise. »Und ich habe keine Ahnung, wie ich die Mietrückstände aufbringen soll, um das zu verhindern.«

»Vielleicht ist es ja gut, wenn es endlich vorbei ist. Wenn diese ganzen Sorgen und Ängste endlich ein Ende haben.«

Malenas Äußerung schockierte Inger weitaus mehr als das, was Per Holmqvist gesagt hatte. Sie betrachtete ihre Schwester sekundenlang, versuchte zu begreifen, was gerade in Malena vorging.

»Das ist nicht dein Ernst.« Inger schüttelte den Kopf.

»Doch«, widersprach Malena und ließ sich schwer auf den Stuhl fallen, auf dem Jesper eben noch gesessen hatte.

»Nein«, sagte sie gleich darauf. Sie hob in einer hilflosen Geste die Hände, ließ sie wieder fallen und sprang rastlos auf. »Ach, ich weiß auch nicht. Das macht mich alles so fertig.«

Mich macht das auch fertig, hätte Inger darauf am liebsten geantwortet, und ich fühle mich auf der Suche nach der Lösung unserer Probleme ganz oft von dir im Stich gelassen.

Sie sagte es nicht, weil sie die Situation zwischen sich und Malena nicht noch weiter verschärfen wollte, aber sie hielt es keinen Moment länger in Malenas Gegenwart aus. Am liebsten hätte sie ihre Schwester an den Schultern gepackt, um sie … Ja, wozu eigentlich?

Irgendwo auf ihrem gemeinsamen Weg hatten sie sich verloren und waren einander fremd geworden.

»Ich schaue mal, wo die Kinder bleiben«, sagte Inger tonlos und ging aus dem Raum.

❄

Torvald Lindström starrte den Neffen seiner verstorbenen Mandantin entgeistert an. »Das können Sie nicht machen.«

Ein Lächeln umspielte Per Holmqvists Lippen, doch der Ausdruck seiner Augen blieb kühl.

»Natürlich kann ich das. Sie haben mir doch gerade erst das Testament vorgelesen. Und bestätigt, dass ich der Alleinerbe meiner Tante bin. Also kann ich mit meinem Erbe machen, was ich will.«

»Ihre Tante wollte das Testament ändern«, erwiderte Torvald Lindström steif. »Das Haus, in dem das Kinderheim untergebracht ist, sollte an die Nyström-Schwestern gehen.«

Per Holmqvist zog die Augenbrauen zusammen. »Aber sie hat das Testament nicht geändert, also ist es müßig, sich darüber Gedanken zu machen.«

»Ich hatte gehofft, Sie würden den Wunsch Ihrer Tante respektieren, auch wenn sie es nicht mehr geschafft hat, ihn formal beurkunden zu lassen«, erwiderte der Anwalt scharf.

Per Holmqvist zuckte mit den Schultern. »Tatsächlich interessiert mich der letzte Wunsch meiner Tante nicht sonderlich. Das verfasste Testament ist laut Ihrer eigenen Aussage rechtsgültig. Wenn Sie also weiter als Familienanwalt arbeiten wollen, erledigen Sie bitte den Auftrag, den ich Ihnen eben erteilt habe.«

»Bedaure«, erwiderte Torvald Lindström und schüttelte den Kopf. »Unter diesen Umständen muss ich das Mandat ablehnen.«

»Ganz wie Sie wollen.« Per Holmqvist zeigte sich ungerührt. »Lassen Sie mir die Akten dann bitte in den nächsten Tagen zukommen. Bis ich den Verkauf abgewickelt habe, werde ich im Haus meiner Tante wohnen.«

Torvald Lindström nickte und verabschiedete sich mit knappen Worten von Per Holmqvist, ohne ihm die Hand zu reichen.

Per Holmqvist erledigte noch einige Einkäufe in Leksand, bevor er sich auf den Rückweg machte. Diesmal empfing ihn wohlige Wärme und Gebell, als er die Haustür aufschloss. Der kleine Hund war in der Wohnstube, hatte inzwischen aber sein Körbchen verlassen. Humpelnd kam er ihm entgegen und schien inzwischen mit seinem geschienten Beinchen ganz gut zurechtzukommen.

Per sah sofort die Pfütze neben seinem Schreibtisch.

»Was ist das denn?«

Der Hund, den er Timmy getauft hatte, zeigte wenig Schuldbewusstsein. Er bellte noch einmal und wedelte mit dem Schwanz. »Selber schuld, wenn du mich so lange alleine lässt«, schienen seine braunen Augen zu sagen.

»Du hast ja recht«, schmunzelte Per Holmqvist. »Ich mache deine Schweinerei weg, und danach bekommst du etwas zu essen. Ab heute Abend gehen wir beide dann immer mal kurz raus. Inzwischen kannst du dich ja wieder ganz gut bewegen.«

Timmy bellte einmal kurz und humpelte voran in die Küche. Das Wort »Essen« verstand er, und er wusste inzwischen auch, wo Per die Dosen mit dem Hundefutter aufbewahrte. Er blieb vor seinem neuen Napf stehen und bellte herausfordernd, bis Per ihm folgte und lachend nachgab.

»Na gut, du Schlingel, dann bekommst du zuerst dein Futter.«

Per gab dem Hund zu fressen und beseitigte anschließend die Pfütze in der Wohnstube. Anschließend ging er zurück in die Küche, wo Timmy immer noch fraß, und setzte sich an den kleinen Tisch neben dem Fenster. Er beobachtete den Hund und lächelte dabei, ohne dass es ihm wahrscheinlich bewusst war.

»Sobald ich hier alles erledigt habe, fahre ich zurück nach Stockholm«, sagte er. »Dich nehme ich natürlich mit. Ganz in der Nähe meiner Wohnung gibt es einen tollen Park. Da wirst du bestimmt viel Spaß haben.«

Timmy hatte den Napf inzwischen leer gefressen und kam zu ihm. Mit der Schnauze stupste er gegen sein Bein. Als Per sich zu ihm hinabbeugte, um ihn zu streicheln, schmiegte er sich dicht an ihn und setzte sich neben ihn.

»Wenn aus dieser ganzen verdammten Erbschaftssache etwas Gutes herausgekommen ist, dann bist du das«, sagte Per mit rauer Stimme. »Vielleicht gibt es wirklich so etwas wie schicksalhafte Fügungen. Ich bin jedenfalls froh, dass ich dich gefunden habe.«

❄

»Du siehst blass aus.« Thorsten schaute Malena besorgt an.

Malena schüttelte den Kopf und zuckte gleichzeitig mit den Schultern. »Es ist alles so …« Sie brach ab.

»Hast du mit Inger gesprochen?«

Malena schüttelte den Kopf, ihre Augen füllten sich mit Tränen. »Ich hatte es vor, ganz bestimmt, aber ich konnte es nicht.«

»Du musst es ihr endlich sagen«, sagte Thorsten drängend.

»Ich weiß.« Malena ließ die Schultern hängen, schaute mutlos zu Boden.

»Oder soll ich es ihr sagen?«

Malenas Kopf flog ruckartig hoch. »Nein!«, stieß sie hervor. »Auf keinen Fall.«

Lange schaute Thorsten sie schweigend an. Offensichtlich fiel es ihr schwer, seinem Blick standzuhalten. Sie senkte den Kopf wieder und blickte auf ihre Schuhspitzen.

»Du wirst es ihr nicht sagen«, stellte er plötzlich fest. Seine Stimme klang enttäuscht.

»Du wirst es ihr heute nicht sagen und morgen auch nicht. Du wirst es ihr nie sagen.«

Malena sah wieder auf. »Bitte, versteh doch«, bat sie. »Alles ist so verfahren und so schwierig. Es gab einfach noch keinen günstigen Moment, um mit ihr zu reden.«

»Wir wussten beide, dass es nicht einfach werden würde.«

Malena sagte nichts mehr, ihre Augen füllten sich mit Tränen.

»Ich bin nicht mehr lange hier, Malena. Wenn du bis Ende des Jahres nicht mit Inger gesprochen hast, gehe ich davon aus, dass du damit eine Entscheidung getroffen hast.«

»Du setzt mich unter Druck«, flüsterte sie.

»Ich darf nicht mit Inger reden, und du schaffst es nicht.« Thorsten schüttelte den Kopf. »Ich will dich nicht unter

Druck setzen, Malena, aber ich brauche eine klare Entscheidung von dir.«

✳

Als Inger am nächsten Morgen in die Küche kam, sah Malena aus, als hätte sie geweint. Die Zwillinge saßen bereits am Tisch, und Jesper kam auch gerade die Treppe hinunter. Im Beisein der Kinder mochte Inger ihre Schwester nicht fragen, was mit ihr los war.

Auch an diesem Morgen war die Stimmung gedrückt. Lasses Fehlen machte sich jeden Tag ein bisschen mehr bemerkbar.

»Kriegen wir einen neuen Hund?«, fragte Nils in schönster Unschuld.

»Du Blödmann, wir können unseren Lasse doch nicht einfach ersetzen«, fuhr Jesper ihn über den Tisch hinweg an.

Jesper war für Nils der große Bruder, zu dem er aufschaute. Sein Idol und Vorbild. Jespers Ausbruch traf ihn zutiefst. Er weinte nicht wie seine Schwester, lautstark und wütend, sondern still und leise leidend. Dicke Tränen bildeten sich hinter seiner Nickelbrille und rollten langsam über seine Wangen.

Nelly schaute ihren Bruder an, ihre Augen verengten sich. Sie stand auf, und bevor sie jemand daran hindern konnte, trat sie gegen Jespers Schienbein. »Das machst du nicht noch mal mit meinem Bruder.«

»Au«, schrie Jesper auf und rieb sich über die schmerzende Stelle. »Du blödes …«

»Jesper!«, ging Inger entschieden dazwischen. »Es reicht jetzt. Und das gilt auch für dich«, wandte sie sich streng an Nelly. »Ich will nie wieder sehen, dass du jemanden trittst. Körperliche Gewalt ist hier nicht erwünscht.«

»Ist schon gut«, sagte Jesper und zog eine Grimasse. »So schlimm war es auch wieder nicht, und es tut mir leid, dass ich dich angeschrien habe«, sagte er zu Nils. »Ich fand einfach nur deine Frage blöd. Ich will keinen anderen Hund, ich will unseren Lasse zurück.«

»Ich will ja auch unseren Las-se zurück.« Nils sah so niedlich aus, als er seine Hände in einer hilflosen Geste hob, die blauen Augen hinter der runden Brille weit aufgerissen. »Aber vielleicht hat Las-se ja jetzt ein anderes Zuhause gefunden und will nicht mehr zu uns zurück.«

Nils hatte sich seine eigene kleine Welt zurechtgezimmert, stellte Inger für sich fest. Die Möglichkeit, dass Lasse nicht mehr lebte, zog er erst gar nicht in Betracht.

»Kinder, in zwei Tagen ist der erste Advent«, sagte Inger und versuchte so, ihre Schützlinge auf andere Gedanken zu bringen. »Es gibt noch so vieles zu erledigen, und dabei brauchen wir eure Hilfe.«

»Und ich brauche endlich mein Lucia-Kleid.« Ronja kam in die Küche und ließ sich auf ihren Stuhl fallen. Sie zog den Topf mit dem Haferbrei zu sich heran und füllte ihre Schüssel damit, bevor sie aufschaute und Malena und Inger abwechselnd anschaute. »Wer von euch fährt mit mir nach Leksand?«

»Ronja, das geht nicht.« Inger schüttelte den Kopf. »Das Lucia-Kleid bekommst du doch von der Schule.«

Ronja schaufelte zwei Löffel Haferbrei in sich hinein und sprach mit vollem Mund.

»Ich ziehe doch nicht diesen alten, vergammelten Fetzen an, der seit tausend Jahren von einer Schülerin an die nächste weitergegeben wird.«

»Tausend Jahre!« Nelly, die inzwischen wieder auf ihrem Platz saß, kicherte. »Du bist ja lustig. Vor tausend Jahren gab es unsere Schule doch noch gar nicht.«

»Aber das Kleid gab es da schon«, behauptete Ronja. »Das ist ja gar nicht mehr richtig weiß. Bitte, Inger«, sie wandte den Kopf und schlug die Hände zusammen wie ein kleines Kind. »Bitte, bitte, ich brauche ein neues Kleid.«

»Ich habe da eine Idee«, sagte Malena plötzlich und lächelte sogar.

»Du willst mir hoffentlich kein Kleid stricken«, sagte Ronja spitz.

»Lass dich überraschen«, erwiderte Malena geheimnisvoll. »Du wirst dich aber bis nach der Schule gedulden müssen.«

Auch Lotta kam zum Frühstück herunter. Zum ersten Mal kam sie von selbst, ohne dass sie dazu aufgefordert werden musste. Wie selbstverständlich setzte sie sich auf ihren Platz und begann zu essen, nachdem Inger ihr eine Schüssel mit Haferbrei gefüllt hatte.

Malena wich Ingers Blicken aus. Nur einmal, als ihre Augen sich trafen, lächelte sie verlegen und schaute schnell wieder zur Seite.

Inger lächelte zurück, sagte aber nichts und wartete darauf, dass die Kinder zur Schule gingen.

Es war wie immer. Alle redeten durcheinander, jedem fiel im letzten Moment noch etwas ein, was er vergessen hatte, und dann war es still wie nach einem gewaltigen Paukenschlag. Nur Lotta saß noch am Tisch und aß in aller Ruhe ihren Haferbrei. Als sie fertig war, schaute sie Inger an und stellte ihre obligatorische Frage: »Darf ich nach oben gehen?«

Inger saß neben ihr am Tisch. Sie nickte und wartete, bis Lotta hinausgegangen war.

»Wie geht es dir?«, wollte sie von Malena wissen.

Malena, die gerade den Tisch abräumte, kam langsam näher. »Ich muss mit dir reden«, begann sie, doch bevor sie weiterreden konnte, klopfte es an der Haustür. Ein Schwall kalter Luft fegte durch die Diele bis in die Küche.

»Hej!«, war eine laute Männerstimme zu hören. »Jemand zu Hause?«

»Wir sind hier«, rief Inger zurück und erhob sich. Sie ging ein paar Schritte zur Tür und traf dort mit dem Briefträger Dag Göransson zusammen, der einen Stapel Briefe in der linken Hand hielt und mit der rechten einen Umschlag schwenkte.

»Ein Einschreiben für euch«, sagte er.

Sie hatte keine Ahnung, von wem dieser Brief kam, aber allein das Wort *Einschreiben* versetzte Inger in Alarmbereitschaft.

»Danke, Dag«, sagte sie und nahm den Brief entgegen. Der Absender war eine Anwaltskanzlei aus Stockholm.

Dag legte die restliche Post auf den Küchenschrank neben der Tür. Sein Blick fiel auf die zur Hälfte gefüllte Kanne in der Kaffeemaschine.

»Möchtest du einen Kaffee?«, fragte Malena prompt.

Dag ließ sich nicht zweimal bitten. Er setzte sich an den Küchentisch, auf dem noch das Frühstücksgeschirr stand, ließ sich von Malena mit Kaffee und Gebäck bedienen und revanchierte sich dafür mit dem neuesten Dorfklatsch.

»Die alte Greta wollte gestern zu Fuß nach Stockholm gehen. Asta hat zum Glück rechtzeitig gemerkt, dass sie aus dem Haus gegangen ist.« Dag trank einen Schluck Kaffee und genehmigte sich noch einen Keks, bevor er weitersprach. »Und bei Bauer Mattson sind schon wieder Hühner verschwunden.«

Inger konnte ihre Ungeduld kaum noch im Zaum halten, während Malena wie gebannt zuzuhören schien. Der Dorfklatsch interessierte Inger nicht. Sie wollte endlich wissen, was in dem Brief des Stockholmer Anwalts stand.

»Yngve hat Spuren im Schnee gesichtet und …« Dag brach ab, als Inger plötzlich aufsprang.

»Entschuldige bitte«, stieß Inger hervor, »aber ich muss ganz dringend …«

Sie sagte nicht, was so dringend war, sondern eilte mit dem Einschreiben in der Hand aus der Küche hinüber in das kleine Büro. Sie machte die Tür hinter sich zu und lehnte sich mit geschlossenen Augen dagegen. Eben noch hatte sie es so eilig gehabt, den Brief zu lesen, und jetzt klopfte ihr Herz zum Zerspringen. Es war mehr als eine Vorahnung. Im Grunde wusste sie längst, wem sie diesen Brief verdankte.

Sie öffnete die Augen und löste sich von der Tür. Mit zitternden Fingern riss sie das Kuvert auf, und dann las sie schwarz auf weiß, was sie die ganze Zeit über befürchtet hatte.

»… erlauben wir uns, Ihnen mitzuteilen, dass wir die Interessen unseres Mandanten Per Holmqvist vertreten«, las sie halblaut. Ihr wurde schwindelig, als sie den nächsten Absatz las, der in dem Satz mündete, dass ihre ausstehenden Mietzahlungen eine fristlose Kündigung rechtfertigten.

»Nur im Hinblick auf die besondere Situation der Kinder ist Herr Holmqvist ausnahmsweise bereit, ihnen eine Frist bis zum Ende des Jahres einzuräumen«, las Inger weiter. »Damit dürfte Ihnen genug Zeit zur Verfügung stehen, eine andere Unterbringung der Kinder zu organisieren.«

Inger ließ den Brief sinken. Sie spürte einen pelzigen Geschmack im Mund, sonst nichts. Sie fühlte sich ausgebrannt und vollkommen leer. Ein Brief, nur wenige Zeilen, hatten das vermocht.

»Ich kann nicht mehr«, sagte sie zu sich selbst. »Ich kann einfach nicht mehr.«

Irgendwo fiel eine Tür ins Schloss. Inger registrierte nicht einmal, dass es die Haustür war. Dann stand Malena neben ihr und wollte wissen, was passiert war.

»Das ist passiert.« Inger hob den Brief und schwenkte ihn so wie Dag eben beim Betreten der Küche. Nur war das Schreiben da noch im Umschlag gewesen, und seine zerstörerische Kraft war nicht mehr als eine böse Ahnung gewesen.

»Per Holmqvist hat uns gekündigt«, sagte Inger.

Malena stieß einen leisen Schrei aus. »Und jetzt?«

Inger schüttelte den Kopf. »Ich weiß es nicht.«

Sie presste die Lippen fest aufeinander. Mit dem Nachlassen des Schocks wuchs die Wut in ihr.

»Das lasse ich mir nicht gefallen«, stieß sie hervor.

Malena griff nach ihrem Arm. »Was hast du vor?«

»Ich werde diesem Kerl jetzt mal richtig die Meinung sagen.« Inger knüllte den Brief zusammen. Mit zusammengepressten Lippen schleuderte sie ihn auf den Boden. Malena hielt sie zurück, als sie rausgehen wollte.

»Bitte, Inger, beruhige dich erst einmal. Wenn du in dieser Verfassung zu ihm gehst, machst du alles nur noch schlimmer.«

Ingers Augen funkelten angriffslustig. »Noch schlimmer ist kaum möglich.«

Malena ließ die Hände sinken. »Wenn du meinst«, sagte sie leise.

Inger ging an ihr vorbei, wollte hinaus, doch dann erinnerte sie sich plötzlich an Malenas Worte, bevor Dag gekommen war. Langsam wandte sie sich wieder um.

»Du wolltest mir doch etwas sagen.«

Malena winkte ab. »Es war nicht so wichtig.« Sie sah dabei so traurig aus, dass Inger plötzlich ein schlechtes Gewissen bekam.

»Wirklich nicht?«, hakte sie nach.

Malena schüttelte den Kopf, öffnete den Mund, als wolle sie etwas sagen, schloss ihn aber gleich darauf wieder. Plötzlich lächelte sie.

Inger wurde das Gefühl nicht los, dass ihre Schwester sich zu diesem Lächeln zwingen musste.

»Reiß diesem Per Holmqvist nicht gleich den Kopf ab«, bat Malena.

Jetzt musste auch Inger lächeln. »Ich werde mich bemühen«, erwiderte sie und fügte schmunzelnd hinzu: »Aber versprechen kann ich nichts.«

Dieser kurze Wortwechsel mit Malena hatte sie ein wenig zur Ruhe gebracht. Die Kälte draußen kühlte ihre Wut zusätzlich ab.

Inger ließ sich Zeit auf dem Weg zu Augustas Haus. Oder vielmehr Per Holmqvists Haus, wie sie sich in Gedanken selbst berichtigte. Sie versuchte, sich zurechtzulegen, was sie ihm sagen wollte. Sie musste einfach die richtigen Worte finden, die an sein Mitgefühl oder wenigstens an sein Gewissen appellierten.

Der stahlblaue Himmel spannte sich über die hügelige Schneelandschaft und den Siljan. Das Eis auf dem See hatte sich noch nicht gesetzt, aber bald konnte es mit Tretschlitten befahren werden, und die Eisläufer würden sich darauf tummeln. Der Schnee schien alle Geräusche zu schlucken, die Stille war Balsam für Ingers angespannte Nerven.

»Meine Heimat«, sagte sie leise und spürte wieder einmal, wie stark sie mit ihrem Land und besonders mit dieser Gegend hier verbunden war. Ihre Ruhe hielt noch an, als sie Augustas Haus erreichte. Sie nahm es jetzt einfach hin, dass es für sie immer nur Augustas Haus sein würde, egal, wer darin wohnte.

Der schwere Geländewagen stand vor dem Eingang. Per

Holmqvist schien also zu Hause zu sein. Inger klopfte an, wartete und probte dabei schon einmal ein freundliches Lächeln.

Diesmal dauerte es länger, bis die Tür geöffnet wurde. Per Holmqvist stand vor ihr. Er schaute sie mit ausdrucksloser Miene an, und Inger spürte, dass ihr Lächeln allmählich wie eingefroren wirkte.

»Ich habe heute einen Brief Ihres Anwalts erhalten.«

Per Holmqvist zog eine Augenbraue in die Höhe.

Wie kann ein Mann nur so arrogant sein und gleichzeitig so gut aussehen, schoss es Inger durch den Kopf.

Per Holmqvist blieb stumm. Er strahlte eine Kälte aus, die sie verunsicherte und sie alle Worte vergessen ließ, die sie sich unterwegs so schön zurechtgelegt hatte.

»Bitte«, begann sie hilflos, »können wir noch einmal darüber reden?«

»Ich wüsste nicht, was es da noch zu besprechen gibt. Sie bezahlen Ihre Miete nicht, und daraus folgen nun die entsprechenden Konsequenzen. Das dürfte Sie nach unserem letzten Gespräch nicht ernsthaft überraschen.«

Sofort flammte Ingers Wut wieder auf, sie war außerstande, sich dagegen zu wehren.

»Meine Güte«, fuhr sie Per Holmqvist an. »Können Sie nicht wie ein ganz normaler Mensch mit mir reden und wenigstens versuchen, ein bisschen Verständnis aufzubringen?«

»Ich sehe dazu keine Veranlassung«, gab er von oben herab zurück.

Inger wusste, dass es sinnlos war, und doch gab sie nicht auf.

»Ich würde Sie nicht so anbetteln, wenn es nur um mich ginge. Bitte, nehmen Sie den Kindern ihr Zuhause nicht weg. Und wenn Sie es schon nicht für uns tun, dann wenigstens für Ihre Tante. Augusta lag das Heim sehr am Herzen.«

112

Nach ihren letzten Worten veränderte sich sein Gesichtsausdruck. Da war keine Arroganz mehr, sondern blinde Wut.

»Sie haben das Schreiben meines Anwalts erhalten, und ich habe dem nichts mehr hinzuzufügen.«

Inger hätte gar nicht mehr gewusst, was sie darauf noch antworten sollte, aber das war auch nicht nötig. Ein schwarzweißes Wollknäuel drängte sich plötzlich bellend in den Vordergrund und wedelte vor Freude so heftig mit dem Schwanz, dass sein ganzes Hinterteil in Bewegung geriet.

»Lasse!« Inger beugte sich zu dem kleinen Hund hinab, Tränen liefen über ihre Wangen. Ihr Blick fiel auf das eingegipste Vorderbein des Hundes. Sie schoss wieder hoch, spürte wieder die Wut in sich, die sie nach dem Schreiben des Anwalts gespürt hatte.

»Was haben Sie mit Lasse gemacht?«, schrie sie Per Holmqvist an. »Wie mies sind Sie eigentlich? Stehlen den Kindern zuerst ihren Hund und nehmen Ihnen dann auch noch das Zuhause.«

Per Holmqvist wirkte plötzlich betroffen, aber Inger war viel zu aufgebracht, um das zu bemerken.

»Ich habe den Hund nicht gestohlen«, rechtfertigte er sich. »Ich habe ihn verletzt in meinem Haus gefunden.«

»Und dann haben Sie ihn gleich behalten. Sie glauben offensichtlich, Sie können sich alles einfach nehmen.«

»Jetzt werden Sie nicht albern«, sagte er verärgert. »Ich konnte ja nicht wissen, dass es Ihr Hund ist.«

»Ich – bin – nicht – albern!« Inger betonte jedes einzelne Wort. Sie bückte sich und nahm Lasse auf den Arm. »Ich finde Sie einfach nur widerlich«, schleuderte sie Per Holmqvist entgegen. »Und merken Sie sich eines, so einfach lasse ich mich nicht aus der Villa Pusteblume verjagen.«

»Villa Pusteblume!« Er lachte geringschätzig. »Spätestens

am ersten Januar sind Sie draußen, sonst können Sie sich auf eine Räumungsklage gefasst machen.«

Inger würdigte ihn keines Blickes mehr. Sie warf den Kopf in den Nacken und stolzierte mit Lasse auf den Armen davon.

Lasse versuchte, über ihre Schulter zu schauen. Er winselte leise und hörte auch nicht auf, als Inger ihn beruhigend streichelte.

»Ist doch alles wieder gut, mein Süßer. Ich bringe dich nach Hause.«

Lasse leckte ihr das Ohr, versuchte dann aber wieder über ihre Schulter zu schauen. Auch wenn es Inger nicht gefiel, Lasse schien ihre Abneigung gegen Per Holmqvist kein bisschen zu teilen.

※

Per Holmqvist ging zurück ins Haus und schloss die Tür. In seinem Gesicht zuckte es. Langsam ging er ins Wohnzimmer, starrte auf das leere Körbchen. Als er weiter in den Raum ging, stieß sein Fuß gegen eine Gummiente. Timmys Lieblingsspielzeug. Oder Lasses, wie der kleine Hund ja nun hieß.

Per bückte sich nach dem Spielzeug und hob es auf. Seine Finger streichelten über das kühle Gummi, dann schleuderte er die Ente wütend von sich. Eine ganze Weile verharrte er bewegungslos auf der Stelle, die Augenbrauen finster zusammengezogen. Dann begann er, alles einzusammeln, was er für den kleinen Hund gekauft hatte, um es aus seinem Blickfeld zu schaffen.

Als er damit fertig war, stand er eine ganze Weile verloren herum. Plötzlich schien ihm etwas einzufallen. Er ging zum

Schreibtisch, suchte darin herum und fand schließlich, wonach er suchte. Seine Lippen verzogen sich zu einem bösen Lächeln, als er die Rechnung des Tierarztes in den Händen hielt. In seinen Augen lag ein Schmerz, dessen er sich selbst nicht bewusst war.

❊

»Du hast Lasse gefunden?« Überrascht starrte Malena auf den kleinen Hund, der sie schwanzwedelnd begrüßte, als Inger ihn vorsichtig auf den Boden stellte. Malena ging in die Hocke, um Lasse zu streicheln.

»Ich dachte, du wolltest zu Per Holmqvist.«

»Dreimal darfst du raten, wo ich Lasse gefunden habe. Dieser Typ hat ihn einfach bei sich versteckt.«

»Was ist mit ihm passiert?« Malena zeigte auf den geschienten Vorderlauf des Hundes.

»Keine Ahnung, ich rufe gleich mal Björn an.«

Björn Eriksson war der junge Tierarzt, der seit zwei Jahren im Dorf wohnte und dort auch seine Praxis hatte. In erster Linie behandelte er die Tiere auf den umliegenden Bauernhöfen, einige Male hatte er aber auch schon ihren Kater Felix behandelt, wenn der sich mal wieder auf eine Rauferei mit einem der Bauernhofkater eingelassen hatte.

Lasse war bisher nur wegen seiner erforderlichen Impfungen beim Tierarzt gewesen.

»Warum hast du Per Holmqvist nicht gefragt, was mit Lasse passiert ist?«, erkundigte sich Malena verständnislos.

»Nachdem er ihn festgehalten hat?« Inger schüttelte den Kopf. »Malena, mit diesem Mann kann man einfach nicht vernünftig reden.«

Malena kniete immer noch und streichelte Lasse. Sie sah zu

Inger auf. »Ich werde es trotzdem versuchen. Wir müssen ja wissen, was passiert ist.«

Inger zuckte mit den Schultern. »Okay«, sagte sie gedehnt. »Obwohl ich mir davon nicht viel verspreche.«

Malena erhob sich. Das Telefon stand auf dem Schreibtisch. Sie nahm den Hörer ab und wählte Augustas Nummer. Es dauerte nicht lange, bis sich am anderen Ende jemand meldete.

Höflich stellte Malena sich vor und bat Per Holmqvist um genaue Information, was mit Lasse passiert war. Aufmerksam lauschte sie danach in den Hörer und bedankte sich zum Schluss sogar mit einem Lächeln.

Inger spürte, wie angespannt sie innerlich war. Malena legte erst umständlich auf, bevor sie Bericht erstattete.

»Also, so unzugänglich war er eigentlich gar nicht.«

Inger runzelte ärgerlich die Brauen. »Vielleicht solltest du dann demnächst die Verhandlungen mit ihm führen«, entgegnete sie spitz. »Offensichtlich kommst du ja ganz gut mit ihm zurecht.«

Malena lächelte nur und fuhr fort: »Er hat Lasse am Tag seiner Ankunft im Keller gefunden. Ein Brett, das über einem der Kellerschächte lag, war wohl morsch und ist wegen der Schneemassen in dem Moment durchgebrochen, als Lasse darüberlief.«

»Lasse wollte zu Augusta«, nickte Inger nachdenklich. »Er hat nicht vergessen, dass sie immer einen Leckerbissen für ihn bereit hatte.«

»Jedenfalls ist Per Holmqvist gleich am nächsten Tag mit Lasse zum Tierarzt gefahren. Unser Süßer hatte einen komplizierten Bruch, der sogar operiert werden musste.«

»Mein armer Kleiner.« Inger nahm den Hund auf den Arm und drückte ihn an sich.

»Du, Inger«, sagte Malena langsam. »Ein Mensch, der sich um einen fremden, verletzten Hund kümmert, kann so schlecht eigentlich nicht sein.«

Inger vergrub ihr Gesicht in Lasses Fell. Möglicherweise hatte Malena sogar recht, aber nach ihren beiden unerfreulichen Begegnungen mit Per Holmqvist mochte sie ihrer Schwester einfach nicht zustimmen.

Es dämmerte bereits, als die Zwillinge aus der Schule kamen. Nils und Nelly pfefferten ihre Schulsachen in die Ecke und stürzten sich sofort auf den begeisterten Lasse. Der Hund kläffte in den höchsten Tönen, während Nelly seinen Hals umschlungen hielt.

»Ich hab dich so vermisst«, sagte sie immer wieder.

Nils streichelte mit beiden Händen über den Rücken des Tieres. »Ich habe dich auch vermis-st«, wiederholte er die Worte seiner Schwester.

»Was ist mit Lasses Bein?«, fragte Nelly ängstlich, als Inger dazukam.

Inger klärte die Kinder ruhig darüber auf, dass Lasse sich verletzt hatte und sie eine ganze Weile vorsichtig mit ihm umgehen mussten.

Kurz darauf kamen Jesper und Ronja aus der Schule. Auch sie freuten sich über Lasses Heimkehr.

Inger beobachtete, wie Jesper sich verstohlen eine Träne aus den Augenwinkeln wischte. Erneut flammte die Wut auf Per Holmqvist in ihr auf. Warum hatte dieser Mann sich nicht einfach erkundigt, wo ein Hund vermisst wurde? Im Dorf hatten doch alle gewusst, dass sie nach Lasse suchten.

Inger ließ sich nichts anmerken. Sie wollte den Kindern nicht die Stimmung verderben, zumal übermorgen der erste Advent war.

Ronja vergaß über Lasses Heimkehr sogar zuerst einmal

das Lucia-Kleid. Nach dem Abendessen fiel es ihr wieder ein. »Du hast mir etwas versprochen«, erinnerte sie Malena.

Malena nickte schmunzelnd und stand vom Tisch auf. »Ich bin gleich zurück«, sagte sie und ging nach draußen. Die Kinder hörten, wie sie nach oben ging. Kurz darauf kam sie wieder die Treppe hinunter. Sie trug etwas Weißes über dem Arm, das sie jetzt auseinanderfaltete.

»Oh, wie schön«, stieß Ronja hervor und stand auf. Sie trat näher und betrachtete das weiße Kleid mit der roten Schärpe.

»Woher hast du das?«

»Es ist leider auch nicht ganz neu«, gestand Malena, »aber es ist garantiert nur einmal getragen. Damals war ich die Lucia.«

Inger erinnerte sich genau an jenes Jahr. Eigentlich hätte ihr als älteste Tochter des Hauses diese Aufgabe zugestanden, aber Malena hatte so lange gebettelt und gedrängt, bis Inger ihr schließlich das Amt und auch dieses Kleid, an dem ihr Herz damals so sehr hing, übergab. Komisch, selbst nach so vielen Jahren versetzte es ihr immer noch einen schmerzhaften Stich.

»Aber es sieht aus wie neu.« Ronja fasste nach dem unteren Teil des Kleides und hielt es hoch. Ihr Gesicht strahlte.

❄

Das Wochenende stand offenbar unter einem guten Stern. Inger und Malena hatten einen Teil der weihnachtlichen Putzarbeiten bereits Mitte November erledigt. Sämtliche Holzfußböden im Haus waren mit Bienenwachs behandelt worden, die Regale in der Speisekammer hatte Inger ausgewischt und Malena die Schränke in der Küche.

An diesem Samstag vor dem ersten Advent putzten sie

noch einmal über alle Böden. Die bunten Läufer wurden mit der Laufseite nach unten in den Schnee gelegt, weil Malena behauptete, das würde die Farben so richtig zum Leuchten bringen.

Ronja und Jesper mussten die Teppiche anschließend ausklopfen, damit keine Feuchtigkeit ins Haus getragen wurde. Eine Aufgabe, die von beiden anfangs mit wenig Begeisterung und von Ronja nicht unkommentiert hingenommen wurde.

»Was ich so doof an Weihnachten finde, ist diese elende Putzerei vorher. Und hinterher muss dann auch gleich wieder geputzt werden.«

»Aber danach hast du erst einmal Ruhe bis Ostern«, grinste Malena.

Ronja zog immer noch ein langes Gesicht, als sie Jesper dabei half, den ersten Teppich über das Gerüst der Kinderschaukel zu legen. Die Schaukeln waren im Herbst abgehängt worden und warteten im Keller auf den nächsten Frühling.

Ronja strengte sich nur mäßig an und war offensichtlich darauf bedacht, Jesper den größten Teil der Arbeit zu überlassen. Bis er plötzlich genug hatte. Es ging so schnell, dass Ronja keine Gelegenheit hatte, rechtzeitig zu reagieren.

Jesper hatte den Teppichklopfer in den Pulverschnee getaucht. Eine Ladung Schnee landete in Ronjas Gesicht. Sie schnappte nach Luft, schrie empört auf, ließ ihren eigenen Teppichklopfer fallen und bückte sich, um mit beiden Händen in den Schnee zu greifen, den sie in Jespers Richtung warf.

Jesper hatte sich bereits in Sicherheit gebracht. Lachend hockte er hinter einer Bodenwelle, und als Ronja auf ihn zuschoss, war er es wieder, der sie mit Schnee bewarf.

Ronja schrie laut auf, aber in ihrem Gesicht lag keine Wut mehr. Sie lachte und hatte offensichtlich Spaß an dem Spiel. Ihre Schreie lockten die Zwillinge ans Fenster.

»Ich will auch raus-s«, rief Nils aufgeregt.

»Ich auch«, stimmte Nelly ihrem Bruder zu.

Inger und Malena schauten sich erstaunt an. Es war das erste Mal, dass Nils den Ton angab und Nelly ihrem Bruder folgte.

Eigentlich sollten die Zwillinge Handtücher zusammenlegen und in die Schränke sortieren. Jedes Kind bekam seine Aufgaben im Haus zugeteilt. Angesichts des strahlenden Winterwetters und der Freude, die die beiden Großen draußen hatten, gab Inger nach und erlaubte es den beiden, ihre Arbeit später zu erledigen.

»Lotta muss ja auch nichts machen«, sagte Nelly spitz.

»Lotta ist auch noch nicht lange da«, erwiderte Inger. »Sobald sie sich richtig eingelebt hat, bekommt sie auch ihre Aufgaben.«

»Ich finde Lotta nett«, sagte Nils, »und ich finde es-s auch nicht s-schlimm, das-s s-sie nichts-s machen muss.«

Nellys Augen verengten sich für einen kurzen Moment, dann warf sie den Kopf in den Nacken und stolzierte in die Diele, um sich ihre Jacke anzuziehen.

Nils, ein wenig verunsichert durch das Verhalten seiner Schwester, folgte ihr langsam.

»Findest du Lotta denn nicht nett?«, hörten Inger und Malena ihn fragen.

»Nein!« war alles, was Nelly kurz und knapp darauf antwortete.

»Hilfs-st du mir?«, fragte Nils kurz darauf und nestelte unbeholfen an dem Reißverschluss seiner wattierten Winterjacke herum. Normalerweise half Nelly ungefragt und sorgte erst einmal dafür, dass ihr Bruder warm genug angezogen war, bevor sie sich selbst die Jacke anzog.

»Frag doch Lotta«, erwiderte Nelly schnippisch. Sie zog

den Reißverschluss ihrer eigenen Jacke zu, stülpte sich ihre Mütze über den Kopf und zog die Handschuhe aus der Jackentasche, bevor sie aus dem Haus ging. Nils schaute ihr hilflos nach.

Inger, die diese kurze Szene zusammen mit Malena durch die geöffnete Küchentür beobachtet hatte, trat zu ihm und beugte sich zu ihm hinunter.

»Ich helfe dir«, sagte sie, ohne ein Wort über Nellys Verhalten zu verlieren. Erst als Nils nach draußen gelaufen war, sagte sie zu Malena: »Was für eine eifersüchtige, kleine Zicke.«

Durch das Fenster konnten sie beobachten, dass Nellys Wut immer noch nicht verraucht war. Sie bombardierte ihren Bruder mit Schneebällen, kaum dass er draußen war.

»Solange sie spielend ihre Wut abreagiert, ist es ja in Ordnung«, sagte Malena.

»Wer weiß, was im nächsten Jahr ist«, erwiderte Inger bedrückt. »Wenn Per Holmqvist seine Kündigung nicht zurücknimmt, müssen wir die Villa Pusteblume bis zum Ende des Jahres verlassen.«

»Dann müssen wir eben zusehen, dass wir woanders ein geeignetes Gebäude finden.«

»Wie sollen wir das denn in so kurzer Zeit schaffen?«, gab Inger zu bedenken. Sie schüttelte den Kopf. »Wenn wir hier wirklich rausmüssen, wird man uns die Kinder wegnehmen. Es ist fraglich, ob wir sie danach wiederbekommen.« Inger schwieg eine Weile, bevor sie leise und sehr mutlos hinzufügte: »Oder ob wir überhaupt jemals wieder die Zulassung für ein Kinderheim bekommen, nachdem wir einmal gescheitert sind.«

Malena nickte, sagte aber nichts mehr dazu. Beide Schwestern bemerkten nicht, dass sie belauscht worden waren. Auch als Lotta sich umdrehte und leise wieder nach oben lief, bekamen sie es nicht mit. Zusammen putzten sie weiter, und nach einer Weile stimmte Malena leise das Lied *Det är en ros utsprungen* an.

Inger wurde mit einem Mal ganz feierlich zumute. Sie stimmte ein, begann anschließend das Lied *Hej Tomtegubbar,* und diesmal war es Malena, die einstimmte. Plötzlich vergrößerte sich der Chor. Die Kinder waren zurück ins Haus gekommen, standen schneebedeckt in Mänteln und Mützen in der Tür und sangen lauthals mit.

»Zieht eure Mäntel aus«, sagte Malena, als sie das Lied zu Ende gesungen hatten. »Ich koche Kakao, und Lussekatter gibt es auch.«

»Und ich hole Lotta dazu«, sagte Inger und bekam gerade noch mit, wie Nelly kurz das Gesicht zu einer bösen Grimasse verzog. Als sie dem Mädchen direkt ins Gesicht schaute, hatte es seine Mimik bereits wieder unter Kontrolle.

Inger strich Nelly kurz über das Haar, lächelte ihr zu und nahm sich ganz fest vor, ihr in nächster Zeit ein wenig mehr Aufmerksamkeit zu zeigen. Sie wollte nicht, dass Nelly oder auch eines der anderen Kinder sich zurückgesetzt fühlte, weil Lotta ein ganz besonderes Sorgenkind war.

In erster Linie missfielen Nelly natürlich Nils' Versuche, sich mit Lotta anzufreunden. Allmählich aber schien sie bei dem geringsten Anlass eifersüchtig zu reagieren.

Wenige Minuten später war das alles aber nebensächlich. Lotta war nicht auf ihrem Zimmer.

Noch war Inger nicht sonderlich beunruhigt. Erst als sie im Bad nachschaute und das Mädchen auch dort nicht vorfand, regte sich bei ihr das Gefühl, dass da etwas nicht stimmte.

Inger schaute noch in den Zimmern der anderen Kinder nach und rief dabei laut Lottas Namen, doch das Mädchen war nicht zu finden.

Sie ging wieder nach unten und sah erst jetzt, dass die Haustür nicht ganz geschlossen war. Lottas Mantel hing allerdings an der Garderobe, und ihre Stiefel standen in der Reihe der anderen Schuhe unter den aufgehängten Jacken und Mänteln. Das Mädchen war doch nicht etwa in ihrem Kleidchen und den Hausschuhen nach draußen gegangen?

Inger öffnete die Tür ganz weit. Von Lotta war nichts zu sehen. Im Schnee waren so viele Fußspuren, dass sie unmöglich erkennen konnte, ob das Mädchen eben erst aus dem Haus gegangen war. Inger ging zurück in die Küche, atmete tief durch und fragte ganz ruhig: »Hat jemand Lotta gesehen? In ihrem Zimmer ist sie nicht.«

»Nein«, sagten Nils und Jesper gleichzeitig. Ronja schüttelte den Kopf, nur Nelly schaute aus dem Fenster, als hätte sie die Frage nicht gehört.

»Und was ist mit dir, Nelly?«, sprach Inger sie direkt an. »Hast du Lotta gesehen?«

»Nein«, sagte Nelly und beugte sich zu Lasse hinunter, der gerade unter dem Tisch hervorkam und sich schwanzwedelnd über Nellys Streicheleinheiten freute.

Inger musterte das Mädchen nachdenklich. »Wirklich nicht, Nelly?«

»Ich habe es doch gerade gesagt«, lautete die patzige Antwort. »Ich war mit den anderen draußen, und die haben Lotta ja auch nicht gesehen.«

Die anderen Kinder wurden jetzt aufmerksam. »Lotta geht doch nie alleine raus«, wandte Ronja ein.

»Vielleicht ist sie im Bad«, sagte Malena gleichzeitig.

Inger schüttelte den Kopf. »Da habe ich schon nachgesehen.«

»Vielleicht hat s-sie s-sich im Haus-s vers-steckt«, sagte Nils.

»Warum sollte sie das tun?«, fragte Inger verständnislos. Im nächsten Augenblick fiel ihr Blick wieder auf Nelly, die sich gerade erhob. Es war Zufall, aber Nelly fühlte sich allein schon durch diesen Blick angegriffen. »Ich habe nichts gemacht«, stieß sie böse hervor.

»Du wills-st aber nie mit ihr s-spielen«, kam Nils Inger zuvor. »Und du bis-st immer ganz gemein zu Lotta.«

»Das stimmt nicht!« Nelly stampfte wütend mit dem Fuß auf.

»Streitet euch nicht«, sagte Inger streng. »Wir suchen jetzt alle zusammen nach Lotta. Nils und Nelly gehen nach oben, Jesper und Ronja suchen im Keller. Malena, du schaust hier überall nach, und ich gehe nach draußen. Obwohl ich mir nicht vorstellen kann, dass sie in Hausschuhen und ohne Mantel rausgegangen ist«, sagte sie mehr zu sich selbst als zu den anderen.

»Wer weiß das schon«, meinte Ronja und lächelte bedeutungsvoll. »Lotta ist schon ziemlich seltsam.«

»Wenn ich so was sage, kriege ich gleich Ärger«, maulte Nelly. »Dabei ist Lotta wirklich komisch.«

»Ich finde Lotta s-sehr nett«, stellte Nils seinen Standpunkt klar.

»Ich auch.« Inger nickte dem kleinen Jungen dankbar zu und klatschte in die Hände. »Jetzt los, alle suchen.«

Kurz darauf war zu hören, wie die Zwillinge nach oben gingen. Jesper und Ronja verschwanden lachend im Keller. Für die beiden war das alles nicht viel mehr als ein Abenteuer, aber Inger machte sich ernsthaft Sorgen. Erst als die Kinder weg waren, zeigte auch Malena ihre Beunruhigung.

»Du glaubst nicht, dass sie im Haus ist, oder?«

Inger zuckte mit den Schultern. »Schwer zu sagen. Vielleicht hat sie sich wirklich nur versteckt, obwohl ich nicht wüsste, warum sie das tun sollte. Aber ebenso wenig gibt es einen Grund dafür, dass sie einfach so das Haus verlässt. Ausgerechnet unsere kleine Lotta, die selbst zusammen mit mir Angst davor hat, rauszugehen.«

»Lass uns mit der Suche beginnen«, schlug Malena nervös vor.

✳

Es war so still im Haus. Timmy, oder vielmehr Lasse, wie er richtig hieß, hatte kaum gebellt und war eigentlich ein recht stiller Hund. Trotzdem hatte er eine Lebendigkeit mitgebracht, die jetzt fehlte. Nichts mehr erinnerte an seine kurze Anwesenheit, und dennoch schaute Per Holmqvist immer wieder zu der Stelle neben dem Schreibtisch, wo das Hundekörbchen gestanden hatte.

»Verdammt, ich kann mich einfach nicht konzentrieren.« Wütend knallte er den Stift auf den Block, auf dem er sich Notizen für sein Stockholmer Büro gemacht hatte, und lehnte sich in dem Bürostuhl zurück.

»Ich habe mich noch nie durch private Angelegenheiten aus dem Konzept bringen lassen«, flüsterte er vor sich hin. Wie die meisten Menschen, die viel allein waren, neigte er zu Selbstgesprächen.

Per Holmqvist war ein erfolgreicher Geschäftsmann.

Quasi aus dem Nichts hatte er ein weltweites Internet-Netzwerk für Privat- und Businesskontakte gegründet. Eigentlich ein Arbeitsfeld, das gar nicht zu einem introvertierten Menschen wie Per Holmqvist passte, der ausgesprochen zurückgezogen lebte. Seit ein paar Jahren wurde sein Unternehmen an der Börse gehandelt. Er galt als eiskalter Geschäftsmann, der sich über alles hinwegsetzte und niemals zeigte, was in ihm vorging.

Per wusste, dass selbst seine Sekretärin ihn hinter seinem Rücken als eiskalten Hund bezeichnete, und das positivste Gefühl, das seine engsten Mitarbeiter für ihn aufbringen konnten, war Bewunderung für das, was er aufgebaut hatte. Da war keine Sympathie, und Per Holmqvist zeigte deutlich, dass er darauf auch keinen Wert legte.

Und nun war es die Abwesenheit eines kleinen Hundes, der plötzlich in seinem Leben aufgetaucht und ebenso plötzlich wieder verschwunden war, die ihn völlig aus dem Konzept brachte.

»Du spinnst«, sagte er zu sich selbst. »Es ist gut, dass er weg ist. Was willst du mit einem Hund in Stockholm? Er passt einfach nicht in dein Leben.«

Mit entschlossener Miene griff er nach dem Stift und beugte sich über den Notizblock. Er las, was er bisher geschrieben hatte, setzte den Stift an und strich alles durch. Das war es aber auch schon. Keine neuen Ideen, um den Text zu ändern.

Nichts!

Per Holmqvist gab es auf. Er ließ den Stift auf den Block fallen, stützte die Ellbogen auf den Schreibtisch, senkte den Kopf und fuhr sich mit beiden Händen durch das Haar. In seinem Gesicht arbeitete es. In Gegenwart anderer Menschen hatte er seine Mimik stets unter Kontrolle, aber jetzt wirkte er verletzlich. Er zuckte erschrocken zusammen, als es plötzlich an der Tür klopfte.

Per Holmqvist hob den Kopf, blieb aber sitzen. »Lasst mich einfach alle in Ruhe«, sagte er leise.

Es klopfte ein zweites Mal, bedeutend kräftiger.

Er stand auf. Mit zusammengezogenen Brauen ging er zur Tür und riss sie ärgerlich auf.

»Hej«, sagte eine zarte Kinderstimme.

Ein kleines Mädchen in Hausschuhen und einem verwaschenen Baumwollkleid stand vor ihm. Sein Gesicht war schneeweiß, die Lippen hatten sich bläulich verfärbt. Das kleine Persönchen zitterte am ganzen Körper.

»Was willst du denn hier?«

Das Mädchen umschlang seine Taille mit beiden Armen. »Bitte, bitte, nimm Inger und Malena nicht die Villa Pusteblume weg. Ich habe dann kein Zuhause mehr.«

Per Holmqvist starrte das Kind an. »Aha«, sagte er gedehnt. »Daher weht also der Wind. Ich kenne dich doch. Du bist doch die Kleine aus dem Dorfladen.«

»Ich heiße Lotta«, nickte das Mädchen eifrig. Das Zittern seines Körpers verstärkte sich.

»Verdammt«, sagte Per Holmqvist laut und wütend. Das Mädchen starrte ihn erschrocken an.

»Ich will dich nicht ärgern, ganz bestimmt nicht«, sagte es schnell. »Aber ich habe so Angst, dass ich nicht mehr bei Inger bleiben kann.« Das Mädchen streckte die Hand aus und berührte seine Hand. Seine Finger waren eiskalt.

»Ich weiß, dass du kein böser Mensch bist«, sagte es leise. »Böse Menschen haben andere Augen als du.«

Dieses kleine Mädchen schaffte etwas, was noch kein Mensch vor ihm geschafft hatte. Per Holmqvist wusste sekundenlang nicht, was er sagen sollte.

»Du solltest nach Hause gehen«, sagte er schließlich unwillig. »Und mische dich nicht in Dinge ein, die nur Erwachsene etwas angehen.«

Lottas Augen füllten sich mit Tränen. »Bitte«, sie rang die Hände, »ich will hier nicht weg. Ich wohne gerne bei Inger. Bei ihr muss ich keine Angst mehr haben. Ich kann in einem Bett schlafen, immer essen, wenn ich Hunger habe. Keiner schimpft mit mir, obwohl ich nichts getan habe …« Das kleine Mädchen verstummte, und dann sagte es ganz leise: »Niemand schlägt mich.«

Wieder verschlug es ihm sekundenlang die Sprache. Plötzlich verengten sich jedoch seine Augen. »Was für ein raffinierter Schachzug«, brummte er.

Lotta trat von einem Fuß auf den anderen. Ihr schien plötzlich bewusst zu werden, dass ihre Mission erfolglos blieb. Mutlos wandte sie sich ab. »Ich gehe dann nach Hause«, murmelte sie.

»Warte mal«, rief Per Holmqvist ihr nach.

Mit neu erwachter Hoffnung in den Augen wandte sie sich um.

»So kannst du nicht gehen«, sagte er und wies auf ihr Kleidchen. »Ich fahre dich nach Hause.«

Lotta schüttelte den Kopf. »Inger wird schrecklich böse auf mich sein«, sagte sie. »Ich gehe lieber alleine.«

»Ist sie böse, weil du deinen Auftrag nicht erfolgreich durchgeführt hast?«

Die Kleine verstand offenbar nicht, was er meinte. Mit großen Augen schaute sie ihn an.

Per Holmqvist hatte genug. Er beugte sich zu dem Mädchen hinab und nahm es auf den Arm. Wie selbstverständlich schlang es seine Arme um seinen Hals. Der kleine Körper fühlte sich durch das Kleid wie ein Eisblock an.

»Du wirst dir noch den *Tod* holen«, schimpfte Per Holmqvist leise. Mit dem Kind auf dem Arm ging er ins Haus. Im Wohnzimmer wickelte er Lotta in die dicke Wolldecke auf dem Sofa und befahl ihr, ganz still sitzen zu bleiben. Danach ging er hinaus, startete den Wagen und schaltete die Heizung ein. Erst als das Innere des Wagens gut erwärmt war, ging er zurück ins Haus, um sie zu holen. Immer noch in die Wolldecke gehüllt trug er sie zu seinem Wagen und setzte sie auf den Rücksitz. Er schnallte sie sorgfältig an, bevor er sich selbst hinter das Lenkrad setzte und losfuhr.

Es war das erste Mal, dass er das Kinderheim persönlich sah. Ein rechteckiges Gebäude, die rote Farbe leuchtete im Kontrast zu dem weißen Schnee. Die Fenster waren mit Sternen und anderen weihnachtlichen Motiven geschmückt. Ein fetter Kater turnte auf dem Geländer der Veranda herum.

»Das ist Felix«, sagte Lotta. »Er mag nicht durch den Schnee gehen.«

»Verträgt sich der Kater mit dem Hund?«, fragte Per überrascht.

»Die beiden schlafen sogar zusammen auf einer Decke vor dem Kachelofen«, erklärte Lotta. »Da ist Inger«, rief sie erfreut.

❄

Inger hatte den Garten abgesucht, im Spielhaus der Kinder auf der Wiese nachgeschaut, und zuletzt war sie sogar bis zum Seeufer hinuntergegangen. Getrieben von der Angst, dass Lotta womöglich auf den See hinausgegangen und im Eis eingebrochen war. Je länger sie suchte, umso schlimmer wurden die Bilder in ihrer Fantasie. Sie fand jedoch nichts, was darauf hindeutete, dass Lotta hier gewesen war. Auch gab es nach der Schneeballschlacht der anderen Kinder viel zu viele Spuren, als dass sie irgendwelche Schlüsse daraus hätte ziehen können. Außerdem hätten sie Lotta ja auch sehen müssen, wenn sie hier vorbeigegangen wäre.

Inger wurde das Gefühl nicht los, dass Nelly etwas verschwieg. Die Suche hier draußen brachte überhaupt nichts. Inger ging zurück zum Haus. Sie wollte noch einmal ganz allein mit Nelly reden. Wenn das Mädchen sich nicht angegriffen fühlte und Inger ihr eindrücklich klarmachte, wie wichtig es war, dass sie Lotta fand, würde Nelly vielleicht doch die Wahrheit sagen. Sofern sie wirklich etwas wusste.

Es ist die einzige Hoffnung, die ich im Moment habe, dachte Inger bedrückt.

Als sie das Haus umrundete, fuhr gerade Per Holmqvist in seinem schweren Geländewagen vor und parkte vor dem Eingang.

»Der hat mir gerade noch gefehlt«, murmelte Inger ärgerlich. Was wollte der überhaupt noch hier, die Kündigung hatte er ihr doch längst geschickt.

Per Holmqvist sprang aus dem Wagen. Es war ihm anzusehen, dass er wütend war. »Das haben Sie sich fein ausgedacht«, fuhr er sie an.

Inger verspürte das Bedürfnis, sich an die Stirn zu tippen, begnügte sich aber mit einem abfälligen Schnauben. »Wenn Sie mir sagen, was dieser Auftritt zu bedeuten hat, kann ich Ihnen vielleicht weiterhelfen«, sagte sie hochnäsig.

Er trat ganz dicht an sie heran. Sie spürte seinen Atem, als er sprach. »Mir ein Kind auf den Hals zu hetzen, ist wirklich das Letzte. Die Kleine aber bei dem Wetter ohne Schuhe und Mantel nach draußen zu schicken, ist geradezu fahrlässig. Ich sollte Sie beim Jugendamt …«

»Lotta«, stieß Inger hervor. »Wo ist sie?«

»Offensichtlich wissen Sie, von wem ich rede.« Er nickte, als wäre er in dem, was er glaubte, bestätigt worden.

Inger verstand immer noch nicht, was er ihr eigentlich vorwarf. Sie wusste nur, dass es irgendwie mit Lotta zu tun hatte. Ohne Mantel, in Hausschuhen, das war für sie das Stichwort gewesen. Sie nahm aus den Augenwinkeln eine Bewegung im Fond des Geländewagens wahr. Dann sah sie Lottas Gesichtchen, das sich gegen die Scheibe presste.

Mit wenigen Schritten war Inger am Auto. Sie riss die Tür

auf. »Lotta, wir haben uns solche Sorgen um dich gemacht«, rief sie erleichtert aus.

Lotta schien das als Vorwurf aufzufassen. »Sei bitte nicht böse, Inger.«

»Sie dürfen wirklich nicht böse mit der Kleinen sein.« Per Holmqvist war hinter sie getreten. Ironie begleitete jedes seiner Worte.

»Sie ist eine gute Schauspielerin und hat wirklich ihr Bestes gegeben. Es liegt nicht an ihr, dass ich darauf nicht hereingefallen bin.«

Inger fuhr herum, und wieder standen sie ganz dicht voreinander. Ihre wütenden Blicke trafen auf ein zynisches Augenpaar, und plötzlich war da noch etwas anderes. Etwas, das sie beide zu überraschen schien. Inger wusste nicht mehr, was sie sagen wollte, und er hielt ausnahmsweise auch den Mund.

Nach Sekunden, die ihr wie eine Ewigkeit vorkamen, schüttelte sie den Kopf, um etwas beiseitezuschieben, was sie sich nicht erklären konnte. Sie wollte nicht einmal darüber nachdenken, was dieses seltsame und vor allem völlig unpassende Kribbeln in ihr verursachte.

Abrupt drehte Inger sich um. Sie löste den Sicherheitsgurt, mit dem Lotta festgeschnallt war, und hob das in die Decke eingewickelte Kind heraus. Ohne Per Holmqvist noch eines Blickes zu würdigen, ging sie mit Lotta auf den Armen zum Haus. Sie glaubte, seine Blicke in ihrem Rücken zu spüren, rechnete mit einem bösartigen Kommentar, doch alles, was sie vernahm, war das Starten eines Automotors.

Inger widerstand weiterhin der Versuchung, sich umzudrehen. Leicht fiel es ihr nicht, und in ihr war immer noch dieses dumme Kribbeln, das sie gar nicht haben wollte.

❋

Die anderen Kinder und Malena stürmten sofort auf sie und Lotta zu und wollten wissen, wo das Kind herkam. Nur Nelly hielt sich auffällig zurück.

»Später!«, wehrte Inger ab und ging mit Lotta nach oben.

Lotta weinte still vor sich hin. Sie war offensichtlich vollkommen verstört, und selbst in der dicken Decke schien sie erbärmlich zu frieren.

Kurz kam Inger der Gedanke, dass Per Holmqvist Lotta in die Decke gewickelt haben musste. Ein fürsorglicher Zug, der so gar nicht zu ihm passte. Noch weniger passte es ihr allerdings, ihm für irgendetwas Pluspunkte zuzuschreiben. Dieser Mann war ein herzloses Ekel. Basta!

Konzentriere dich auf das Wesentliche, ermahnte sie sich in Gedanken selbst. Sie ließ warmes Wasser in die Badewanne laufen und brachte Lotta anschließend ins Badezimmer. Das Kind wirkte immer noch verwirrt und hatte offensichtlich große Angst, dass Inger ihm böse sein könnte.

»Natürlich bin ich nicht böse«, sagte Inger und strich dem Mädchen über das Haar. Sie hatte einen Badezusatz gegen Erkältung beigefügt, um jeder Infektion vorzubeugen. Allmählich entspannte Lotta sich ein wenig in dem duftenden Kräuterbad, und Inger begann behutsam, ihr Fragen zu stellen.

»Wie bist du zu Per Holmqvist gekommen?«

Lotta schaute sie ängstlich an. »Ich wusste doch, dass er in Tante Augustas Haus wohnt. Ich habe nichts Schlimmes gemacht, Inger, ganz bestimmt nicht.«

»Das weiß ich doch«, sagte Inger beruhigend. »Ich will nur wissen, wie du zu ihm gekommen bist und warum du bei ihm warst.«

»Ich habe gehört, was du zu Malena gesagt hast.« Lotta schwieg, als wäre das Erklärung genug.

Inger hatte keine Ahnung, was Lotta meinte, und hakte noch einmal nach.

»Du hast gesagt, dass wir wegen ihm nicht mehr in der Villa Pusteblume bleiben können und wir Kinder alle wegmüssen. Ich will aber bei dir bleiben, Inger.« Wieder füllten sich ihre Augen mit Tränen.

»Das wirst du auch«, versprach Inger dem Mädchen. »Du musst keine Angst haben, es wird alles gut.«

»Wirklich?«, fragte Lotta mit ganz kleiner, zaghafter Stimme.

»Wirklich!«, versicherte Inger und meinte es auch so. Sie würde um Lotta kämpfen, so wie um jedes andere Kind. Ob dieser verdammte Per Holmqvist überhaupt ahnte, was er hier anrichtete?

Der Gedanke an diesen Mann brachte sie wieder zu der Frage, was Lotta eigentlich bei ihm gewollt hatte. Obwohl sie die Antwort jetzt bereits ahnte.

»Und deshalb bist du zu Per Holmqvist gegangen? Ohne Schuhe und ohne Mantel?«

»Es ist ja nicht weit bis zu Tante Augustas Haus«, sagte Lotta. »Aber es war so kalt, und ich glaube, im Sommer ist der Weg viel kürzer.«

»Es kam dir wahrscheinlich länger vor, weil es so kalt war«, lächelte Inger. Sie wollte Lotta nicht drängen und gleichzeitig endlich wissen, was das Mädchen zu Per Holmqvist gesagt hatte. Zum Glück erzählte Lotta jetzt weiter, ohne dass Inger sie noch einmal dazu auffordern musste.

»Ich habe gesagt, er soll uns bitte nicht aus der Pusteblume jagen. Vielleicht überlegt er es sich jetzt ja noch einmal anders«, sagte Lotta hoffnungsfroh.

»Ja, vielleicht.« Inger wollte dem Mädchen diese Hoffnung nicht nehmen, obwohl sie selbst wusste, dass Per Holmqvist selbst die Bitte eines kleinen Mädchens nicht rührte. Ganz im Gegenteil, hatte er ihr doch sogar vorgeworfen, dass sie selbst hinter der ganzen Aktion steckte. Zumindest verstand sie jetzt, was er vorhin gemeint hatte.

Inger schnappte kurz nach Luft, als die Ungeheuerlichkeit seiner Worte ihr bewusst wurde. Er glaubte tatsächlich, sie hätte das Kind bei diesem Wetter in einem dünnen Kleidchen und mit Hausschuhen zu ihm geschickt, um ihn anzubetteln und an sein Mitleid zu appellieren?

Zorn und Scham röteten ihr gleichermaßen die Wangen. Niemand, der sie kannte, hätte ihr so etwas zugetraut. Aber auch wenn Per Holmqvist sie nicht kannte, verletzte es sie zutiefst, dass er so etwas von ihr dachte. Es war für sie undenkbar, eines der Kinder für etwas einzusetzen, wofür ausschließlich sie und Malena verantwortlich waren. Am liebsten wäre sie sofort zu Per Holmqvist gegangen, um ihm genau das ins Gesicht zu schleudern.

»Lass es besser«, riet Malena, als Inger später mit ihr darüber sprach. »Du bist viel zu aufgebracht und würdest wahrscheinlich Dinge zu ihm sagen, die du hinterher bereust.« Malena machte eine kurze Pause, bevor sie hinzufügte: »Es wäre wirklich nicht ratsam, Per Holmqvist weiter gegen uns aufzubringen.«

Inger schaute sich kurz nach den Kindern um, aber sie bekamen von dem Gespräch nichts mit.

Ronja und Jesper saßen am Tisch und spielten ein Kartenspiel, dessen Regeln sie gerade neu erfanden. Mit viel Streit, aber auch viel Gelächter.

Nils und Lotta saßen auf dem Teppich und waren mit einem Steckspiel beschäftigt. Nur Nelly saß abseits in Malenas Lieblingsstuhl unter dem Fenster. Sie hatte Lasse auf dem Schoß und beobachtete Nils und Lotta mit finsteren Blicken.

»Ich würde doch nie eines der Kinder ausgerechnet zu Mister Superekel schicken, damit er uns nicht aus dem Haus wirft. Nicht einmal dann, wenn Aussicht auf Erfolg bestünde«, sagte Inger leise. Sie trocknete das Geschirr ab, das Malena spülte.

»Das weiß ich doch«, sagte Malena ebenso leise und besänftigend. »Und was dieser Mann über dich denkt, kann dir völlig egal sein.«

»Es ist mir ja auch egal«, behauptete Inger, stellte aber zu ihrer eigenen Überraschung fest, dass das gar nicht stimmte. Offenbar war auch Malena nicht wirklich davon überzeugt. Sie bedachte Inger mit einem nachsichtigen Lächeln.

»Dann sag es ihm, wenn du das unbedingt willst. Aber kühl und sachlich, dann klingt es glaubwürdiger. Deshalb würde ich an deiner Stelle erst zu ihm gehen, wenn du dich ein bisschen abgeregt hast. Solange du so wütend bist, klingt alles nur wie eine Rechtfertigung.«

Inger nickte nachdenklich.

»Morgen oder übermorgen«, fuhr Malena fort. »Dann kannst du ihm seine Decke zurückbringen, in die er Lotta eingewickelt hatte, und es sieht nicht einmal so aus, als würdest du nur wegen seiner haltlosen Vorwürfe kommen.«

Inger seufzte und fühlte sich getröstet. »Ach, Malena, was würde ich nur ohne dich tun?«

Malena lächelte, aber Inger hatte plötzlich das Gefühl, als wäre dieses Lächeln nicht echt. Es wirkte starr und aufgesetzt. Malena wandte ihr Gesicht ab und beugte den Kopf tief über die Spüle. Ihre langen Haare hingen an den Seiten herab, sodass Inger ihr Gesicht nicht mehr sehen konnte.

✶

Inger beschloss am nächsten Morgen, dass sie Per Holmqvist die Decke erst später zurückbringen würde. Heute war der erste Advent, und nichts sollte die weihnachtliche Stimmung stören, die im ganzen Haus zu spüren war. Sie stand am Herd und kochte heute ausnahmsweise mal den Haferflockenbrei. Außerdem gab es wie jeden Sonntag, wenn sie Zeit für ein langes und ausgiebiges Frühstück hatten, Brötchen und Knäckebrot mit Wurst und Käse. Nur Malena und Jesper mussten an diesem Morgen früh raus.

Malena war schon früh auf den Beinen. Sie war aufgeregt, weil heute ihr erster Tag auf dem Weihnachtsmarkt war.

»Dein erster und dein letzter«, prophezeite Ronja. »Oder glaubst du wirklich, jemand kauft dir eines von diesen scheußlichen Dingern ab?« Mit spitzen Fingern hob sie eine der Mützen hoch, die aussah wie eine perfekte Kopie der Mütze, die Thorsten jeden Tag trug.

Malena riss Ronja die Mütze aus der Hand. »Wir werden ja sehen«, erwiderte sie von oben herab, stimmte nach ein paar Sekunden aber in Ronjas Lachen ein.

Die Zwillinge und Lotta schliefen noch. Malena hatte bereits zweimal versucht, Jesper zu wecken. Das dritte Mal schickte sie Ronja nach oben. Kurz darauf war ein lauter Schrei aus Jespers Zimmer zu hören, Laufschritte und eine Tür, die krachend ins Schloss fiel.

»Prima«, kommentierte Inger die Geräuschkulisse trocken, »dann dürften ja gleich alle wach sein, und wir können zusammen frühstücken.«

Inger behielt recht. Zuerst tauchten die Zwillinge auf und kurz darauf Lotta. Niemand beschwerte sich über den Lärm. Bis auf Nelly waren alle bester Laune.

Lotta und Nils, beide noch im Schlafanzug, setzten ihr Spiel vom Vortag fort, eifersüchtig bewacht von Nelly, die nur ablehnend den Kopf schüttelte, als Nils sie zum Mitmachen aufforderte.

Jesper saß inzwischen gähnend am Frühstückstisch, während Ronja oben das Bad blockierte.

Malena packte ihre selbstgestrickten Sachen in zwei große Kartons, dazu allerlei Dekorationsartikel, die ihren Stand weihnachtlich schmücken sollten.

Draußen war es noch dunkel, nur am Horizont über dem See erschien ein heller Streifen, der sich langsam vergrößerte.

Inger ließ die Kinder an diesem Morgen in Ruhe und deckte selbst den Tisch. Erstaunlicherweise hatte sie trotz der erneuten Auseinandersetzung mit Per Holmqvist am vergangenen Tag blendende Laune.

Auch Lotta schien sich von ihrem Abenteuer sehr gut erholt zu haben. Inger hatte sogar das Gefühl, dass Lotta in ihren Fortschritten seit gestern einen gewaltigen Sprung gemacht hatte. Vielleicht lag es daran, dass sie sich gestern über die eigene Angst hinweggesetzt und ganz allein das Haus verlassen hatte. Aus eigenem Antrieb, weil sie das erhalten wollte, was ihr inzwischen wichtig geworden war: ihr Zuhause.

Inger schaute liebevoll auf das kleine Mädchen, das ganz vertieft schien in seinem Spiel mit Nils. Als sie wieder aufschaute, begegnete sie Nellys Blick. Nils' Zwillingsschwester hatte sie offenbar beobachtet, und ihr Gesichtsausdruck war so böse, dass Inger erschrak.

Inger tat so, als hätte sie nichts bemerkt. Sie lächelte Nelly liebevoll an und bat: »Möchtest du mir helfen, Nelly?«

Eigentlich wollte sie Nelly damit nur zeigen, dass sie sich nicht ausgeschlossen fühlen musste und Teil dieser zusammengewürfelten Familie war.

»Nein«, sagte Nelly böse und zeigte anklagend auf Lotta. »Solange die hier nichts tun muss, mache ich auch nichts mehr.«

Glücklicherweise bekam Lotta nicht mit, dass es um sie ging. Sie schaute nicht einmal auf, im Gegensatz zu Nils. Seine erschrockenen Blicke wechselten zwischen Inger und Nelly hin und her.

»Okay«, sagte Inger leichthin und fuhr in ihrer Arbeit fort. Sie wollte sich vor den anderen Kindern auf keine Diskussion mit Nelly einlassen und auch die Wut des Mädchens nicht weiter schüren. Nelly würde lernen müssen, ihren Bruder loszulassen, aber das ging nur Schritt für Schritt.

Um Nelly mit ihrer Eifersucht und dem Gefühl, ausgeschlossen zu sein, nicht allein zu lassen, sprach Inger sie nach ein paar Minuten noch einmal an.

»Freust du dich auch schon so auf den Weihnachtsmarkt, Nelly?«

»Nein«, sagte Nelly erneut sehr böse.

Inger fragte nicht nach dem Grund, den kannte sie ja.

»Schade«, sagte sie. »Ich freue mich nämlich schon sehr darauf. Mit dem ersten Weihnachtsmarkt fängt für mich die Weihnachtszeit erst so richtig an.«

Nelly sagte nichts, starrte sie nur finster an.

»Kannst du dich noch an das letzte Jahr erinnern?«, fragte Inger. »Da war es doch sehr schön.«

Ronja hatte ihr morgendliches Pflegeprogramm endlich beendet und war ebenfalls in die Küche gekommen. »Vor allem, als Jesper seiner Britta den Glögg über ihren neuen Mantel geschüttet hatte.«

»Sie war nicht meine Britta!« Jesper betonte die letzten beiden Worte.

»Danach nicht mehr«, grinste Ronja.

»Blöde Kuh!«

»Hornochse!«

Britta, Jespers Klassenkameradin, war seine erste große Liebe gewesen. Er hatte es zwar nie zugegeben, aber alle hatten es gewusst, weil er zu jener Zeit kaum einen Satz sagte, in dem nicht der Name *Britta* fiel.

Wahrscheinlich war es so eine Art Rendezvous gewesen, als sie sich im vergangenen Jahr auf dem Weihnachtsmarkt verabredet hatten und Britta in einem nagelneuen, schneeweißen Mantel erschien.

Jesper spendierte ihr einen Glögg, der zwar alkoholfrei war, weil auf den schwedischen Weihnachtsmärkten kein Alkohol ausgeschenkt werden durfte, aber dennoch von einem tiefen Rot. In seiner Nervosität stolperte er und schüttete nicht nur Brittas Becher, den er ihr gerade reichen wollte, sondern auch seinen eigenen über Brittas neuen Mantel.

Mit der beginnenden Liebe war es daraufhin vorbei gewesen. Inger hatte nie erfahren, was die erboste Britta dem armen Jesper alles an den Kopf geworfen hatte. Er hatte versucht, sich nichts anmerken zu lassen, und Inger musste einen sündhaft teuren Mantel ersetzen.

»Letztes Jahr Weihnachten war ich noch nicht hier.« Lotta hatte ihr Spiel unterbrochen und hörte seit ein paar Minuten zu.

»Weihnachten in der Pus-steblume is-st immer ganz toll«, lispelte Nils.

Nellys Gesichtsausdruck, der sich während Ronjas und Jespers Kabbelei ein wenig entspannt hatte, fror augenblicklich wieder ein. Sie warf den Kopf in den Nacken und stolzierte aus dem Raum. Sekundenlang war es ganz still.

»Warum mag Nelly mich nicht?« Lotta wirkte ganz niedergeschlagen.

Inger wusste nicht sofort, was sie darauf sagen sollte, aber das musste sie auch nicht. Nils war es, der an ihrer Stelle antwortete.

»S-sie mag es-s nicht, das-s ich dich mag«, erklärte er mit kindgerechter Logik die Eifersucht seiner Schwester.

Lotta schien diese Erklärung durchaus zu verstehen. Sie nickte und konzentrierte sich wieder auf ihr Spiel. Sie und Nils hatten sich Großes vorgenommen. Immerhin arbeiteten die beiden mit ihrem Steckspiel an einem kompletten »Weltraumding«, wie Nils es nannte. Für Außenstehende war es nur eine formlose Masse, aber die beiden schienen genau zu wissen, was sie taten.

Ronja und Jesper hatten sich bereits wieder vertragen. So war das immer mit den beiden. Inger wusste, so viel sie auch miteinander stritten, gegen den Rest der Welt würden sie stets zusammenhalten.

Malena kam in die Küche, ließ sich auf einen Stuhl fallen und rang die Hände. »Verdammter Mist«, schimpfte sie, »muss denn hier alles kaputt gehen?«

Das Unheil einer weiteren Katastrophe lag in der Luft. »Was ist denn jetzt schon wieder passiert?«, fragte Inger erschrocken.

»Frida hat den Geist aufgegeben. Sie springt einfach nicht an.«

Für einen Augenblick wurde Inger schwindelig. Sie lehnte sich gegen den Küchenschrank, weil sie Angst hatte hinzufallen, und schloss sekundenlang die Augen.

Frida war ihr Uraltvolvo und hatte sie bisher noch nie im Stich gelassen. Aber einmal war ja immer das erste Mal, und ausgerechnet jetzt passte es perfekt in ihre Pleiteserie.

»Das ist bestimmt nur die Batterie«, hörte sie Jesper sagen. »Kein Wunder, wenn ihr die Kiste nie bewegt.«

»Benzin ist teuer«, sagten Inger und Malena wie aus einem Munde. Inger öffnete die Augen wieder.

»Woher willst du wissen, dass es die Batterie ist?«, fragte sie Jesper.

»Das weiß ich nicht.« Der Junge zuckte mit den Schultern. »Aber jedes Baby weiß doch, dass eine alte Autobatterie streikt, wenn der Motor längere Zeit nicht gestartet wurde.«

»Ich weiß das nicht«, widersprach Inger.

»Ich auch nicht«, bestätigte Malena.

Der Junge warf sich in die Brust. »Gut, dass ihr wenigstens einen Mann im Haus habt.«

»Ja, super«, sagte Malena ironisch. »Dann hoffe ich, dass der einzige Mann im Haus einen Lösungsvorschlag hat, und zwar einen möglichst preiswerten.«

»Wir brauchen eigentlich nur jemanden mit einem Ladekabel und einem Auto«, überlegte Inger und atmete erleichtert auf. Sie hatte nicht gewusst, dass sich die Batterie automatisch entlud, wenn der Wagen nicht gestartet wurde, aber sie wusste zumindest, wie sie wieder aufgeladen wurde.

»Oder einfach ein Ladegerät«, sagte Jesper. »Viljam hat eins, er hat es erst vor ein paar Tagen meiner Klassenlehrerin geliehen.«

»Prima!«, seufzte Inger und wünschte sich, alle Probleme wären so leicht aus der Welt zu schaffen. Aber bei dem Glück, das sie in letzter Zeit hatte, war es womöglich doch nicht die Batterie, sondern ein komplizierter Motorschaden.

»Glaube ich nicht.« Jesper schüttelte den Kopf, als sie diese Befürchtung äußerte. »Dann hättest du vorher schon etwas gemerkt. Ich bin ziemlich sicher, dass es nur die Batterie ist.«

Inger schaute ihn nachdenklich an. »Willst du mal Automechaniker werden, oder weshalb kennst du dich so gut aus?«

»Weiß nicht.« Er zuckte mit den Schultern. »Man kriegt das halt so mit.« Er schaute auf die Armbanduhr und sprang auf. »Verflixt, ich muss los. Die anderen warten bestimmt schon an unserem Stand auf mich.«

»Und was ist mit mir?«, jammerte Malena. »Wie soll ich meinen ganzen Kram jetzt auf den Weihnachtsmarkt schaffen?«

Jesper lachte. »Die drei oder vier Kisten packen wir auf zwei Schlitten«, sagte er. »Zusammen schaffen wir das schon.«

»Es sind fünf Kisten«, sagte Malena.

»Ich komme auch mit«, bot Ronja zur Überraschung aller an. Normalerweise war schließlich sie es, die sich vor jeder Arbeit drückte. Als sie die Blicke der anderen auf sich gerichtet fühlte, zuckte sie mit den Schultern und erklärte lächelnd: »Es ist schließlich Weihnachten.«

Na so was, dachte Inger, selbst unsere materialistische Ronja wird plötzlich vom Geist der Weihnacht erfüllt.

»Außerdem fällt mein Weihnachtsgeschenk vielleicht ein bisschen größer aus, wenn ich mich benehme«, grinste das Mädchen. Das war wieder typisch Ronja, wie alle sie kannten.

❄

Es schneite nur ganz leicht in dicken Flocken. Der Himmel war grau und ließ die unzähligen Lichter in vorweihnachtlichem Glanz erstrahlen.

Die Stände gruppierten sich um den Markt. Es roch nach Lebkuchen und Glögg. Es gab Marzipan, Julbröd, allerlei Handwerkliches, und natürlich wurde an fast jedem Stand das Dalapferd angeboten.

Die Tradition der Dalapferde ging bis ins siebzehnte Jahrhundert zurück, und inzwischen galten die Pferdchen als typisches Symbol für ganz Schweden. Hergestellt wurden sie aber immer noch in Dalarna.

Der Gesangsverein, dem Viljam angehörte, spazierte wie alle Weihnachtsmarktbesucher umher, traf plötzlich an einer Stelle zur Gruppe zusammen und sang ein paar Weihnachtslieder. Dann gingen die Sänger wieder auseinander und trafen sich wenig später an einer anderen Stelle.

Inger ließ diese Stimmung auf sich wirken, und selbst die Kinder waren ungewöhnlich still, ließen sich von dem Weihnachtszauber einfangen. Nur Lotta hauchte einmal ganz leise: »Das ist so schön. Wie im Weihnachtsmärchen.«

Inger bemerkte, dass Nelly besitzergreifend Nils' Hand gefasst hatte, aber den Jungen schien es nicht zu stören, und ansonsten blieb es friedlich zwischen den Kindern.

Inger war überrascht, als sie an Jespers Stand sah, was er und seine Klassenkameraden gebastelt hatten. Wunderschöne Strohsterne, selbstbemalte Weihnachtskugeln, und natürlich hatten auch die jungen Leute sich an der Herstellung des Dalapferdchens versucht. Eine modische Version, hergestellt in der üblichen Form, aber schreiend bunt bemalt.

Für Inger war es selbstverständlich, ein paar Sachen von diesem Stand zu kaufen. In erster Linie natürlich wegen Jesper, aber auch, weil ihr die Sachen wirklich sehr gut gefielen. Außerdem verkauften die jungen Leute ihre selbstgebastelten Weihnachtsdekorationen zu einem ungewöhnlich niedrigen Preis.

Als Inger weiterging, wollten Nils und Nelly noch bei Jesper bleiben.

»Kein Problem«, winkte Jesper ab. »Ich passe schon auf die Zwerge auf.« Fragend schaute er Lotta an. »Willst du auch bei uns bleiben?«

Nellys Gesicht nahm unverzüglich einen angespannten Ausdruck an. Als Lotta ablehnend den Kopf schüttelte, atmete sie hörbar auf.

Langsam schlenderte Inger mit Lotta an der Hand weiter über den Weihnachtsmarkt und ertappte sich plötzlich dabei, dass sie ausgerechnet nach Per Holmqvist Ausschau hielt.

»Als ob dieser eiskalte Egozentriker ein Gespür für Weihnachten hätte«, murmelte sie vor sich hin. »Der feiert höchstens den erfolgreichen Abschluss seiner Bilanzen.«

»Was hast du gesagt, Inger?« Lotta, die an ihrer Hand neben ihr durch den Schnee stiefelte, schaute zu ihr auf.

»Nichts«, sagte Inger schnell und schüttelte den Kopf. »Ich habe nur laut gedacht.«

»Was ist ein eiskalter Egotriker?«, wollte Lotta daraufhin wissen.

Inger musste laut lachen. »Vergiss einfach, was ich gesagt habe, Kleines. Es ist wirklich völlig unwichtig. Freuen wir uns lieber über diesen schönen ersten Advent. Schau mal, da vorne ist Malenas Stand.«

Malenas Stand war nur an der unförmigen Strickmütze zu erkennen, die zwischen Weihnachtskugeln und Strohsternen vom First des überdachten Standes baumelte. Ihre Schwester selbst konnte Inger nicht sehen, weil eine Traube sehr junger Mädchen sich vor dem Stand drängte.

»Die sind ja so was von stylish«, hörte Inger eines der Mädchen ausrufen, während es sich eine der Mützen auf den Kopf setzte. »Oder soll ich doch lieber diese hier nehmen.« Sie zog die Mütze vom Kopf und setzte sich eine andere auf, die sich nur in der Farbe von der vorherigen unterschied.

»Ich würde beide nehmen«, sagte ihre Freundin, »aber wenn du die rotgestreifte nicht willst, nehme ich sie.«

Zusammen mit Lotta kämpfte sich Inger bis ganz an den

144

Stand vor. Malena stand mit hochroten Wangen dahinter und bediente die jungen Mädchen.

»Fast ausverkauft«, sagte sie kurz und triumphierend in Ingers Richtung, hatte für ein längeres Gespräch aber keine Zeit. Je mehr von ihren Stricksachen weggingen, umso hektischer wurden die Mädchen, weil sie Angst hatten, keines der noch übrigen Teile zu ergattern.

Ronja stand bei Malena und beobachtete ebenso fassungslos das Treiben wie Inger. Als eines der Mädchen nach einer bestimmten Mütze griff, riss Ronja sie an sich.

»Die gehört mir«, sagte sie. Als Malena sie überrascht anschaute, fügte sie schnell hinzu: »Die hast du für mich gestrickt.«

Inger musste grinsen. Ronja war zutiefst empört gewesen, als Malena ihr vor einem Jahr diese Mütze geschenkt hatte. Jetzt, wo die anderen Mädchen Malenas Kreationen als »stylish« und »cool« bezeichneten, wollte sie natürlich auch so eine Mütze haben.

Malena nickte und lächelte das Mädchen, das die Mütze haben wollte, entschuldigend an.

»Sie ist wohl aus Versehen bei den Sachen hier gelandet. Ich kann dir diese Mütze aber gerne nachstricken.«

Malenas Vorschlag zog einen Begeisterungssturm nach sich, und innerhalb kurzer Zeit bekam sie so viele Bestellungen, dass sie die Namen und die Ausführungen der gewünschten Mützen notieren musste.

»Na, habe ich dir zu viel versprochen?«, grinste Malena in einer kurzen Atempause in Ingers Richtung. »Ich bin fast ausverkauft. Was einerseits schön ist, andererseits habe ich dann für die nächsten Weihnachtsmärkte nichts mehr.«

»Na, dann weißt du ja Bescheid«, sagte Ronja und setzte sich die bisher so verschmähte Mütze auf den Kopf. »Jetzt kannst du das ganze Jahr stricken wie eine Wilde, damit du für den Weihnachtsmarkt im nächsten Jahr genug hast.«

Das Lächeln auf Malenas Gesicht erlosch. »Ja« war alles, was sie daraufhin sagte.

Inger fand, dass ihre Schwester plötzlich sehr traurig aussah. Gleich darauf lachte Malena aber wieder, als hätte es diesen Moment nicht gegeben.

»Ich überlasse dich dann mal deinen Geschäften«, verabschiedete sich Inger und ging allein weiter. Lotta fand das ganze Geschehen an Malenas Stand so spannend, dass sie noch ein bisschen bleiben wollte.

Sehr groß war der Weihnachtsmarkt nicht, aber stimmungsvoll und deshalb gut besucht. Inger schlenderte langsam von Stand zu Stand, und dann traf sie plötzlich auf Mårten. Er stand ein wenig abseits und wirkte ungeduldig. Inger trat zu ihm.

»Hej, Mårten!«

Er fuhr zusammen, starrte sie an wie einen Geist, dann flog sein Blick zum Stand und wieder zu ihr zurück.

❄

»Hej«, sagte er und wirkte sehr nervös. Inger wurde das Gefühl nicht los, dass ihm das Zusammentreffen mit ihr unangenehm war, und das verunsicherte sie.

»Stimmt etwas nicht?« Hoffentlich bereute er nicht inzwischen, dass er ihr den preiswerten Herd besorgt und auf seine Arbeitskosten verzichtet hatte.

Ein flüchtiges Lächeln zog über Mårtens Gesicht. »Nein, es ist alles in Ordnung. Ich mag nur keine Weihnachtsmärkte. Ich …« Er zögerte und wies dann auf eine junge Frau, die am Stand Weihnachtskugeln betrachtete, sich dabei aber immer wieder nach ihm und Inger umschaute. »… ich begleite nur meine Cousine.«

Als die Cousine sich vom Stand abwandte und auf sie zukam, sagte Mårten hastig: »Wir sehen uns doch heute Nachmittag. Oder gilt die Einladung zum Adventskaffee nicht mehr?«

»Natürlich gilt sie noch«, sagte Inger.

»Dann bis heute Nachmittag«, verabschiedete sich Mårten schnell und ließ sie einfach stehen, um seiner Cousine entgegenzugehen. Er drehte sich nicht mehr zu Inger um. Inger hörte allerdings noch, dass die junge Frau, die in ihrem Wintermantel sehr unförmig aussah, nach ihr fragte.

»Das ist nur die Schwester einer früheren Klassenkameradin«, vernahm sie noch Mårtens Antwort. Dabei zog er die junge Frau mit sich fort, als könne er nicht schnell genug aus Ingers Reichweite kommen.

Inger sah zwar, dass die junge Frau noch etwas zu Mårten sagte, aber verstehen konnte sie nichts mehr, dazu waren die beiden schon zu weit weg.

»Was war das denn?« Kopfschüttelnd schaute Inger den beiden nach. Warum hatte Mårten sie nicht seiner Cousine vorgestellt?

Inger ging weiter und wurde durch Viljams Gesangsverein abgelenkt, der sich jetzt ganz in ihrer Nähe postierte und *Nu tändas tusen juleljus* sang. Die Frauen hielten brennende Kerzen in den Händen, immer noch fielen dicke Schneeflocken vom Himmel.

»Wir zünden tausend Lichter an.« Leise summte Inger die Melodie mit. Nicht einmal die seltsame Begegnung mit Mårten hatte ihre weihnachtliche Stimmung trüben können.

✳

Bis auf Jesper, der mit seinen Freunden bis zum Ende der offiziellen Öffnungszeit blieb, kehrten alle am frühen Nachmittag zur Villa Pusteblume zurück. Sogar Malena konnte mit nach Hause kommen, sie hatte alles restlos verkauft.

»Schade«, seufzte sie. »Wenn ich gewusst hätte, wie viel Spaß so ein Weihnachtsmarkt macht, hätte ich schon viel früher daran teilgenommen. Und verdient habe ich auch ganz gut.« Sie öffnete ihre Tasche und schüttete die ganzen Kronen, die sie eingenommen hatte, auf den Tisch.

»Das ist noch nicht alles«, ergänzte Ronja eifrig. »Denk nur an die ganzen Aufträge, die du noch hast.«

»Tja«, sagte Malena mit gespielter Hochnäsigkeit. »Vielleicht gründe ich jetzt mein eigenes Modelabel, und ihr könnt mich demnächst in Paris oder Mailand, vielleicht sogar in New York besuchen.«

»Als ob du hier je weggehen würdest«, lachte Inger.

Malena schaute ihrer Schwester ins Gesicht. Ihre Miene war plötzlich ganz ernst. »Darauf würde ich mich nicht hundertprozentig verlassen.«

Gleich darauf lachte sie wieder, als hätte sie nur einen Witz gemacht.

Inger stimmte in dieses Lachen ein, aber tief in ihr hatte sich ein winzig kleiner, bohrender Stachel festgesetzt. Malenas Worte und vor allem das Gesicht, das sie dabei gemacht hatte, ließen ihr keine Ruhe.

Lasse freute sich, dass die ganze Familie wieder da war. Im vergangenen Jahr hatten sie ihn mitgenommen, aber in diesem Jahr wäre das wegen seines gebrochenen Laufs zu anstrengend für ihn geworden. Jetzt machte er ziemlich nachdrücklich klar, dass er raus musste. Und zwar ziemlich schnell, bevor ein Unglück passierte.

Inger zog ihren Mantel wieder an. Die Kinder waren erschöpft vom Weihnachtsmarkt, und Malena bereitete gerade alles für den Kaffee am Nachmittag vor. Am Abend sollte es dann auch noch ein herzhaftes Abendessen geben.

Lasse bewegte sich inzwischen ziemlich sicher mit seinem Gipsbein. Der ehemals weiße Verband war mittlerweile dunkelgrau verfärbt.

Inger führte Lasse an der Leine. Er war zwar nicht sehr schnell mit seinem Handikap, aber sie hatte trotzdem Angst, ihn noch einmal zu verlieren.

Lasse war es nicht gewohnt, an der Leine zu gehen. Es missfiel ihm offensichtlich, zumal es ihn in eine ganz bestimmte Richtung zog. Zuerst ließ Inger den Hund gewähren und folgte ihm einfach, bis sie zur Abzweigung kamen. Von dort aus wollte Lasse den Weg zu Augustas Haus einschlagen. Kein Zweifel, er wollte zu Per Holmqvist.

»Auf keinen Fall«, sagte Inger. »Tut mir leid, mein Süßer, aber dieses Ekelpaket will ich einfach nicht mehr sehen.«

»Ein Wunsch, der absolut auf Gegenseitigkeit beruht«, antwortete eine kühle Stimme in ihrem Rücken.

Inger fuhr herum. Sie hatte keine Ahnung, woher Per Holmqvist so plötzlich gekommen war, und eigentlich interessierte es sie auch nicht. Sie hatte das Gefühl, dass sich an ihrem ganzen Körper imaginäre Stacheln aufrichteten, während ihr Herz gleichzeitig auf eine ziemlich unvernünftige Weise schneller schlug.

»Immerhin wissen Sie, wer gemeint ist«, spielte sie trocken auf ihre eigene Bezeichnung für ihn an.

Per Holmqvist kam ein Stück näher. Seine dunklen Augen funkelten amüsiert. Er zuckte ungerührt mit den Schultern. »Es ist mir ziemlich egal, was Sie von mir halten oder wie Sie mich nennen.« Das klang so gleichgültig, dass Inger es ihm sogar abnahm.

»Na, mein Kleiner!« Per Holmqvist beugte sich zu dem Hund herunter und streichelte ihn. Diesmal klang seine Stimme überhaupt nicht kalt. Er mochte den Hund wirklich.

Lasse wedelte vor Freude nicht nur mit dem Schwanz, sein ganzes Hinterteil war in Bewegung. Er drückte sich an Per Holmqvist und winselte vor Wiedersehensfreude.

»Verräter«, sagte Inger laut.

Lasse störte sich nicht daran, aber Per Holmqvist schien sich erneut zu amüsieren. Er schaute kurz zu ihr auf, und Inger glaubte sogar, die Andeutung eines Lächelns auf seinem Gesicht zu sehen.

Er ließ sich Zeit, streichelte Lasse ausgiebig, bevor er sich wieder aufrichtete.

»Wenn Sie Ende des Jahres das Haus verlassen haben und nicht wissen, was Sie mit dem Hund machen sollen, übernehme ich ihn gern.«

Inger starrte ihn an. Sprachlos zuerst, dann schnappte sie nach Luft. »Sie setzen bedenkenlos fünf Kinder auf die Straße, aber um einen Hund machen Sie sich Gedanken? Was sind Sie nur für ein Mensch?«

Per Holmqvist hielt es offensichtlich für überflüssig, eine Antwort auf diese Frage auch nur in Erwägung zu ziehen. Er zog lediglich seine rechte Augenbraue in die Höhe und wirkte in diesem Moment so arrogant, dass Inger ihre Wut kaum noch im Zaum halten konnte. Ausgerechnet jetzt musste sie an seine Anschuldigung denken, sie hätte Lotta zu ihm geschickt.

»Kläre das kühl und sachlich!«, fielen ihr gleichzeitig Malenas Worte ein.

Kühl und sachlich, sie prägte es sich ein, zählte innerlich langsam bis zehn und wurde doch nicht ruhiger.

»Na gut, dann halte ich Ihnen eben einen Spiegel vor«, fauchte sie ihn an. »Wahrscheinlich hat es nur noch kein

Mensch gewagt, Ihnen zu sagen, was für ein elendes, kleines Würstchen Sie sind. Wahrscheinlich fühlen Sie sich nur dann als etwas Besonderes, wenn Sie andere Menschen fertigmachen können.«

Per Holmqvist hatte sie unverwandt angeschaut, während sie sich immer mehr in Rage redete. Auch Lasse saß mucksmäuschenstill. Er hatte den Schwanz ängstlich zwischen die Hinterpfoten geklemmt und schaute mit scheelem Blick zu ihr auf. Ihre Tonlage verriet ihm, dass sie böse war. Er wusste aber nicht, was er angestellt hatte.

Per Holmqvist lächelte zynisch. »Geht es Ihnen jetzt besser?«

Inger spürte, wie sich ihre Wangen rot färbten. Sie ballte die Hände zu Fäusten in hilfloser Sprachlosigkeit.

Immer noch grinsend zuckte Per Holmqvist mit den Schultern und ging an ihr vorbei. Lasse jaulte ihm leise nach.

Das gab es doch nicht! Dieser verdammte Kerl ließ sie einfach in ihrer Wut schmoren und ging kalt lächelnd weiter. Inger drehte sich um, wollte ihm etwas nachrufen, was ihn wirklich traf, und wusste gleichzeitig nicht, womit sie ihn verletzen konnte. So sehr verletzen, dass es ihm endlich diese unglaubliche Arroganz aus dem Gesicht trieb.

Es war eine rein spontane Handlung. Inger bückte sich und drückte eine Portion Schnee zu einem festen Ball zusammen. Obwohl sie nicht richtig zielte, traf sie ziemlich genau, und der Schneeball zerplatzte an Per Holmqvists Hinterkopf.

Er blieb stehen, rührte sich sekundenlang nicht.

Inger war auf alles gefasst, aber nicht darauf, dass er einfach weiterging, als wäre nichts geschehen, und sich dabei nicht einmal mehr umdrehte.

❄

Inger war immer noch wütend, als sie zurück zur Villa Pusteblume kam, aber niemand bemerkte es. Alle zusammen hatten den Tisch gedeckt. Es duftete nach frischem Gebäck und dem Braten, den Malena für später in den Ofen geschoben hatte. Auch Glögg hatte sie erwärmt. Eine alkoholfreie Variante für die Kinder und für die Erwachsenen eine Mischung aus Rotwein und Korn mit Zimt, Kardamom, Ingwer und Nelken. Weihnachtsduft zog durch das ganze Haus.

Auf dem Tisch standen kleine Schalen mit Mandeln und Rosinen, Teller mit Lussekatter und Pfefferkuchen.

Überall standen Kerzen und verbreiteten ihr flackerndes, stimmungsvolles Licht. Die große Lampe war ausgeschaltet, nur die kleine Leuchte auf dem Regal brannte.

Lotta kam auf Inger zu und umschlang ihre Taille. »Es ist so schön hier«, sagte sie und strahlte zu ihr auf. Zum ersten Mal sah dieses Kind wirklich glücklich aus.

Vergiss diesen verflixten Per Holmqvist, sagte sich Inger. Nur das hier ist wichtig. Sie drückte Lotta ganz fest an sich.

Jesper kam nach Hause, begeistert von dem Tag auf dem Weihnachtsmarkt und dem Tageserlös. »Wenn wir das jeden Adventssonntag einnehmen, kommt bis Weihnachten eine schöne Summe zusammen«, freute er sich.

Ein paar Minuten später kam auch Thorsten. Er umarmte Inger zur Begrüßung. Ihr fiel auf, dass sein Umgang mit Malena dagegen nach wie vor distanziert war, auch wenn beide versuchten, sich nichts anmerken zu lassen.

Zu guter Letzt tauchte auch noch Mårten auf. Er wirkte Inger gegenüber sehr verlegen.

»Ich glaube, ich habe mich ein bisschen komisch benommen«, sagte er, als sie einen Augenblick allein waren.

Inger machte es ihm nicht leichter, indem sie das höflich bestritt, sondern schaute ihn nur an.

152

»Ich hasse solche Shoppingtouren«, versuchte er zu erklären. »Da bekomme ich immer ganz schlechte Laune.«

»Ich würde einen Weihnachtsmarkt nicht unbedingt mit einer Shoppingtour vergleichen«, sagte Inger.

»Ich kann nichts dafür.« Er lächelte und zuckte mit den Schultern. »Von Stand zu Stand gehen ist für mich das Gleiche wie ein Schaufensterbummel und meine ...« Er machte eine kurze Pause, bevor er fortfuhr, »... meine Cousine kauft einfach alles, was ihr gefällt. Zumindest kommt es mir so vor.« Wieder zeigte er sein schiefes Lächeln, das Inger heute aufgesetzt und unecht vorkam. Im Grunde ging sie das aber alles nichts an, und es interessierte sie nicht einmal besonders. Sie war froh, als Thorsten dazukam.

»Kannst du dich noch an Thorsten erinnern? Er ist Malenas und mein Pflegebruder.«

»Thorsten, ja klar.« Die beiden Männer reichten sich die Hand. »Ich bin Mårten. Ich war mit Malena in einer Klasse.«

»Ja, ich erinnere mich«, nickte Thorsten und fasste Mårten scharf ins Auge. »Ich habe auch nicht vergessen, dass du hier nachts herumgeschlichen bist.«

»Ich bin nicht herumgeschlichen«, behauptete Mårten und lachte plötzlich laut auf. »Du hast dich damals als Beschützer deiner Schwester aufgespielt und mir Prügel angedroht.«

Mårtens Blick flog zu Malena hinüber, die in der Küche den Herd ausschaltete. »Zum Glück sind wir jetzt alle erwachsen geworden«, sagte er leise und, wie es schien, mehr zu sich selbst als zu Thorsten und Inger. In seinen Augen und auch in seiner Stimme lag etwas, das Inger nicht gefiel. Thorsten schien es ebenso zu empfinden.

»Auch wenn ich jetzt erwachsen bin, sehe ich mich immer noch als Beschützer meiner Schwester«, sagte er mit einem drohenden Unterton.

Es war Mårten anzusehen, dass er zuerst nicht wusste, wie er diese Bemerkung einordnen sollte. Schließlich lachte er unsicher.

»Gute Einstellung«, sagte er und klopfte Thorsten auf die Schulter.

Thorsten trat einen Schritt zurück. Inger wurde das Gefühl nicht los, dass er Mårten nicht mochte. Sie selbst fand ihn auch nicht mehr so sympathisch wie an dem Tag, als er ihr und Malena so geholfen hatte, und gleichzeitig fand sie sich wegen ihrer Gefühle schrecklich undankbar. Es sah ganz so aus, als würde dieser erste Advent in angespannter Stimmung enden.

❄

Pünktlich zum Kaffee tauchte Viljam auf. Unter dem Arm trug er einen viereckigen Kasten.

»Der Junge hat mir erzählt, dass du Probleme mit dem Auto hast«, sagte er zu Inger und nickte in Jespers Richtung. »Ich schließe dir jetzt das Ladegerät an die Batterie deines Wagens an. Lass es über Nacht aufladen.«

Inger ging mit Viljam in die Garage. Thorsten begleitete sie. Die beiden Männer machten bedenkliche Gesichter, als Inger die Motorhaube öffnete.

»Glaubst du, es liegt doch nicht an der Batterie?«, fragte Inger ängstlich.

Viljam ließ sich den Wagenschlüssel geben und versuchte, Frida zu starten. Kein Geräusch, nicht einmal ein hilfloses Gurgeln gab der Motor von sich.

»Ich glaube schon, dass es die Batterie ist«, sagte Viljam, als er wieder aus dem Wagen stieg. »Ich fürchte nur, du wirst kurzfristig eine neue brauchen. Wann wurde die Batterie zum letzten Mal ausgetauscht?«

154

»Noch nie«, sagte Inger. Ihre Stimme klang ein bisschen verwundert. Die beiden Männer lachten.

»Ich spare mir jetzt eine Bemerkung über Frauen und Technik«, grinste Viljam, »weil ich nachher auch gerne ein bisschen von eurem Glögg und den Pfefferkuchen hätte.«

»Dann sparst du sie dir wirklich besser«, gab Inger ebenfalls grinsend zurück.

In wenigen Minuten hatten die beiden Männer das Ladegerät angeschlossen. Zusammen gingen sie zurück ins Haus. Die Kinder spielten, Malena und Mården saßen in der Küche nebeneinander und blätterten gemeinsam in einem Fotoalbum.

Mården hatte seinen rechten Arm auf der Rückenlehne von Malenas Stuhl abgestützt und berührte sie, wann immer sich eine Gelegenheit dazu ergab.

»Schau mal, das ist Inga Rydfalk, kannst du dich noch an sie erinnern?« Malena tippte auf eines der Fotos. »Sie war unsterblich in unseren Klassenlehrer verliebt.«

»Und da ist Sven Wikland.« Mården tippte mit dem Zeigefinger der linken Hand auf ein anderes Foto, während sich seine rechte Hand von der Stuhllehne löste und auf Malenas Rücken legte.

Malena schien einen Augenblick irritiert, bis er seine Hand wieder wegnahm. Ganz so, als wäre es nur eine zufällige Berührung gewesen.

Inger hatte diese Szene zur Kenntnis genommen. Als sie Thorsten anschaute, erschrak sie über die Wut in seinem Gesicht. Als er bemerkte, dass sie ihn beobachtete, hatte er sich schnell wieder unter Kontrolle und brachte sogar ein erzwungenes Lächeln zustande.

»Wie ist das denn nun mit dem Glögg«, rief Viljam aus, der hinter den beiden in die Küche kam.

Malena sprang auf, als wäre es ihr nur recht, dass sie sich Mårtens Nähe entziehen konnte. Sie schenkte für alle Glögg ein, und die Runde versammelte sich um den Esstisch. Die beiden Großen kamen ebenfalls dazu, während sich Nils und Lotta mit Lussekatter versorgten und wieder nach oben wollten.

»Wo ist Nelly?«, fragte Inger.

»In ihrem Zimmer«, sagte Nils. »S-sie wollte nicht mit Lotta und mir s-spielen.«

Inger hatte Mitleid mit der unglücklichen Nelly. Das Mädchen musste zwar lernen, mit ihrer Eifersucht umzugehen und vor allem ihren Bruder loszulassen, aber Inger war sicher, dass hinter Nellys Verhalten starke Verlustängste steckten. Sie wollte gerade nach oben gehen, um mit dem Mädchen zu reden, da erschien Nelly in der Tür. Sie sah aus, als hätte sie geweint, aber sie lächelte tapfer, als Inger sie anschaute.

Inger ging zu ihr und nahm sie in den Arm. »Schön, dass du da bist«, sagte sie. »Jetzt setzen wir uns zusammen an den Kaffeetisch, und später spielen wir alle zusammen etwas.«

Viljam verabschiedete sich nach dem zweiten Glas Glögg und einem Pfefferkuchen wieder. Er und Märta hatten heute ihre eigene Familie zu Besuch. Die beiden Töchter und das erste Enkelkind, das vor zwei Monaten auf die Welt gekommen war.

Inger bedankte sich überschwänglich bei Viljam, als sie ihn zur Tür brachte. Viljam schüttelte den Kopf. »Dafür nicht, Inger«, sagte er ernst. »Wir sind doch Freunde, und ich wünschte, ich könnte mehr für dich und Malena tun.«

Inger legte eine Hand auf Viljams Arm. »Ich weiß es sehr zu schätzen«, sagte sie.

»Wir haben gehört, dass Augustas Neffe dir große Schwierigkeiten macht«, sagte Viljam.

Inger fragte sich, wie das mal wieder so schnell die Runde gemacht haben konnte. Sie selbst hatte mit niemandem aus dem Dorf darüber gesprochen.

Viljam griff nach ihrer Hand, die immer noch auf seinem Arm lag, und drückte sie ganz fest.

»Es wird alles gut, Inger, daran musst du ganz fest glauben. Wir sind alle auf deiner Seite.«

Seine Worte taten ihr gut. »Danke, Viljam. Ich würde es sehr bedauern, wenn ich das Dorf und die Villa Pusteblume verlassen müsste. Nicht nur, weil das hier meine Heimat ist, sondern auch wegen der Menschen, die hier leben. Ihr würdet mir alle fehlen.«

»Kopf hoch«, sagte er noch einmal. »Es wird alles wieder gut.« Damit nickte er ihr zu und ging. Inger winkte ihm nach.

»Wir müssen hier weg?«

Inger fuhr herum. Jesper stand hinter ihr, mit schneeweißem Gesicht, die Hände in den Taschen seiner Jeans vergraben. Offenbar hatte er ihre kurze Unterhaltung mit Viljam mitbekommen.

»Stimmt das?«, verlangte er zu wissen. »Müssen wir hier raus?«

Inger schüttelte den Kopf, öffnete den Mund und schloss ihn wieder. Sie hatte noch nie eines der Kinder belogen und wollte es auch jetzt nicht tun. Noch weniger allerdings wollte sie Jesper mit ihrer derzeit größten Angst konfrontieren.

»Es wird alles gut«, wiederholte sie nun selbst Viljams Worte gebetsmühlenartig.

Jesper schaute sie aus schmalen Augen an. »Aber wir müssen hier raus? Wegen diesem Typen, der jetzt in Augustas Haus wohnt?«

»Es ist noch nicht endgültig entschieden«, behauptete Inger wider besseren Wissens und ignorierte den Gedanken, dass sie Jesper gegenüber nun doch nicht ganz ehrlich war. So richtig gelogen, stellte sie für sich fest, war es aber auch nicht. Mochte Per Holmqvists Entscheidung auch feststehen, so war sie doch längst nicht bereit, sie einfach so hinzunehmen.

»Ich möchte nicht, dass du dir den Kopf darüber zerbrichst«, sagte sie entschieden.

Jesper zog finster die Brauen zusammen. »Das hier ist mein Zuhause.«

»Es ist unser aller Zuhause«, erwiderte Inger sanft. Sie ging auf Jesper zu, legte ihre Hände auf seine Schultern. Der Junge war inzwischen fast so groß wie sie.

Mir ist völlig entgangen, wie erwachsen und hübsch er geworden ist, schoss es Inger durch den Kopf.

»Ich habe das Recht, es zu erfahren, wenn wir hier rausmüssen«, beharrte er.

»Okay«, nickte Inger. »Ich nehme das ernst, was du sagst. Im Moment haben wir tatsächlich ein paar Probleme, aber ich werde alles dafür tun, damit wir unser Zuhause behalten.«

Jesper schien nicht zufrieden. Sein Blick war immer noch finster. »Was sind das für Probleme?«, wollte er wissen.

»Es gibt da noch den einen oder anderen Punkt, den ich mit Per Holmqvist klären muss«, wich Inger aus. »Und ich möchte, dass du dir darüber einfach keine Gedanken machst. Es ist meine Aufgabe als Leiterin dieses Kinderheimes, solche Probleme zu klären.«

Wie großartig das klingt, dachte Inger, und wie erfolglos ich in meinen bisherigen Bemühungen war. Im Grunde gab es nur eine Möglichkeit, die drohende Zwangsräumung zu vermeiden. Sie musste die ausstehende Miete irgendwie zusammenkratzen.

Im Augenblick belastete es Inger aber mehr, dass Jesper ihr Gespräch mit Viljam überhaupt mitbekommen hatte. Sie hätte einfach vorsichtiger sein müssen. Es war dem Jungen deutlich anzusehen, wie sehr ihn ihre Schwierigkeiten beschäftigten. Ausgerechnet jetzt kamen auch noch Nils und Lotta die Treppe hinunter. Natürlich bekamen die beiden jedes Wort mit.

»Ich hasse diesen Per Holmqvist«, stieß Jesper mit einer solchen Inbrunst hervor, dass es Inger erschreckte.

»Nein, Jesper, sag so etwas nicht«, bat sie. Sie holte tief Luft und sagte etwas, was sie selbst überraschte. »Per Holmqvist ist einfach nur ein armer, einsamer Mensch.«

»Ich mag ihn trotzdem nicht«, sagte Jesper und klang jetzt wieder ein bisschen wie ein trotziger Junge.

»Du musst ihn auch nicht mögen.« Inger schüttelte den Kopf. »Aber du solltest einen anderen Menschen auch nicht hassen.«

Jesper starrte sie an und stellte ihr schließlich die Gretchenfrage: »Hasst du ihn denn auch nicht?«

Inger schüttelte spontan den Kopf und bemerkte erst dann zu ihrer eigenen Überraschung, dass es tatsächlich nicht so war.

»Nein«, sagte sie. »Ich hasse ihn nicht. Ich ärgere mich oft über ihn, er macht mich auch wütend, aber ich hasse ihn nicht.« Es hatte etwas Befreiendes, das nicht nur zu empfinden, sondern auch auszusprechen.

Jesper schaute sie nach wie vor prüfend an. Inger konnte seinen Blick offen erwidern, und schließlich schien er ihr zu glauben.

»Also gut«, gab er nach. »Aber sag mir Bescheid, wenn dieser Typ weiter Ärger macht.«

Dieser vierzehnjährige Junge schien richtige Beschützerinstinkte zu entwickeln. Inger machte nicht den Fehler, ihn auszulachen.

»Ich bin froh, dass du bei uns bist, Jesper«, sagte sie, ohne auf seine Aufforderung direkt einzugehen.

Jespers Gesicht glühte vor Freude. Inger legte einen Arm um seine Schulter und winkte die beiden Kleinen auf der Treppe hinunter. Zusammen gingen sie in die Küche.

Malena machte einen nervösen Eindruck. Möglicherweise lag es an Mårten, der nicht von ihrer Seite wich und ihr sogar bis zum Herd folgte, als sie einen neuen Topf mit Glögg aufsetzte.

Vielleicht lag es aber auch an Thorsten, der verärgert wirkte und dessen Miene sich jedes Mal ein bisschen mehr verdüsterte, wenn er Mårten anschaute.

Nelly saß neben Thorsten am Tisch, und immer, wenn er den Kopf wandte, um Malena und Thorsten zu beobachten, ging ihr Kopf in die gleiche Richtung. So als gäbe es da eine geheime Abstimmung zwischen Thorsten und Nelly.

Inger wünschte sich die Stimmung zurück, die sie auf dem Weihnachtsmarkt empfunden hatte. Die Spannung im Raum schien sich allmählich auf alle zu übertragen, sogar auf Mårten.

»Ich gehe dann mal«, sagte er und wirkte ein bisschen enttäuscht, weil niemand ihn bat, noch zu bleiben. Vielleicht hatte er diese Aufforderung ja auch ganz speziell von Malena erwartet, aber die sah so erleichtert aus, dass es fast schon beleidigend auf Mårten wirken musste.

Er bemerkte es nicht, oder er wollte es nicht bemerken. »Ich rufe dich in den nächsten Tagen an«, verabschiedete er sich von Malena. »Vielleicht können wir beide ja mal was unternehmen.« Sein Blick flog über die Runde.

»Nur wir beide«, fügte er bedeutungsvoll hinzu.

»Mal sehen«, wich Malena aus.

Ihre Worte klangen wenig ermunternd, aber auch das

nahm Mården nicht zur Kenntnis. Er nahm Malena einfach in den Arm.

»Ich bin glücklich, dass wir uns wiedergefunden haben.«

Auch von Inger verabschiedete er sich mit einer Umarmung, die aber nicht ganz so überschwänglich ausfiel.

»Wir sehen uns«, sagte er. »Bestimmt bald«, fügte er grinsend hinzu.

Malena schaute Inger flehend an, und sie verstand sofort, was ihre Schwester von ihr wollte. So begleitete sie Mården zur Tür, auch wenn ihm das offensichtlich überhaupt nicht gefiel.

An der Tür verabschiedete sich Mården mit einem Handschlag von Inger und versuchte dabei, über ihre Schulter hinweg noch einen Blick in die Küche zu werfen.

»Ich mag deine Schwester sehr«, gestand er.

Dieser verdammte Herd! Er nahm ihr und vor allem ihrer Schwester die Möglichkeit, jetzt ehrlich zu sein und ihm zu sagen, dass Malena seine Gefühle ganz offensichtlich nicht erwiderte.

Inger dachte einen Augenblick nach, und dann sagte sie vorsichtig: »Weißt du, Mården, eigentlich habe ich ein ziemlich schlechtes Gewissen. Vielleicht wäre es doch besser, wenn du mir eine Rechnung über den Herd schickst, mit dem regulären Preis, den du jedem Kunden berechnen würdest, und natürlich auch mit deinen Arbeitskosten.«

Mården kniff die Augen zusammen, schaute ihr jetzt direkt ins Gesicht. »Warum?«

Inger zuckte hilflos mit den Schultern. »Wie gesagt, ich habe ein schlechtes Gewissen.«

Nicht dir gegenüber, sondern wegen Malena, fügte sie in Gedanken hinzu. Es tut mir leid, dass Malena sich verpflichtet fühlt, dir gegenüber nett zu sein, obwohl ihr deutlich anzusehen ist, dass du ihr auf die Nerven gehst.

»Mal sehen«, sagte Mårten gedehnt und drehte sich um. Als er an seinem Wagen stand, schaute er noch einmal zurück. Mit einem Blick, der Inger ganz und gar nicht gefiel.

❅

Am nächsten Tag erhielt Inger die nächste unliebsame Überraschung. Die Kinder waren bereits in der Schule, Malena machte mit Frida, die an diesem Morgen glücklicherweise tatsächlich ohne Probleme angesprungen war, einen Großeinkauf in Leksand.

Wie alle Leute im Dorf erledigten sie ihre Einkäufe bei Viljam. Er war ein wenig teurer als die großen Supermärkte, aber Freundschaft zählte hier mehr, als ein paar Öre einzusparen.

Für die Dinge, die es bei Viljam nicht gab, fuhren sie nach Leksand. Malena benötigte neue Wolle, um ihre Strickaufträge auszuführen, und sie wollte von dem Geld, das sie gestern eingenommen hatte, bereits erste Weihnachtsgeschenke für die Kinder kaufen. Sofern ihr das möglich war. Lotta wollte sie nach Leksand begleiten, und die Kleine sollte natürlich von den Weihnachtseinkäufen nichts mitbekommen.

»Ich werde stricken wie verrückt«, hatte Malena vor ihrer Abfahrt zu Inger gesagt. »Vielleicht müssen wir uns wegen der restlichen Weihnachtsgeschenke dann keine Gedanken mehr machen.«

Als Dag Göransson kam, traf er Inger allein in der Villa Pusteblume an. »Schon wieder ein Einschreiben für dich«, sagte er. Auf seiner Stirn zeigten sich Sorgenfalten. »Dieser Per Holmqvist macht es dir aber wirklich nicht leicht, oder?«

Damit wusste Inger gleich, von wem der Brief kam. »Wir

schaffen das schon«, sagte sie und bemühte sich um ein zuversichtliches Lächeln.

»Dieser Mann ist die Pest«, sagte Dag. »Niemand aus dem Dorf mag ihn, und wir haben schon überlegt …«

»Bitte, macht keinen Unsinn«, fiel Inger ihm hastig ins Wort. Vor ihrem inneren Auge sah sie eine aufgehetzte Meute, die mit brennenden Fackeln mitten in der Nacht zu Augustas Villa zog, um den unliebsamen Per Holmqvist aus dem Dorf zu verjagen. Es war eine sehr mittelalterliche Vorstellung, aber das nahm ihr nicht den Schrecken.

Dags Gesicht verzog sich zu einem Grinsen. Wahrscheinlich ahnte er, was sie befürchtete. »Keine Sorge, wir krümmen Augustas Neffen kein Haar«, versprach er. »Wir überlegen eher, wie wir dir helfen können.«

Ähnlich hatte Viljam sich gestern auch schon ausgedrückt. Inger war gerührt, und gleichzeitig wurde ihr das Herz erst recht schwer, wenn sie sich vorstellte, dass sie das Dorf und all die Menschen hier, die sie schon ihr ganzes Leben lang kannte, verlassen musste.

»Ihr seid lieb«, sagte sie, »aber macht euch bitte keine Gedanken um uns.«

Dag grinste nur und wechselte das Thema. »Du musst mir den Erhalt des Schreibens quittieren«, sagte er, »aber das kennst du ja inzwischen.«

Inger unterschrieb und riss den Umschlag auf, nachdem Dag gegangen war. Der Absender war tatsächlich Per Holmqvist. Was wollte der denn jetzt noch von ihr?

Es war ein knapper Brief, den er ihr geschrieben hatte. Dabei lag die Rechnung des Tierarztes, der Lasse behandelt hatte. Inger stockte der Atem, als sie die Summe sah.

In knappen Worten forderte Per Holmqvist sie auf, den Betrag, den er vorgestreckt hatte, zu ersetzen. Er hatte ihr sogar eine Frist gesetzt. Wenn sie innerhalb von zwei Wochen nicht bezahlte, wollte er diese Angelegenheit ebenfalls seinen Anwälten übergeben.

Inger handelte, ohne groß nachzudenken. Sie zog ihren Mantel an, stülpte sich die Mütze über und verließ wutschnaubend das Haus.

❄

Es war eine Entscheidung der gesamten Klasse gewesen. Die beiden Mathestunden fielen aus, weil ihr Lehrer erkrankt war. Danach hatten sie noch eine Stunde Geschichte, und die war bei Ella Nordqvist immer so langweilig, dass die Schüler gemeinsam beschlossen, diese Stunde einfach zu schwänzen und nach Hause zu gehen.

Auf dem Heimweg überlegte Jesper, wie er Inger das erklären konnte, ohne sie zu belügen. Er mochte ihr aber auch nicht direkt sagen, dass er die letzte Stunde schwänzte, auch dann nicht, wenn es sich um einen Klassenbeschluss handelte. Er kannte Ingers Einstellung in diesen Dingen nur zu gut.

Vielleicht schluckte sie es ja, wenn er nur von den ausgefallenen Stunden und ihrem kranken Mathelehrer sprach. Dann musste er nicht lügen, hatte ihr aber auch nicht die ganze Wahrheit gesagt.

So ähnlich hatte sie es schließlich auch gemacht, als er gestern wissen wollte, was denn nun mit diesem Per Holmqvist und der Villa Pusteblume war. Jesper hatte genau gemerkt, dass Inger ihm bei einigen Antworten ausgewichen war.

Kurz bevor er die Abzweigung am See erreichte, sah er Inger. Sie schaute nicht nach rechts und links, sondern eilte geradeaus. Ihr Gesicht konnte er aus der Entfernung nicht sehen, aber an ihrer Haltung und ihren ausgreifenden Schritten konnte er erkennen, dass sie sehr wütend war. Ganz offensichtlich war sie auf dem Weg zu Augustas Haus und damit zu diesem Per Holmqvist.

Jesper folgte Inger unbemerkt. Er wollte jetzt endlich wissen, was wirklich los war.

❄

Mit der Faust schlug Inger unbeherrscht gegen die Holztür. So laut und so wütend, dass es nur wenige Sekunden dauerte, bis Per Holmqvist die Tür von innen öffnete.

»Was zum Teufel …«

»Genau«, brüllte Inger ihn an und wedelte mit der Tierarztrechnung vor seinem Gesicht herum. »Was zum Teufel soll das? Reicht es nicht, dass Sie uns aus der Villa Pusteblume werfen wollen?«

Per Holmqvist zeigte wieder den Gesichtsausdruck, der sie erst recht auf die Palme brachte. Er zog eine Augenbraue in die Höhe, als wäre er höchst erstaunt über ihren Auftritt.

»Es ist doch nicht mehr als gerechtfertigt, dass Sie mir die Aufwendungen erstatten, die ich durch Ihren Hund hatte. Dabei habe ich kulanterweise darauf verzichtet, Ihnen auch noch die Futterkosten in Rechnung zu stellen.«

Er drohte ihr mit gerichtlichen Konsequenzen und bezeichnete sich noch als kulant? Inger starrte ihn an und stieß dann das hervor, was ihr als Erstes durch den Kopf schoss.

»Sie bornierter Hohlkopf, Sie haben uns den Hund doch gestohlen! Wäre ich nicht zufällig dahintergekommen, dass Lasse bei Ihnen ist, hätten wir ihn heute noch nicht zurück. Sie wollten den Hund doch gar nicht zurückgeben.«

»Beleidigung, Verleumdung«, zählte er ganz ruhig auf, »hat Ihnen schon einmal jemand gesagt, dass Sie ein sehr gefährliches Mundwerk haben? Sie sollten ein bisschen vorsichtiger sein, sonst bringt es Ihnen nur noch mehr Ärger ein.«

Inger stemmte die Hände in die Hüften und schaute ihn provozierend an. »Diesmal können Sie mir gar nichts. Oder haben Sie irgendwelche Zeugen für Ihre Behauptungen?«

Plötzlich lächelte er. Nicht arrogant, nicht so von oben herab, wie Inger es von ihm gewohnt war, und damit brachte er sie richtig aus der Fassung. Es schien sogar ein anerkennendes Lächeln zu sein.

»Eins zu null für Sie«, sagte er.

Inger holte tief Luft, sammelte sich, und schaffte es schließlich sogar, sein Lächeln zu erwidern.

»Es tut mir leid, dass ich Sie so beschimpft habe«, brachte sie mühsam eine Entschuldigung hervor. »Vielleicht hatten wir ja auch einfach nur einen schlechten Anfang. Glauben Sie, wir können noch einmal in Ruhe über alles reden?«

Er antwortete nicht sofort, und Inger überlegte krampfhaft, was sie noch sagen konnte, um diesen winzigen positiven Moment zu ihren Gunsten zu nutzen.

»Augusta hätte das sicher auch gewollt«, fügte sie hinzu.

Sein Gesicht verschloss sich augenblicklich. »Es ist mir egal, was Augusta wollte oder nicht«, herrschte er sie in gewohnter Manier an. »Sie bezahlen die ausstehende Miete, oder Sie sind zum Jahresende aus der Villa. Und das da«, er wies auf die Tierarztrechnung in ihrer Hand, »bezahlen Sie auch. Wenn nicht, sind Ihnen die Folgen bekannt.«

Nach diesen Worten schlug er ihr die Tür auch diesmal wieder einfach vor der Nase zu.

Inger starrte auf die geschlossene Tür. Einen Augenblick lang hatte sie geglaubt, dass es trotz all des Ärgers und der ganzen Auseinandersetzung einen Funken Hoffnung geben könnte. Für einen winzigen Moment hatte er zugänglich gewirkt, aber plötzlich war es damit wieder vorbei gewesen.

»Bornierter Hohlkopf«, wiederholte sie leise, aber sie war nicht mehr wütend, sondern einfach nur traurig.

❋

Er hatte Lasse gestohlen und hätte ihn behalten, wenn Inger ihn nicht bei ihm entdeckt hätte. Er warf sie zum Jahresende aus der Villa Pusteblume, und er wollte obendrein noch Geld von Inger.

Das waren die drei Punkte, die Jesper in seinem Versteck hinter einer verschneiten Baumgruppe aufgenommen hatte. Drei Punkte, die sein Jungenherz schneller schlagen ließen und sein Temperament in Wallung gebracht hatten.

Jesper ballte die Hände zu Fäusten und flüsterte leise und hasserfüllt: »Das wirst du büßen, du Mistkerl.«

❋

Inger hatte sich unter Kontrolle, als Malena gegen Mittag zurückkam. Sie hatte die Puppe gekauft, die Nelly sich so sehr gewünscht hatte, und ein ferngesteuertes Auto für Nils.

»Lotta war so fasziniert von der Spielzeugabteilung im Kaufhaus, dass sie es nicht bemerkt hat«, sagte sie leise zu Inger. »Und jetzt haben wir schon ein paar Weihnachtsgeschenke, die unser Budget nicht mehr belasten.«

Inger versicherte, wie sehr sie sich darüber freute, und verschwieg das Einschreiben und ihren anschließenden Besuch bei Per Holmqvist.

Später trudelte Jesper ein. Früher als sonst, wie Inger bemerkte. Der Junge murmelte nur etwas von einem kranken

Mathelehrer, war ansonsten aber ziemlich in sich gekehrt und verschlossen.

Inger vermutete, dass ihm das Gespräch vom Vortag noch nachhing. Hätte sie gewusst, was sich im Kopf des Jungen wirklich abspielte, wäre sie höchst alarmiert gewesen.

Nils und Nelly kamen zur gleichen Zeit wie immer nach Hause. Inzwischen war es später Nachmittag geworden, und Malena hatte den Kaffeetisch gedeckt. Es waren noch einige Lussekatter vom Vortag übrig, die zwar nicht mehr ganz frisch, aber trotzdem noch sehr schmackhaft waren.

Danach saßen die Kinder bis auf Lotta um den Esstisch herum und machten ihre Hausaufgaben. Lotta zog sich aber nicht auf ihr Zimmer zurück, sondern saß mit am Tisch, blätterte in ihrem Bilderbuch und wartete geduldig darauf, dass Nils mit seinen Hausaufgaben fertig wurde.

Nur Jesper behauptete, er hätte nichts auf. Er wollte noch einmal weg, weil er sich, wie er sagte, mit seinen Freunden verabredet hatte.

Er ging in die Diele, und Inger sah ihn minutenlang vor dem Schlüsselkästchen stehen. »Suchst du etwas?«, rief sie durch die offene Tür.

Es sah aus, als würde Jesper kurz zusammenzucken, doch als er sich umwandte, lächelte er. »Nein«, sagte er nur und fügte schnell hinzu: »Zum Abendessen bin ich wieder zurück.«

Inger und Malena beaufsichtigten die Hausaufgaben der Kinder. Später brachte Inger Nelly dazu, zusammen mit Nils und Lotta zu spielen.

Zuerst ließ Nelly sich nur widerwillig darauf ein, aber es dauerte nicht lange, bis auch sie Spaß an dem gemeinsamen Spiel fand. Zumal sie es war, die den Ton angab, und weder Lotta noch Nils gegen ihre Vorschläge etwas einzuwenden hatten.

»Das klappt doch super«, flüsterte Malena Inger zu.

Es war draußen bereits dunkel, als auch Ronja nach Hause kam. Sie hatte in der Schule zusammen mit ihrem Gefolge, den Jungfern und Sternenknaben, Lucia-Lieder eingeübt, die sie in knapp zwei Wochen auf ihrer Prozession singen würden.

Pünktlich zum Abendessen war Jesper tatsächlich wieder da. Diesmal wirkte der Junge fröhlich, beinahe schon aufgekratzt. Sein Stimmungsumschwung machte Inger misstrauisch.

»Gibt es einen besonderen Grund für deine plötzliche gute Laune?«, sprach sie ihn direkt an.

Arglos erwiderte er ihren Blick. »Ich habe doch immer gute Laune«, behauptete er.

»Ach ja«, sagte Inger, aber Jesper ließ sich nicht aus der Reserve locken und grinste nur.

Inger gab es schließlich auf. Vielleicht sollte sie einfach nur froh sein, dass der Junge wieder fröhlich war. Sie hatte schließlich genug andere Sorgen. Trotzdem blieb da ein ungutes Gefühl, so eine Art Vorahnung, die ihr keine Ruhe ließ.

Er schlief hier besser als in Stockholm. Kein nächtlicher Verkehrslärm, keine Großstadtlichter, die in den Wolken reflektierten und selbst in der Nacht wie eine gelbe Glocke über den Häusern schwebten.

In dieser Nacht aber wachte Per Holmqvist trotzdem auf. Er war sicher, dass er ein Geräusch gehört hatte, und schaltete die Nachttischlampe ein.

Tiefe Ruhe umgab ihn. Im Haus war es still, und auch von draußen drang kein Geräusch herein. Per konnte sich jedoch gut vorstellen, wie es im Sommer hier war, wenn das Wasser gegen das Ufer schlug und das leise Schmatzen und Plätschern des Sees zu hören waren.

Der Wetterbericht hatte eine besonders strenge Frostnacht vorausgesagt. Es war kühl im Schlafzimmer, aber das machte Per nicht viel aus. Die Heizung im Haus war eingeschaltet, aber in seinem Schlafzimmer hatte er sie auf die niedrigste Stufe gestellt.

Es war nicht Augustas Schlafzimmer. Dort hatte er nach seiner Ankunft nur einen kurzen Blick hineingeworfen und es danach nie wieder betreten. Er schlief in einem der Gästezimmer, und inzwischen kam Karin Svensson auch wieder regelmäßig, um hier zu putzen.

Per Holmqvist gähnte laut und schaute auf seinen Wecker. Gerade erst zwei Uhr. Er schaltete die Lampe wieder aus und zog sich die Bettdecke bis zum Kinn. Innerhalb weniger Minuten war er wieder eingeschlafen.

Als er das nächste Mal aufwachte, war es draußen immer noch dämmrig. Sein Wecker zeigte aber an, dass es bereits acht Uhr war. Er stand auf, ging ins Bad und danach hinunter in die Küche. Erst jetzt fiel ihm ein, dass er am Vortag Kaffee besorgen wollte und es wegen des Auftritts dieser Verrückten völlig vergessen hatte.

»Hoffentlich hat dieser Dorfladen schon geöffnet«, brummte er vor sich hin. Er zog seinen Mantel an, schnappte sich die Wagenschlüssel und ging zur Tür.

Etwas war anders, das fiel ihm auf, aber leider zu spät. Per Holmqvist trat aus dem Haus, und im selben Moment zog es ihm den Boden unter den Füßen weg. Wie wild ruderte er mit den Armen in der Luft. Der Schlüssel flog in hohem Bogen aus seiner Hand und landete mehr als einen Meter weit weg im Schnee.

Mit schmerzverzerrtem Gesicht wollte Per aufstehen, rutschte aber gleich wieder weg. Dann sah er es. Der Weg war vom Haus bis zu seinem Auto von einer dünnen Schneeschicht bedeckt. Dabei hatte es in der vergangenen Nacht gar nicht geschneit. Auch waren keine Fußspuren zu sehen, obwohl er doch hier am vergangenen Tag hin und her gelaufen war. Es schien, als hätte jemand den Weg sorgfältig mit Schnee bestäubt, um ihn auf boshafte Weise zu täuschen.

Ein dritter Versuch aufzustehen misslang ebenso wie die vorhergegangenen. Ihm rutschten einfach die Beine weg. Jemand hatte ganz offensichtlich den Weg zum Haus präpariert, sorgfältig gewässert und die Eisplatte anschließend mit Schnee bedeckt, damit er es nicht sofort bemerkte. Also hatte er sich das Geräusch in der Nacht nicht eingebildet, und er glaubte zu wissen, wem er das verdankte.

»Diese Frau ist eine Verrückte«, stieß er hervor. »Ich hätte mir das Genick brechen können.«

Endlich gelang es ihm, sich aufzurichten. Immer wieder rutschte er aus, aber jetzt behielt er das Gleichgewicht und tastete sich bis an das Ende der vereisten Platte. Es dauerte eine ganze Weile, bis er den Wagenschlüssel im Schnee gefunden hatte.

Vorsichtig ging er bis zu seinem Leihwagen und umrundete ihn. Er drückte auf den Knopf an seinem Wagenschlüssel, der die Zentralverriegelung der Türen öffnete. Die Signallichter leuchteten auf, doch als er an dem Türgriff zog, ließ sich die Tür nicht öffnen.

Per versuchte es noch einmal, aber sie bewegte sich kein bisschen. Erst als er genauer hinsah, erkannte er den feinen, hellen Streifen in der Fuge der Wagentür. Er fuhr vorsichtig mit dem Finger darüber: Eis!

Per fragte sich, wie diese Verrückte es geschafft hatte, die Fugen mit Wasser aufzufüllen. Möglicherweise konnte er das Eis mit warmem Wasser wieder auftauen.

Per Holmqvist schüttelte den Kopf. »Ich brauche erst einmal Kaffee«, sagte er zu sich selbst. »Vorher kann ich nicht klar denken.«

Zu Fuß machte er sich auf den Weg ins Dorf. Unterwegs schüttelte er immer wieder den Kopf und hielt Selbstgespräche darüber, wie kindisch er Ingers Racheaktion fand. Als ob es etwas an seiner Entscheidung ändern würde.

Viljams Laden hatte bereits geöffnet, und Per Holmqvist trat ein. Außer Viljam und Märta war noch ein Kunde im Laden. Drei feindselige Gesichter, die Per Holmqvist anschauten und seinen Gruß nicht erwiderten.

»Ein Päckchen Kaffee bitte«, sagte Per Holmqvist. »Oder nein, geben Sie mir gleich zwei.«

Viljam rührte sich nicht.

»Kaffee«, wiederholte Per Holmqvist. »Zwei Päckchen, bitte.«

»Bei uns bekommen Sie nichts«, sagte der Ladenbesitzer hart. »Außerdem will ich Sie in meinem Laden nicht mehr sehen.«

Per Holmqvist starrte ihn an. Auf seinem Gesicht zeichnete sich zuerst Überraschung ab, dann zuckte er mit den Schultern und verließ wortlos den Laden.

»Es ist nicht mein Problem, wenn dieser Dörfler nichts verdienen will«, murmelte er auf dem Heimweg vor sich hin. Per schaute ärgerlich auf den vereisten Geländewagen, als er zurückkam.

Es war bitterkalt, die Temperaturen lagen immer noch im zweistelligen Minusbereich und Pers Laune inzwischen auch. Er versuchte noch einmal, die Wagentür zu öffnen, obwohl er genau wusste, dass es nicht ging. Nach ein paar weiteren Minuten gab er auf und bestellte über sein Handy ein Taxi, das ihn nach Leksand bringen sollte. Irgendwo in einem netten Café würde er schon ein Frühstück bekommen, und hinterher konnte er die notwendigen Einkäufe erledigen.

Per wollte sich im Haus aufwärmen, bis das Taxi kam, und öffnete die Tür. Der Gestank traf ihn mit einer solchen Wucht, dass er zurückprallte und dabei die Eisplatte hinter sich vergaß.

Seine Füße schienen erneut ein Eigenleben zu entwickeln und rutschten in verschiedene Richtungen auseinander. Mit ausgestreckten Armen versuchte er, das Gleichgewicht zu halten, aber er hatte keine Chance. Er schlug wieder hart auf und stieß einen Schrei aus, während der üble Gestank nach Exkrementen in Wellen aus dem Haus strömte und ihn einnebelte.

Per saß auf dem Boden und kämpfte mit der Übelkeit. »Verdammt, was ist das?«, stieß er hervor. Mit schmerzverzerrtem Gesicht stand er vorsichtig auf. Seine Füße rutschten immer wieder unter ihm weg, aber er kam bis zur Tür, ohne noch einmal zu fallen. Der Gestank wurde mit jedem Schritt schlimmer.

Er war nur kurze Zeit weg gewesen. Was konnte in dieser knappen halben Stunde einen derartigen Geruch entwickeln? Per konnte zuerst auch nicht feststellen, woher er überhaupt kam. Er schien sich aus allen Richtungen zu verströmen und nicht auf eine bestimmte Stelle zu konzentrieren.

Per presste sich sein Taschentuch auf die Nase, obwohl das kaum half, und machte sich auf die Suche nach der Ursache.

Lange musste er nicht danach forschen. Die erste geöffnete Dose Surströmming stand direkt hinter der Eingangstür, die nächste fand er unter der Garderobe.

Überall waren die offenen Dosen verteilt. In der Küche, im Wohnzimmer, selbst in der oberen Etage nahm Per diesen Gestank wahr. Jemand musste sie während seiner Abwesenheit ins Haus gebracht haben.

Per kämpfte gegen einen Brechreiz an. Für einen Teil der Schweden war Surströmming eine Delikatesse, für den anderen Teil seiner Landsleute allenfalls eine Zumutung für die Geschmacks- und vor allem für die Geruchsnerven. Es handelte sich hierbei um Heringe, die mit einem Aufguss aus Hefe in Dosen abgefüllt wurden und vor sich hin gärten, bis die Konserven ab August in den Verkauf kamen.

Jedem Schweden war bekannt, dass eine solche Dose am besten im Freien unter Wasser geöffnet wurde, weil schon der Gestank einer einzigen Konserve, so empfand Per es jedenfalls, einer Körperverletzung gleichkam.

Wie war die Person, die ihm das angetan hatte, ins Haus gekommen?

Per bestellte das Taxi wieder ab und rief stattdessen Yngve Löfgren an.

Der Dorfpolizist ließ sich Zeit. Pers Geduld wurde auf eine harte Probe gestellt, weil er es vorzog, wegen des Gestanks draußen zu warten. Die Kälte setzte ihm von Minute zu Minute mehr zu. Unruhig trat er von einem Bein auf das andere, er ging ein paar Schritte auf und ab, wobei er die glatte Stelle vor der Tür mied. Wärmer wurde ihm dabei allerdings auch nicht. Als Yngve endlich eintraf, war Pers Geduld erschöpft und seine Miene ebenso frostig wie die Außentemperatur.

»Endlich«, sagte er zur Begrüßung.

Yngves Augen verschwanden noch tiefer in den Speckfalten, als er das Gesicht ärgerlich verzog. Es war ihm anzusehen, dass ihm Pers Ton nicht gefiel.

»Was gibt es denn?«, fragte er unfreundlich.

»Das habe ich Ihnen schon am Telefon gesagt.« Per wies auf die Eisplatte. »Darauf bin ich heute Morgen ausgerutscht.«

Yngve schaute auf das Eis, das an den Stellen, wo Per gerutscht war, vom Schnee befreit war, und zuckte mit den Schultern.

»Es ist Winter«, sagte er, als verstünde er überhaupt nicht, was Per Holmqvist von ihm wollte. »Da kann es durchaus frieren.«

»Hier hat jemand den Boden gewässert, damit ich darauf ausrutsche.« Pers Stimme klang heiser vor unterdrückter Wut.

Yngve zuckte wieder mit den Schultern. »Wer sollte so etwas tun?«, fragte er gelangweilt.

»Das wird die gleiche Person gewesen sein, die im ganzen Haus geöffnete Dosen mit stinkendem Surströmming verteilt hat«, sagte Per aufgebracht.

Yngves kleine Schweinsäuglein begannen zu glänzen. »Surströmming?« Genüsslich leckte er sich über die Lippen. Er schien zu dem Teil der Schweden zu gehören, die diese Spezialität mochten.

Per stöhnte genervt auf und ging vor dem Polizisten ins Haus. Yngve folgte ihm und achtete ebenso wie Per darauf, dass er nicht auf die Eisplatte trat.

Der Gestank war nach wie vor bestialisch. Per presste sich sofort ein Taschentuch vor die Nase, während Yngve den Kopf hob und schnüffelte.

»Das riecht wirklich nicht gut«, gab er nach einer Weile zu.

»Ich verlange, dass Sie die Person zur Rechenschaft ziehen, die das gemacht hat«, sagte Per streng.

Er war noch nicht lange genug im Dorf, um zu wissen, dass Yngve nur höchst ungern Befehle von zivilen Personen entgegennahm, die, wie er fand, seine Autorität untergruben.

Der Dorfpolizist richtete sich zu seiner vollen Größe auf und war damit immer noch einen Kopf kleiner als Per. Was ihm in der Länge fehlte, ersetzte er in der Breite.

»Es ist nicht Ihre Sache, mir zu sagen, was ich zu tun habe«, sagte Yngve knapp und wurde augenblicklich dienstlich. »Wo ist die Person ins Haus eingedrungen?«

»Keine Ahnung.« Per schüttelte den Kopf.

Yngve brauchte eine ganze Weile, bis er alle Türen, die nach draußen führten, und alle Fenster inspiziert hatte.

»Es gibt keine Einbruchsspuren«, stellte er schließlich fest.

»Dann hat der Täter oder vielmehr die Täterin einen Hausschlüssel.« Per schaute den Polizisten unter zusammengezogenen Brauen an. »Wir wissen doch beide, dass dafür nur eine Person in Frage kommt.«

»Nein, ich weiß gar nichts.« Yngve wirkte streng. »Es gibt hier keine Anhaltspunkte für eine Straftat. Es wurde nirgendwo eingebrochen, es wurde nichts gestohlen. Alles, was Sie mir vorweisen können, ist eine gefrorene Bodenfläche, was im Winter nicht wirklich verwunderlich sein dürfte, und ein paar Dosen Surströmming.«

»Sie wissen genauso gut wie ich, wer das war«, rief Per erbost aus. »Diese verrückte Ing…« Er brach ab.

»Ja«, sagte Yngve gefährlich leise. »Fahren Sie nur fort. Ich weise Sie aber darauf hin, dass Verleumdung durchaus eine Straftat ist.«

Per grinste plötzlich. »Keine Sorge, ich werde keine Namen nennen. Hat ja ohnehin keinen Zweck, wenn das ganze Dorf unter einer Decke steckt.«

»Auch das ist eine Bemerkung, die ich in Ihrem Interesse einfach mal überhöre.«

»Scheren Sie sich zum Teufel.« Trotz dieser wenig freundlichen Worte grinste Per immer noch.

Auch Yngve lächelte jetzt. Es war ein böses, angriffslustiges Lächeln, aber er schwieg.

Per sagte ebenfalls nichts mehr und wartete, bis der Polizist aus dem Haus gegangen war. Anschließend rief er bei Karin Svensson an. Jemand musste diese Fischdosen entfernen und gründlich das Haus putzen.

»Bedaure«, lehnte Karin entschieden ab. »Ich arbeite nicht mehr für Sie.« Bevor Per noch etwas sagen konnte, hatte sie aufgelegt.

❄

»Yngve!« Überrascht schaute Inger ihren frühen Besucher an. »Lasse ist längst wieder da, das weißt du doch.«

»Ich komme aus einem anderen Grund.« Yngve wirkte ernst. »In Augustas Haus hat es ein paar unerfreuliche Vorfälle gegeben.«

Die Eisplatte vor dem Haus erwähnte er nicht. Gefrorener Boden im Winter, das war eine Sache, die Per Holmqvist niemandem anhängen konnte. Anders sah es mit den zugefrorenen Autotüren und den Fischdosen aus.

»Hast du eine Ahnung, wer das gewesen sein könnte?«

Ja, sie wusste es! Bereits in dem Moment, als Yngve von den Vorfällen in Augustas Haus gesprochen hatte, sah sie Jesper vor ihrem inneren Auge, wie er vor dem Schlüsselkästchen gestanden hatte. Da war schon dieses Gefühl, diese Vorahnung gewesen. Der Gesichtsausdruck des Jungen hatte sie gleich misstrauisch gemacht. An den Schlüssel zu Augustas Haus hatte sie dabei allerdings nicht gedacht.

Augusta hatte ihn ihr vor vielen Jahren einmal gegeben, damit Inger, sollte Augusta plötzlich etwas passieren, zu ihr ins Haus kommen konnte.

»Ich war das nicht«, sagte Inger kopfschüttelnd, konnte Yngve dabei aber nicht in die Augen sehen.

»Daran habe ich auch nicht eine Minute gedacht«, versicherte Yngve. Er schwieg sekundenlang. Inger spürte, dass er sie prüfend anschaute. Sie wusste nicht, was sie sagen sollte, und schaffte es immer noch nicht, ihn anzusehen. Sie ahnte, dass sie schuldbewusst wirkte.

»Aber du weißt, wer es war?«, sagte Yngve. Es war mehr eine Feststellung als eine Frage.

»Es ist eine Vermutung«, nickte Inger, »aber ich fürchte, ich liege damit richtig.«

»So eine Art Dummejungenstreich?« Yngve schmunzelte jetzt sogar.

Inger nickte, fand die ganze Sache aber weit weniger belustigend als Yngve. Immerhin konnte sie jetzt wieder den Kopf heben und den Polizisten ansehen.

»Dieser Mann, dieser Per Holmqvist, hat offiziell noch keine Anzeige erstattet. Wenn er das nicht tut, werde ich die Sache nicht weiter verfolgen«, versprach er.

»Er wird Anzeige erstatten«, sagte Inger niedergeschlagen. »Und dann geht die Angelegenheit natürlich ans Jugendamt, und wir bekommen noch mehr Schwierigkeiten.«

»Du solltest zu ihm gehen«, schlug Yngve vor. »Vielleicht kannst du die Sache ja so aus der Welt schaffen.«

Inger lachte bitter auf. »Das glaube ich nicht. Der freut sich doch über jede Gelegenheit, die unseren Auszug aus der Villa Pusteblume beschleunigt.«

»Versuche es trotzdem«, drängte Yngve. »Was hast du groß zu verlieren? Wenn er erst einmal Anzeige erstattet, muss ich die Sache aufnehmen, und dann ist es aktenkundig.«

Inger nickte. »Ich gehe sofort zu ihm, aber ich weiß jetzt schon, dass es nichts bringt.«

Yngve klopfte ihr mitfühlend auf die Schulter. »Kopf hoch, Inger, wir stehen alle auf deiner Seite.«

Das war gewiss tröstlich, aber es rettete sie und die Kinder nicht.

Bevor Inger den Gang nach Canossa auf sich nahm, informierte sie Malena über die neuesten Probleme. Zu ihrem großen Ärger brach Malena in schallendes Gelächter aus. »Woher hat Jesper denn die ganzen Dosen Surströmming?«

»Das wüsste ich auch gerne«, sagte Inger grimmig, »und Malena, das ist nicht lustig.«

»Doch, das ist es«, widersprach Malena. »Ich hätte zu gerne Per Holmqvists Gesicht gesehen, als er ins Haus kam.«

»Ich werde sein Gesicht jetzt gleich sehen.« Inger stöhnte. »Und ich muss zu Kreuze kriechen.«

»Du weißt doch noch gar nicht, ob Jesper das wirklich war.«

»Hast du daran Zweifel?«

»Nein.« Malena senkte den Kopf, und dann lachte sie plötzlich wieder schallend. »Komm, Inger, du musst doch zugeben, dass das komisch ist.«

»Ich lache dann später«, sagte Inger böse und ging. Im Vorbeigehen schnappte sie ihren Mantel von der Garderobe und zog ihn an, als sie aus dem Haus ging. In Gedanken spielte sie immer wieder durch, was sie Per Holmqvist sagen sollte. Wie sie ihre Entschuldigung so vorbringen konnte, dass er sie auch annahm.

Sie musste nicht viel sagen. Die Tür zu Augustas Haus stand weit offen, als sie darauf zuging. Er stand auf der Schwelle, einen Schal vor Mund und Nase gebunden und schaute ihr wütend entgegen.

Inger holte tief Luft, ging weiter, und dann riss es ihr förmlich die Beine weg. Sie streckte die Arme in die Luft, versuchte sich zu halten und stürzte bäuchlings zu Boden. So rutschte sie ein Stück nach vorn und kam unmittelbar vor einem Paar schwarzer Schuhe zum Liegen.

»Das geschieht Ihnen ganz recht«, sagte eine schadenfrohe Stimme über ihr.

Inger versuchte sich aufzurichten, aber so wie Per vor ein paar Stunden rutschte auch sie immer wieder weg.

»Haben Sie Ihre eigene Eisfalle vergessen?«, hörte sie ihn ironisch fragen.

Inger kam sich schrecklich albern vor, wie sie da vor ihm lag und gegen den gefrorenen Boden ankämpfte, alle viere weit von sich gestreckt.

Plötzlich spürte sie zwei Hände, die ihre Taille umfassten, und dann stand sie wieder auf den Beinen. So dicht vor ihm, dass sich ihre Körper berührten. Von seinem Gesicht konnte sie nur die obere Hälfte sehen, aber der Blick seiner dunklen Augen reichte, um ihre Beine erneut weich werden zu lassen.

Es war gut, dass seine Hände sie immer noch hielten, und gleichzeitig verstärkte es diesen ungewohnten und vor allem ungewollten Zustand, in dem sie sich gerade befand.

Sie ertappte sich bei dem Gedanken, wie es wohl wäre, den Kopf an diese Schulter zu lehnen, die so nahe war, während die Hände ihren Körper festhielten. Wie es wäre, sich einfach fallen zu lassen …

Erschrocken über ihren eigenen Gedanken trat Inger einen Schritt zurück und wäre wieder auf dem Eis ausgerutscht, wenn er sie nicht gehalten hätte.

»Vorsichtig«, sagte er leise und mit einer Stimme, die irgendwie belegt klang. Das lag sicher daran, dass er immer noch den Schal vor Mund und Nase hatte.

»Ich war das nicht.«

Inger schaute in seine Augen, die sie diesmal nicht ganz so

ablehnend anschauten. Oder kam ihr das nur so vor, weil sie nur einen Teil seines Gesichts sehen konnte?

»Sie müssen mir glauben, ich habe mit der ganzen Sache hier nichts zu tun.«

»Der fette Dorfpolizist war bereits bei Ihnen?«, mutmaßte Per, und es hörte sich ganz so an, als erfülle ihn diese Feststellung mit Genugtuung. »Also hatte er doch den gleichen Verdacht wie ich.«

»Ich war es nicht«, sagte Inger noch einmal und mit Nachdruck. »Glauben Sie wirklich, ich würde mich zu so albernen Spielchen hinreißen lassen?«

Allmählich schien er es einzusehen. Immerhin hatte sie von der Eisplatte vor seinem Haus nichts gewusst und war selbst davon überrascht worden.

Yngve hatte nur von den Fischdosen gesprochen und davon, dass zwar nicht in Augustas Haus eingebrochen worden war, dass es sich aber dennoch um ein illegales Eindringen gehandelt hätte.

»Sie wissen aber, wer es war?« Er stellte die gleiche Frage wie Yngve und schaute sie dabei durchdringend an.

»Ich weiß es nicht«, sagte Inger, gab aber ehrlich zu: »Ich glaube aber, es zu wissen, und ich versichere Ihnen, dass es Konsequenzen haben wird.«

»Das hoffe ich doch sehr. Außerdem erwarte ich, dass Sie die Sauerei im Haus beseitigen. Immerhin haben Sie die Dorfbewohner so weit gegen mich aufgebracht, dass ich keine Hilfe erwarten kann. Weder von Ihrem Dorfpolizisten noch von Augustas Putzfrau.«

»Die Dorfbewohner habe nicht ich gegen Sie aufgebracht«, stellte Inger richtig. »Das haben Sie ganz alleine geschafft.«

Die beiden maßen sich sekundenlang mit Blicken. Inger war es, die zuerst aufgab.

»Also gut, ich helfe Ihnen, das Haus wieder sauber zu machen.«

Eigentlich wäre es Jespers Aufgabe gewesen, aber der war um diese Zeit in der Schule. Zumindest hoffte Inger das. Wenn der Junge heute Morgen in Augustas Haus eingedrungen war, musste er zumindest die ersten Stunden geschwänzt haben.

Inger ging zusammen mit Per Holmqvist hinein. An der Tür zuckte sie erschrocken zurück. »Du lieber Himmel.«

»Dabei habe ich die Dosen hier unten bereits alle entfernt«, sagte er hinter seinem Schal und reichte ihr ein Taschentuch.

Inger presste es vor die Nase. »Ich hasse Surströmming«, stieß sie hervor. »Mir wird schlecht.« Sie rannte zur Tür, atmete die frische Luft tief ein.

Inger brauchte ein paar Minuten, bevor sie den Mut fand, sich dem Gestank erneut auszusetzen. Per hatte in der Zwischenzeit einen zweiten Schal besorgt, den er ihr reichte. Sie arbeiteten schweigend nebeneinander. Per suchte die Dosen zusammen, Inger wischte überall auf.

Sie brauchten mehr als eine Stunde, bis sie die letzte Fischdose gefunden hatten und der Geruch spürbar nachließ. Per hatte alle Fenster weit aufgerissen. Kälte zog durch das Haus, aber Inger war mit ihm einer Meinung, dass alles besser war als der bestialische Gestank.

Per hatte alle Dosen in Plastiksäcke gesammelt, die nun sorgfältig zugebunden in der Mülltonne lagen.

»Wie kann ein Mensch etwas essen, was so stinkt?« Er hatte den Schal abgebunden. Inzwischen war die Luft im Haus bedeutend erträglicher.

»Meine Schwester behauptet, der Fisch würde ausgezeichnet schmecken, wenn man sich vorher von dem Geruch nicht abschrecken lässt«, sagte Inger. »Aber ich kann mich trotzdem nicht dazu überwinden.«

»Dann gibt es ja zumindest etwas, was wir gemeinsam haben.« Per Holmqvist konnte sich ein Grinsen nicht verkneifen.

»Wenn Sie übrigens den Schuldigen«, er betonte dieses Wort, »ermittelt haben und seiner gerechten Strafe zuführen, vergessen Sie dabei bitte nicht den vereisten Wagen und die Eisbahn vor dem Haus.«

Inger war entsetzt, als sie hörte, was Jesper noch angestellt hatte. Sie selbst hätte sich schwerste Verletzungen zuziehen können, als sie eben gestürzt war, aber ebenso Per Holmqvist.

Was immer auch zwischen ihr und diesem Mann stand, es rechtfertigte keinesfalls den Angriff auf die Gesundheit eines anderen Menschen.

»Ich habe zu Hause ein Enteisungsspray«, sagte sie. »Damit müssten Sie die Türen Ihres Wagens wieder frei bekommen.«

»Und einen Kaffee?« Er sah sie mit einem Blick an, den sie noch nie zuvor an ihm wahrgenommen hatte. »Dafür würde ich Ihnen bis ans Ende der Welt folgen.«

❄

Malena staunte nicht schlecht, als Inger zusammen mit Per Holmqvist in der Villa Pusteblume erschien. Sie fragte aber nichts, sondern stellte einen Teller mit Lussekatter und Pfefferkuchen auf den Tisch, als Inger den Kaffee servierte. Dann wollte sie noch einmal genau wissen, was passiert war.

Sie saßen alle drei an dem großen Tisch in der Küche, und Inger bemerkte, dass Per sich aufmerksam umschaute, während sie ihrer Schwester erzählte, was Jesper angestellt hatte, ohne dabei aber den Namen des Jungen zu erwähnen. Als sie fertig war, passierte genau das, was sie befürchtet hatte. Malena brach erneut in lautes Gelächter aus.

Inger warf einen schnellen Blick auf Per und stellte zu ihrer Überraschung fest, dass ihn der Ausbruch ihrer Schwester zu amüsieren schien.

»Zuerst hatte ich ja Ihre Schwester in Verdacht, aber allmählich glaube ich, dass Sie dahinterstecken«, sagte er, als Malena sich von ihrem Lachanfall erholt hatte.

Malena war kein bisschen eingeschnappt. Sie hob kurz die Arme. »Bedaure, aber damit habe ich nichts zu tun. Ich hätte aber auch nichts dagegen unternommen, wenn ich es vorher gewusst hätte.«

»Malena!«, rief Inger empört aus.

»Na ja«, schränkte Malena ein. »Bis auf die Sache mit der Eisplatte natürlich. Das wäre mir auch zu gefährlich gewesen. Aber ich finde, alles andere haben Sie verdient. Sie sind hier ja nicht gerade als Sympathieträger aufgetreten.«

Inger hielt den Atem an. Wie konnte Malena nur so mit Per Holmqvist reden? Aber auch diesmal nahm der Mann die Aussage ihrer Schwester eher amüsiert zur Kenntnis.

»Ich habe noch nie großen Wert darauf gelegt, Sympathien zu erwecken«, grinste er.

»Immerhin behalten Sie das konsequent bei.« Malena grinste ebenfalls.

Die Haustür wurde geöffnet, kurz darauf waren Schritte in der Diele zu hören, und Jesper kam in die Küche. Er wurde blass, als er Per Holmqvist sah, aber er hielt den Blicken des Mannes mit trotziger Miene stand.

»In der Garage stehen Säcke mit Sand«, sagte Inger streng. »Du wirst die Eisplatte vor Augustas Haustür sofort entfernen. Danach hast du Hausarrest. Lebenslänglich!«

»Und außerdem bekommst du für den Rest der Woche Surströmming zum Abendessen«, fügte Malena boshaft hinzu. »Die ganzen geöffneten Dosen müssen schließlich aufgebraucht werden.«

Jesper hasste Surströmming ebenso wie Inger.

Inger warf ihrer Schwester einen strafenden Blick zu. Sie fand deren Belustigung vorher schon unpassend, aber jetzt vor Jesper fand sie sie völlig daneben.

»Und du wirst dich bei Herrn Holmqvist unverzüglich entschuldigen«, verlangte sie.

Jesper warf den Kopf in den Nacken. »Ich werde die Eisplatte entfernen«, sagte er. »Ich bleibe von mir aus auch den Rest meines Lebens in meinem Zimmer und esse Surströmming.« Sein flammender Blick fiel auf Per Holmqvist, und er zeigte mit dem Finger auf ihn.

»Aber entschuldigen werde ich mich bei dem nicht. Niemals!«

Die entspannte, gelöste Stimmung von vorhin war plötzlich verflogen. Per Holmqvist stand auf.

»Es ist mir egal, ob du dich entschuldigst oder nicht«, sagte er. »Sobald sämtliche Spuren deines albernen Streiches verschwunden sind, werde ich die Sache auf sich beruhen lassen. Solltest du dir aber noch einmal etwas einfallen lassen, zeige ich dich an.«

Jesper zuckte mit den Schultern. »Und wenn schon!«

Per Holmqvists Augen funkelten. »Außerdem dürfte dir klar sein, dass du eure Lage mit dieser Aktion nicht gerade verbessert hast.«

Mit diesen Worten zerstörte er die Harmonie der vergangenen Stunde.

Inger spürte grenzenlose Enttäuschung in sich aufsteigen, als Per Holmqvist plötzlich wieder zu dem Menschen wurde, als den sie ihn kennengelernt hatte. Eben noch hatte sie geglaubt, dass es da doch eine weiche, empfindsame Seite an ihm gab, aber jetzt zeigte er wieder sein wahres Gesicht. Sie stand ebenfalls auf.

»Es ist wohl besser, wenn Sie jetzt gehen.«

Per Holmqvist zog eine Augenbraue in die Höhe und wirkte wieder so arrogant, wie sie ihn kannte.

»Es wäre besser, ich wäre erst gar nicht gekommen.« Steif ging er hinaus. Kurz darauf fiel die Haustür hinter ihm ins Schloss.

»Brrr.« Malena schüttelte sich. »Wie kalt es hier plötzlich geworden ist.« Und dann lachte sie wieder. Es war unglaublich, und Inger konnte ihre Schwester nur fassungslos anschauen, aber Malena lachte tatsächlich wieder.

»Wie hast du das angestellt?«, wollte sie von Jesper wissen. »Woher hattest du die ganzen Dosen Surströmming?«

Jesper lächelte ein wenig selbstgefällig, bis sein Blick auf Inger fiel. Da bemühte er sich ganz schnell wieder um eine schuldbewusste Miene, in der sich aber immer noch der Trotz von vorhin abzeichnete, als er Per Holmqvist die Entschuldigung verweigerte.

»Den hat uns jemand geschenkt«, sagte Jesper in einem Tonfall, der keinen Zweifel daran ließ, dass er den Namen des Spenders auf keinen Fall preisgeben würde.

»Ich glaube, ich habe mit Viljam ein ernstes Wörtchen zu reden.« Inger ließ Jesper nicht aus den Augen.

»Ich habe nichts von Viljam gesagt«, schnappte Jesper sofort zurück, aber sein hochroter Kopf verriet, dass Inger richtig getippt hatte.

»Wusste er, was du mit dem Surströmming vorhattest«, bohrte Inger weiter nach.

Jesper senkte den Kopf und schwieg verstockt.

Inger ließ nicht locker. »Und was ist mit dem zugefrorenen

Auto und der Eisfläche vor dem Haus? Es muss Viljam doch klar gewesen sein …«

»Davon wusste Viljam nichts«, fiel ihr Jesper ins Wort. »Er wusste auch nicht, wofür ich den Surströmming brauche. Ich habe ihm nur gesagt, dass ich jemandem einen Streich spielen will, und Viljam hatte noch ein paar alte, abgelaufene Konserven im Keller.«

Deshalb hatte der Fisch noch schlimmer gestunken, als Inger es in Erinnerung hatte.

»Und wie hast du das mit der Eisfläche und dem Auto gemacht?«

»Mit ein paar Kanistern Wasser, die wir auf Schlitten …«

»Wir …?«, fiel Inger ihm ins Wort. »Wer war denn noch dabei?«

Jesper straffte sich. »Ich bin kein Verräter«, sagte er empört, »und ich sage jetzt gar nichts mehr.«

Er öffnete den Mund tatsächlich nicht mehr, Inger konnte fragen, so viel sie wollte. Sie musste schließlich einsehen, dass es keinen Sinn hatte, Jesper weiter nach seinen Komplizen zu befragen. Er würde keine Namen nennen.

»Gut!«, nickte sie streng. »Du weißt, was du zu tun hast.«

»Lebenslänglich?«, fragte Malena, nachdem Jesper hoch erhobenen Hauptes die Küche verlassen hatte.

»Mindestens vier Wochen«, schränkte Inger ein.

»Das wird ihm wie lebenslänglich vorkommen«, nickte Malena, und dann brach sie erneut in Gelächter aus.

»Ihr seid echt komisch, du und dieser Per Holmqvist.«

»Ich?«, fragte Inger gedehnt und zeigte mit dem Finger auf sich selbst. »Wieso bin ich komisch? Mal abgesehen davon, dass ich diesen arroganten Eisblock auch alles andere als komisch finde.«

Malena hatte aufgehört zu lachen. »So schlimm ist er

eigentlich gar nicht«, sagte sie. »Ich fand ihn eben sogar ziemlich nett. Normalerweise würdest du das auch so sehen. Ich frage mich, was dieser Mann an sich hat, dass du so ganz ungewohnt auf ihn reagierst.«

Malena schaute sie neugierig an.

Inger tippte sich mit dem Finger gegen die Stirn. »Du spinnst doch, ich reagiere auf diesen Mann genau so, wie es angemessen ist. Und jetzt habe ich keine Zeit mehr, mir diesen Blödsinn noch länger anzuhören.«

✳

Per war selbst gerade erst in seinem Haus angekommen, als Jesper erschien, mit störrischer Miene und einem Schlitten, auf den er zwei Sandsäcke gepackt hatte.

Per Holmqvist trat heraus, als Jesper begann, den Sand auf der Eisplatte zu verteilen. Schmelzen würde das Eis dadurch nicht, aber die Rutschgefahr war zumindest ein bisschen gebannt.

Per Holmqvist verschränkte die Arme vor der Brust. Er hatte die Augenbrauen zusammengezogen, als er Jesper bei der Arbeit beobachtete.

»Du bist doch der Bursche, der mir neulich den Mittelfinger gezeigt hat«, brach Per plötzlich das Schweigen.

Jesper hielt in seiner Arbeit inne und schaute Per Holmqvist trotzig an. »Wenn Sie wie ein Verrückter über die verschneiten Straßen rasen.«

Per lächelte schmal. »Deine Erziehung lässt offensichtlich sehr zu wünschen übrig. Das zeigt ja schon der Mist, den du hier in der vergangenen Nacht veranstaltet hast.«

Jesper presste die Lippen zusammen und arbeitete schweigend weiter.

Per Holmqvist ließ ihn endlich in Ruhe und ging zurück ins Haus. Als die Tür hinter ihm ins Schloss fiel, richtete Jesper sich auf. »Glaub bloß nicht, dass ich mit dir fertig bin«, flüsterte er. »Selbst wenn ich wirklich für den Rest meines Lebens Hausarrest bekomme, für dich fängt der Ärger jetzt erst richtig an.«

❄

Inger ärgerte sich den ganzen Tag. Über Jespers dumme Streiche, über Malenas blöde Bemerkungen und ganz besonders über Per Holmqvist, weil … Ja, weil er …

Dummerweise fiel ihr nicht so richtig ein, worüber sie sich eigentlich aufregte. Seine Verärgerung war durchaus verständlich gewesen, und im Nachhinein betrachtet, hatte er sogar recht friedlich reagiert nach allem, was ihm an diesem Morgen widerfahren war.

Hatte Malena recht? Reagierte sie in einer ganz besonderen Weise auf Per Holmqvist?

»Quatsch«, murmelte sie leise vor sich hin. Sie hatte die Tür zum Büro fest verschlossen. Als es jetzt klopfte, runzelte sie unwillig die Stirn. Trotzdem rief sie »Ja«, wenn auch ziemlich mürrisch.

Lotta kam ins Zimmer, schaute sie ängstlich an. »Ich wollte dich nicht stören, Inger.«

Inger bekam ihre Mimik unter Kontrolle und brachte sogar ein Lächeln zustande. »Du störst nicht, Lotta.«

»Ich möchte für Malena ein Bild zu Weihnachten malen. Ich weiß aber nicht, was ich malen soll.«

»Male ihr doch ein Bild von Per Holmqvist«, schlug Inger mit einem süßlichen Lächeln vor und kam sich dabei ziemlich gemein vor. Lotta nahm ihr jedes Wort ab und war noch zu klein, um die Ironie in ihrer Stimme zu erkennen.

»Malena mag den Per Holmqvist nämlich ziemlich gern«, fuhr Inger fort, »und am Jahresende wird sie ihn noch viel lieber mögen.«

»Ja, den mag ich auch gerne«, rief Lotta eifrig aus.

»Warum malst du ihm dann nicht auch ein Bild zu Weihnachten? Am besten malst du ihn, wie er auf dem Eis ausrutscht und auf den Po fällt.«

»Nein!« Lotta stemmte die Hände in die Hüften und schüttelte den Kopf. »Das wäre ein ziemlich gemeines Bild.«

Ein gemeines Bild für einen gemeinen Mann, schoss es Inger durch den Kopf.

»Wie wäre es mit einem Bild von uns allen.«

Es war eine flüchtige Idee, die ihr durch den Kopf schoss und immer mehr Gestalt annahm.

»Male ihm doch ein Bild, wie wir alle zusammen für ein paar Tage ins Tomteland fahren. Du zeichnest Malena und mich, wie wir euch und eure Koffer auf einem Schlitten durch den Schnee ziehen.«

»Ja, das ist eine schöne Idee«, freute sich Lotta.

Es war eine sehr unfreundliche Idee, und Per Holmqvist würde es genau so verstehen, wie es gemeint war. Fünf Kinder und ihre beiden Betreuerinnen, die wegen ihm ihr Zuhause verlassen mussten.

Am späten Nachmittag waren die Kinder alle aus der Schule nach Hause gekommen. Sie hatten ihre Hausaufgaben gemacht und waren nun oben in ihren Zimmern.

Jesper war nach seiner Rückkehr von Per Holmqvist sehr einsilbig gewesen. Vor allem mit Inger mochte er nicht reden, und er war im Moment auch noch nicht so weit, einzusehen, dass er nicht richtig gehandelt hatte.

Inger war verärgert, weil sie in dieser Hinsicht wenig Rückendeckung von Malena erhielt.

»Meine Güte, Inger, so schlimm ist das nun auch wieder nicht«, sagte Malena, als Inger ihr vorhielt, in der Erziehung der Kinder nicht mit ihr an einem Strang zu ziehen. »Wir haben als Kinder auch Streiche gespielt.«

»Aber keine Streiche, die dazu führen, dass wir das Haus hier verlieren.«

Malena schüttelte den Kopf und wirkte jetzt auch verärgert. »Wir verlieren die Villa Pusteblume nicht wegen Jespers Streichen, sondern einzig und alleine wegen der Mietrückstände«, stellte sie klar. »Also mach nicht den Jungen dafür verantwortlich.«

»Das tue ich doch gar nicht.« Inger war entsetzt und verletzt zugleich. »Mit keinem Wort habe ich Jesper gesagt oder auch nur zu verstehen gegeben, es wäre seine Schuld, wenn wir hier rausmüssen. Ich finde es nur nicht gut, dass er die ohnehin schon schwierige Lage noch verschärft.«

Malena setzte sich an den Tisch. »Warum siehst du nicht endlich ein, dass das alles keinen Zweck mehr hat, Inger?«, sagte sie leise und wirkte mit einem Mal unendlich müde. »Die ganze Situation war schon verfahren, bevor Per Holmqvist hier auftauchte. Ohne Augusta hätten wir das Kinderheim längst nicht mehr halten können.«

»Es klingt ganz so, als würde dir das nicht viel ausmachen.« Inger war geschockt.

»Es macht mir etwas aus«, widersprach Malena mit wenig Überzeugungskraft. »Ich mag die Kinder, und ich will, dass es ihnen gut geht. Aber es gibt ganz bestimmt auch noch andere Plätze, wo es ihnen ebenso gut geht wie hier. Nette Pflegefamilien, andere Heime …«

»Stopp«, unterbrach Inger ihre Schwester grob. »Ich kann nicht glauben, dass ausgerechnet du so etwas sagst. Ich dachte immer, wir wären uns einig. Es ist das Erbe unseres Vaters …«

»… es ist eine Last, die wir allmählich nicht mehr tragen können«, unterbrach diesmal Malena ihre Schwester. »Sieh es doch endlich ein, Inger, wir können dieses Heim nicht mehr halten. Selbst wenn Per Holmqvist dir die ausstehenden Mieten erlässt, es geht einfach nicht mehr weiter.«

Inger presste zuerst beide Hände auf ihre Ohren, wollte kein Wort mehr hören, dann streckte sie die Hände abwehrend von sich. »Ich wusste nicht, dass du so denkst, Malena«, sagte sie erschüttert. »Ich glaube nach wie vor an die Villa Pusteblume, an das, was wir tun. Wenn du es nicht mehr tust, dann geh ruhig. Baue dir anderswo dein eigenes Leben auf. Innerlich hast du uns offensichtlich schon längst im Stich gelassen.«

Malena sah mit einem Mal unendlich müde aus. »Ich würde dich nie im Stich lassen, Inger«, sagte sie mit tränenerstickter Stimme. »Was immer ich dafür auch aufgeben müsste.«

Inger konnte es kaum ertragen, ihre Schwester so zu sehen. Sie ging zu ihr, nahm sie in die Arme.

»Es tut mir leid«, sagte sie leise. »Vergiss, was ich gesagt habe. Ich weiß doch, dass ich immer auf dich zählen kann. Ach, verdammt«, seufzte sie. »Ich wünschte, ich könnte diesen ganzen verflixten Tag heute einfach auslöschen.«

Inger und Malena bemühten sich am nächsten Tag so zu tun, als wäre nichts passiert. Trotzdem stand etwas zwischen ihnen, und Inger hatte keine Ahnung, wie sie es wieder aus der Welt schaffen konnte.

Gleichzeitig war ihr bewusst, dass da schon länger etwas schwelte. Es war noch gar nicht so lange her seit ihrer letzten Auseinandersetzung mit Malena, und heute so wie damals hatte sie das Gefühl, dass es etwas gab, was nicht angesprochen wurde.

Am Nachmittag tauchte Mårten plötzlich unter dem Vorwand auf, er wolle einmal nachsehen, wie sie mit dem neuen Herd zurechtkämen.

Malena begrüßte ihn mit einem säuerlichen Lächeln, und Inger spürte, dass es ihr selbst schwerfiel, freundlich zu sein. Sie hatte seinen letzten Blick bei seiner Abfahrt nicht vergessen.

Mårten schien dringend auf einen Moment zu warten, in dem er mit Malena allein sein konnte. Den Gefallen allerdings tat Inger ihm nicht. Sie kam dem flehenden Blick ihrer Schwester nach, der sie bat, auf keinen Fall aus dem Zimmer zu gehen.

Mårten ignorierte Ingers Anwesenheit schließlich. »Kommst du heute Abend mit ins Kino?«, fragte er Malena. »Danach könnten wir etwas essen gehen.«

»Ich kann nicht.« Malena schüttelte den Kopf.

Mårten schwieg einen Augenblick. »Na gut, dann eben morgen«, sagte er.

»Es tut mir leid, Mårten«, sagte Malena, wobei ihr anzusehen war, dass es ihr kein bisschen leidtat. »Aber es geht im Moment wirklich nicht.«

»Wann geht es denn?«, wollte er wissen.

Malena zuckte nur mit den Schultern und schaute Inger dabei bittend an.

»In der Vorweihnachtszeit ist es wirklich ganz schlecht, Mårten«, sagte Inger ruhig. Es war die einzige Ausrede, die ihr einfiel.

»Deine Schwester ist doch nicht deine Sklavin.« Mårtens blaue Augen richteten sich jetzt verärgert auf Inger. »Zwei, drei Stunden am Abend wirst du ihr doch wohl einmal freigeben können.«

Malena, die Mårten den Rücken zugewandt hatte und das Abendessen vorbereitete, fuhr herum. »Ich bin nicht Ingers

Sklavin, und ich entscheide selbst, ob und mit wem ich ausgehe. Akzeptiere es doch bitte, wenn ich dir sage, dass es nicht geht. Weder jetzt noch sonst irgendwann.«

Mårtens Augen bekamen plötzlich einen tückischen Ausdruck. »Ich finde, du könntest schon ein bisschen netter zu mir sein, nachdem ich euch so sehr geholfen habe.«

Malena schnappte nach Luft, aber es war Inger, die antwortete. »Ich hätte dein Angebot niemals angenommen, wenn ich gewusst hätte, welche Gegenleistung du dafür erwartest. Ich habe dir aber schon am Sonntag gesagt, dass du mir gerne die Rechnung über den regulären Preis und deine Arbeitsstunden zuschicken kannst.«

Mårten nickte bedächtig. »Vielleicht sollte ich das wirklich machen«, sagte er. Sein Blick flog zwischen Malena und Inger hin und her. Plötzlich lachte er laut auf. »Ich frage mich nur, wie ihr das bezahlen wollt.«

»Lass das nur meine Sorge sein.« Inger hielt seinem Blick stand, bis Mårten den Kopf senkte.

»Ich gehe dann mal«, murmelte er.

Weder Inger noch Malena sagte etwas. Keine von ihnen geleitete ihn zur Tür. Erst als sie hörten, wie er die Haustür hinter sich zuschlug, wandte Malena sich an Inger. »Hast du ihm das wirklich angeboten? Den vollen Preis zu bezahlen?«

»Er war am Anfang so nett«, sagte Inger nachdenklich, »aber inzwischen habe ich das Gefühl, dass mit ihm etwas nicht stimmt.«

»Danke, Inger.« Malena umarmte sie. »Ich könnte mit Mårten niemals ausgehen oder gar etwas mit ihm anfangen. Er ist ein falscher Hund, das war er damals in der Schule schon.«

»Tatsächlich?«, wunderte sich Inger.

»Irgendwie hatte ich das völlig vergessen.« Malena schüttelte den Kopf. »Er hat damals reihenweise die Herzen meiner Mitschülerinnen gebrochen und war mit mehreren Mädchen gleichzeitig zusammen. Ich fand ihn ja ganz hübsch damals, aber als ich wusste, was für ein Typ er war, wollte ich mit ihm nichts mehr zu tun haben.«

»Er hat sich deinetwegen aber sehr angestrengt.«

»Er hatte eine Wette abgeschlossen«, stellte Malena richtig. »Thorsten war dahintergekommen und hat es Papa und mir erzählt.«

»Wie mies ist das denn?« Inger war entsetzt.

Malena zuckte mit den Schultern. »Mir war es egal. Zum Glück hatte ich mich nie in ihn verliebt. Aber gestern habe ich von Märta etwas erfahren, was erst richtig zeigt, wie schäbig Mårten wirklich ist.«

Malena machte eine kurze Pause, und dann sagte sie: »Diese angebliche Cousine, von der Mårten erzählte, ist in Wirklichkeit seine Freundin. Die beiden leben zusammen, und sie bekommt sogar ein Kind von ihm. Das hindert ihn aber nicht daran, sie ständig mit anderen Frauen zu betrügen.«

Inger war entsetzt. »Das arme Mädchen. Ich habe sie auf dem Weihnachtsmarkt gesehen. Sie sah ziemlich unförmig und sehr blass aus. Es tut mir leid, dass ich dich dazu gebracht habe, Mårten anzurufen.«

Malena schüttelte den Kopf. »Es war ja meine Idee. Irgendwie hatte ich verdrängt, was für ein Mensch er wirklich ist, und nur an die Lösung eines unserer Probleme gedacht.«

Die beiden Schwestern schauten sich an und seufzten gleichzeitig auf.

»Was machen wir, wenn Mårten uns jetzt wirklich eine Rechnung über die Mehrkosten schickt?«, fragte Malena.

Inger hob die Schultern. »Ich wünschte, er würde es tun. Irgendwie werden wir auch das hinbekommen.« Inger hatte sogar schon eine Idee, wie sie das Geld beschaffen wollte. Sie sagte Malena aber nichts davon, weil sie genau wusste, dass sie damit nicht einverstanden wäre.

✳

Ingers Wunsch wurde sehr schnell erfüllt. Mårten ließ es sich nicht nehmen, ihr die Rechnung bereits am nächsten Tag persönlich vorbeizubringen. Seine Augen verengten sich zu schmalen Schlitzen, als er sie ihr reichte.

»So weit hätte es nicht kommen müssen«, sagte er.

Inger schaute auf die Summe und ließ sich ihr Erschrecken nicht anmerken. Sie schaffte es sogar, ihn anzulächeln.

»Ich wusste nicht, was für ein Mensch du bist, Mårten«, sagte sie ruhig. »Sonst hätte ich dich niemals hier ins Haus gelassen. So gesehen bin ich nur froh, dass ich dir jetzt die gesamte Rechnung bezahlen kann.«

Mårten verzog die Lippen zu einem gemeinen Lächeln. »Und wo willst du das Geld hernehmen?«, fragte er höhnisch.

»Du bekommst dein Geld, alles andere muss dich nicht interessieren«, erwiderte Inger. »Ach ja, und grüß deine Freundin von mir. Ich habe gehört, du wirst bald Vater?«

Mårten hatte zumindest den Anstand, rot zu werden. Er konnte ihr plötzlich nicht mehr in die Augen schauen, und auch das höhnische Lächeln wirkte angespannt, ja fast hilflos.

»Das ist sofort fällig.« Er tippte mit dem Zeigefinger auf die Rechnung in Ingers Hand. »Vergiss das nicht.«

»Leb wohl, Mårten«, sagte Inger ruhig und meinte es sogar ernst. »Alles Gute für deine Freundin und euer Kind.«

Inger war froh, dass Malena von Mårtens Besuch nichts

196

mitbekommen hatte. Ihre Schwester war zusammen mit Lotta zu Viljams Laden gegangen. Am Samstag wollten sie alle zusammen für den zweiten Advent und das Lucia-Fest in der übernächsten Woche backen. Es war ein dunkler, trüber Tag. Graue Wolken bedeckten den Himmel.

Inger ging nach oben in ihr Zimmer. Sie war froh über die Stille, die sie hier umgab. Sie brauchte diesen Moment ganz für sich. Aus dem Nachtschränkchen neben ihrem Bett nahm sie eine kleine, perlmuttbesetzte Schachtel. Sie öffnete sie und strich mit dem Finger liebevoll über das alte Medaillon. Es war recht groß, aus echtem Gold, mit Intarsien und Brillanten verziert und seit Generationen im Besitz ihrer Familie. Traditionell wurde es immer an die älteste Tochter des Hauses weitergereicht.

Malena hätte es gerne gehabt und ebenso wie beim Lucia-Tag hatte sie ihren Vater und auch Inger bearbeitet, ihr das Medaillon zu überlassen.

Jetzt war Inger froh, dass ihr Vater und auch sie selbst in diesem Punkt standhaft geblieben waren.

»Verzeih mir bitte, Papa«, flüsterte sie. »Ich weiß, wie viel dir dieses Schmuckstück bedeutet hat. Aber es ist das einzig Wertvolle, was ich noch besitze. Ich muss es verkaufen, um Mårten zu bezahlen, um den Kindern ein schönes Weihnachten zu ermöglichen, und vielleicht bringt es ja sogar so viel, dass ich Per Holmqvist noch einen Teil der Miete geben kann.«

Inger schaute zum Himmel. »Wenn du mich hörst und wenn du es kannst, dann hilf mir bitte. Ich weiß einfach nicht mehr weiter.«

Plötzlich rissen draußen die Wolken auf. Ein Sonnenstrahl fiel durch das Fenster und ließ das Medaillon in ihrer Hand hell aufleuchten.

War das die Antwort, die sie herbeigesehnt hatte? Inger wusste es nicht. Ihre Hände umschlossen das Schmuckstück ganz fest, ihr Entschluss war gefasst, und sie war sicher, im Sinne ihres Vaters zu handeln.

Inger wurde plötzlich ganz ruhig. Sie wusste, dass sie das Richtige tat.

Inger wartete nicht ab, bis Malena nach Hause kam. Sie hinterließ ihrer Schwester eine Notiz, dass sie erst gegen Mittag wieder zu Hause sein würde, holte Frida aus der Garage und war froh, dass der Wagen sofort ansprang. Vorsichtshalber hatte Viljam ihr das Ladegerät dagelassen und ihr für den Notfall gezeigt, wie sie die Batterie wieder aufladen konnte.

Inger kannte einen Juwelier in Leksand, der Schmuckstücke aufkaufte. Sie hatte erst vor zwei Monaten eine Goldkette und einen Ring dort verkauft. Beide Schmuckstücke waren längst nicht so wertvoll wie das Medaillon – und das nicht nur in materieller Hinsicht. Mit ihnen verknüpften sich weit weniger Erinnerungen, sie waren nicht so wichtig. Aber das Medaillon war es. Und dennoch würde sie sich von ihm trennen, auch wenn es ihr noch so weh tat.

Leksand war eigentlich eine Gemeinde, die aus mehreren Dörfern bestand. Der gleichnamige Hauptort befand sich direkt am See und hatte den Charakter einer Kleinstadt.

Auch hier war alles weihnachtlich geschmückt. Lichterketten durchzogen die Einkaufsstraße, Weihnachtsmusik klang aus den Geschäften.

Das Juweliergeschäft lag ein wenig abseits in einer der Seitengassen. Der Besitzer erkannte Inger sofort wieder, als sie hereinkam. Seine Augen wurden groß, als sie die Perlmuttschachtel öffnete und das Medaillon herausnahm.

»Ein wundervolles Stück.«

»Was können Sie mir dafür geben?«

»Ich muss es mir erst genau ansehen.« Der Juwelier holte unter der Ladentheke eine Dunkelfeld-Lupe hervor und klemmte sie sich ins rechte Auge. Aufmerksam betrachtete er das Medaillon von allen Seiten und jeden einzelnen Stein. Hin und wieder brummte er etwas, was Inger nicht verstehen konnte.

Ihre Geduld wurde auf eine harte Probe gestellt. Endlich nahm der Juwelier die Lupe wieder herunter und nannte ihr eine Summe, die sie niemals erwartet hätte.

Inger starrte den Juwelier an, dann auf das Medaillon in seiner Hand und schließlich wieder in sein Gesicht.

Der Mann schmunzelte. »Was ist? Wollen Sie es nun verkaufen?«

Inger nickte und überschlug in Gedanken bereits, was sie damit alles bezahlen konnte. Auf jeden Fall Mårtens Rechnung und einen Großteil der ausstehenden Miete.

Nur kurz dachte sie daran, dass der Verkauf des Medaillons sogar für die komplette Miete ausgereicht hätte, wenn Mårten seine nachträglichen Forderungen nicht noch geltend gemacht hätte.

Vergiss es, ermahnte sie sich selbst. Sie und Malena waren ihm nichts mehr schuldig, und das restliche Geld für die Miete würde sie bis zum Ende des Jahres auch noch irgendwie auftreiben.

Und dann meldete sich diese kleine, hässliche Stimme in ihr, die immer dann auftauchte, wenn Inger sie am wenigsten brauchen konnte. Was nutzt es dir, wenn du bis Ende des Jahres die Mietrückstände bezahlen kannst, aber nicht weißt, woher du das Geld für die ab Januar fälligen Mieten nehmen sollst?

»Das wird sich alles finden«, sagte sie. Als sie den überraschten Blick des Juweliers auffing, musste sie lachen. »Ich habe nur laut gedacht«, sagte sie. »Ich würde Ihnen das Medaillon gerne verkaufen.«

Gerne stimmte nicht so ganz. Sie spürte es tief in ihrem Herzen, als er das Familienerbstück in die Perlmuttschachtel zurücklegte. Danach ging er zur Kasse, öffnete sie und zählte ihr kurz darauf die Scheine auf der Theke ab.

Inger warf noch einmal einen Blick auf das Kästchen, dann griff sie entschlossen nach dem Geld, rollte es zusammen und behielt es in der Hand. Sie bedankte sich und verließ den Laden.

Draußen blieb sie erst einmal stehen und holte tief Luft. Sie hatte es tatsächlich getan. In ihr tobte ein Kampf. Da waren gleichermaßen Erleichterung und Bedauern.

Inger ging langsam zum Wagen zurück. Als sie Frida aufschließen wollte, konnte sie den Schlüssel nicht mehr finden.

»Auch das noch«, stöhnte sie und ging den ganzen Weg zum Laden zurück. Vielleicht hatte sie den Schlüssel dort vergessen oder irgendwo auf dem Weg verloren.

Als sie das Juweliergeschäft erreichte, sah sie unter dem Schaufenster etwas blinken. Es war ihr Schlüssel. Sie bückte sich danach. Als sie sich wieder aufrichtete, schaute sie auf das geöffnete Perlmuttkästchen, in dem ihr Medaillon lag. Der Juwelier hatte es genau in die Mitte seines Schaufensters gestellt, sodass es jedem Betrachter sofort auffallen musste. Davor lag ein Preisschild.

Inger schluckte, als ihr klar wurde, dass der Juwelier beinahe das Doppelte von dem verlangte, was er ihr bezahlt hatte.

Inger war davon überzeugt, dass das Medaillon nicht lange hier liegen würde. So kurz vor Weihnachten verkaufte der Juwelier es bestimmt, und dann würde es einem Menschen gehören, der überhaupt nicht wusste, was dieses Schmuckstück anderen einmal bedeutet hatte. Welche Erinnerungen daran hingen.

»Ein schönes Stück«, vernahm sie plötzlich eine ironische Stimme neben sich. »Haben Sie gerade ein paar Kronen zu viel?«

Inger wandte den Kopf. Per Holmqvist stand neben ihr. Sein Grinsen empfand sie als Provokation.

»Hier!« Sie zählte das Geld ab, das sie für Mårten benötigte. Das restliche Geldbündel reichte sie Per Holmqvist, der automatisch danach griff.

»Den Rest der Miete bekommen Sie auch noch«, sagte Inger aufgewühlt. Es war ihr nicht bewusst, dass dabei Tränen über ihre Wangen liefen. Sie wartete seine Antwort gar nicht mehr ab und blieb auch nicht stehen, als Per Holmqvist ihr etwas nachrief. Nur weg von hier.

Sie war froh, als sie Frida erreicht hatte, und ließ sich auf den Sitz fallen. »Verdammter Kerl«, stieß sie hervor, und dann weinte sie richtig los. Sie konnte nichts dagegen tun.

❄

»So warten Sie doch«, hatte Per Holmqvist ihr nachgerufen, aber Inger war einfach weitergelaufen.

Er schaute auf die Scheine in seiner Hand, danach auf das Schaufenster, und erkannte erst jetzt die Aufschrift unter dem Namen des Juweliers.

»An- und Verkauf«, las er halblaut. Er blickte wieder auf das Medaillon, und plötzlich wurde ihm klar, woher sie das Geld hatte. Es sah alt aus und sehr kostbar. Der hohe Preis war gewiss gerechtfertigt.

Per Holmqvist schaute wieder in die Richtung, in der Inger verschwunden war. Sie war nicht mehr zu sehen.

»Sie ist wirklich eine Verrückte«, murmelte er vor sich hin.

❄

Inger wartete, bis sie sich wieder beruhigt hatte. Danach suchte sie zuerst ein Café auf und gönnte sich den Luxus eines großen Cappuccinos, auch wenn ihr klar war, dass ihr verweintes Gesicht auffiel. Als es ihr besser ging, machte sie sich auf den Weg zu Mårtens Werkstatt.

Mårten selbst war nicht da, nur die junge Frau, die er als Cousine bezeichnet hatte. Sie stand hinter einem improvisierten Tresen in der Werkstatt. Eigentlich war sie eher noch ein Mädchen als eine Frau. Ihr Gesicht war blass mit roten Flecken.

Jetzt, wo sie keinen Mantel trug, konnte Inger sehen, dass sie hochschwanger war. Misstrauisch blickte sie Inger entgegen.

»Ich wollte eine Rechnung bezahlen«, sagte Inger freundlich.

»Bist du nicht Mårtens ehemalige Schulkameradin?«, fragte das Mädchen eifersüchtig.

»Meine Schwester ist mit Mårten in eine Klasse gegangen«, stellte Inger richtig.

Das Mädchen nickte, schien nachzudenken.

»Kann ich dann jetzt die Rechnung bezahlen?« Inger hatte das Schreiben gleich mitgebracht und legte es auf den Tresen. Sie zählte die Summe ab, die Mårten ihnen berechnet hatte.

»Treffen sich Mårten und deine Schwester?« Es war ihr anzusehen, dass sie diese Frage eigentlich nicht stellen wollte, sie aber auch nicht zurückhalten konnte.

»Nein.« Inger schüttelte den Kopf.

»Entschuldige bitte.« Das Mädchen biss sich auf die Unterlippe. Tränen liefen plötzlich über ihre Wangen. »Er ist so ein Mistkerl«, flüsterte sie.

»Ich weiß«, nickte Inger. Vielleicht wäre es besser gewesen, dem Mädchen etwas Tröstliches zu sagen, etwas, das Mårtens Charakter in einem besseren Licht dastehen ließ, aber das konnte sie nicht.

Ingers Zustimmung löste den Tränenstrom erst recht. »Er war letzten Sonntag bei euch. Ich bin ihm heimlich nachgefahren.«

»Wir hatten ihn zum Kaffee eingeladen, als Dank für seine Hilfe«, erklärte Inger. »Aber ich kann dir hundertprozentig versichern, dass meine Schwester nichts von ihm will.«

Das Mädchen schien nicht überzeugt.

»Ganz ehrlich, Malena mag ihn nicht einmal besonders«, sagte Inger.

Das Mädchen lächelte unter Tränen. »Ich glaube, ich mag ihn auch nicht mehr besonders.«

»Warum bleibst du dann bei ihm?«, fragte Inger erstaunt.

Das Mädchen legte beide Hände auf seinen Bauch. »Wo soll ich denn hin? Im nächsten Monat ist das Baby da, dann kann ich nicht mehr arbeiten.«

»Eigentlich darfst du jetzt schon nicht mehr arbeiten«, wandte Inger ein.

»Mårten sagt, ich muss hier arbeiten, weil er sich keine Bürokraft leisten kann.«

Inger schüttelte den Kopf. »Es gibt eine ganze Menge Möglichkeiten und Hilfen für alleinerziehende Mütter.«

»Ich weiß nicht, ob ich die Kraft habe, ihn zu verlassen«, flüsterte das Mädchen unter Tränen.

»Ich will dich auch nicht überreden«, sagte Inger. »Das ist eine Entscheidung, die du ganz allein treffen musst. Wenn du Hilfe brauchst – du weißt ja jetzt, wo ich wohne.« Inger lächelte dem Mädchen zu, und das Mädchen lächelte zurück.

»Ich heiße übrigens Anna.«

»Und ich heiße Inger.«

Inger unterhielt sich noch ein bisschen mit Anna. Das Mädchen steckte ebenso wie sie selbst in einer ausweglosen Situation. Das war etwas, was sie miteinander verband.

Inger wäre zu gern noch ein bisschen geblieben. Sie spürte, dass es dem Mädchen guttat, mit ihr zu reden, aber Inger war auch froh, dass sie Mårten nicht begegnet war, und hoffte, dass das so blieb. Sie bezahlte und bat um eine Quittung. Ein wenig verlegen schaute sie Anna an.

»Versteh das bitte nicht falsch. Du bist es nicht, der ich misstraue.«

»Ich weiß«, Anna nickte.

Inger fiel plötzlich ein, dass sie von Per Holmqvist keine Quittung verlangt hatte, aber es beunruhigte sie kein bisschen. Sie wusste einfach, dass dieser Mann ihre Zahlung korrekt abrechnen würde.

Mit gemischten Gefühlen fuhr Inger nach Hause. Einerseits war sie froh, dass sie jetzt einige Probleme aus der Welt geschafft hatte, aber der Preis dafür war hoch gewesen.

Auf der schmalen Straße Richtung Tällberg wurde sie von einem dunklen Geländewagen überholt. Für den Bruchteil einer Sekunde konnte sie Per Holmqvists Gesicht sehen, dann war der Wagen auch schon vorbei. Schnee und Matsch wurden durch sein schnelles Tempo auf ihre Windschutzscheibe geschleudert.

»Blödmann«, knurrte Inger und schaltete die Scheibenwischer ein. Als sie wieder klare Sicht hatte, war der Geländewagen längst verschwunden.

✳

Der zweite Advent wurde wunderschön. Inger hatte am Vortag eine Bestätigung von Per Holmqvists Anwälten über die eingezahlte Summe erhalten. Der Brief enthielt zwar die höfliche Aufforderung, auch den Rest in Kürze zu begleichen, aber es stand nicht darin, dass ihr Auszug zum Ende des Jahres weiterhin gefordert wurde. Ein Umstand, der sie hoffen ließ.

Malena hatte am Samstag zusammen mit den Kleinen gebacken. Ausnahmsweise hatte auch Nelly sich sehr gut mit Lotta vertragen und bezeichnete sie am Abend als ihre allerbeste Freundin.

Im ganzen Haus weihnachtete es inzwischen. Alle Zimmer waren mit Fichtenzweigen und Lichterketten geschmückt. Eine Tannengirlande mit roten Bändern zog sich das Treppengeländer hinunter. Der Geruch nach Harz vermischte sich mit dem Duft frischer Backwaren.

Es wurde geflüstert und viel hinter verschlossenen Türen gearbeitet. Es herrschte das strenge Gebot, dass niemand mehr das Zimmer eines anderen betreten durfte, ohne vorher anzuklopfen und das »Herein« abzuwarten.

Am Sonntag blieben bis auf Jesper alle zu Hause. Jesper traf sich wieder mit seinen Klassenkameraden an ihrem Stand auf dem Weihnachtsmarkt.

Inger hatte ihn trotz Hausarrest gehen lassen, weil es sich um ein Schulprojekt handelte und sie dem Jungen auch nicht alle Vorweihnachtsfreude nehmen wollte. An den anderen Tagen musste er nach der Schule sofort nach Hause kommen und durfte das Haus anschließend nicht mehr verlassen.

Inger hatte Malena noch nichts von dem verkauften Medaillon erzählt. Dazu war später immer noch Gelegenheit. Vielleicht würde sie ihr auch erst nach Weihnachten davon erzählen.

»Was für ein wundervoller Tag das heute ist«, seufzte sie und streckte die Füße genüsslich unter den Küchentisch. Es gab zum Mittag nur eine Art Brunch, weil Jesper erst heute Abend mit ihnen zusammen essen konnte.

Hätte Inger gewusst, was in diesen Minuten auf dem Weihnachtsmarkt ausgeheckt wurde, sie wäre nicht so ruhig und entspannt gewesen.

❄

»Die habe ich da hinten an dem Stand gekauft.« Henrik zeigte vage in Richtung der gegenüberliegenden Seite des Marktplatzes.

»Wasserbomben mitten im Winter?« Jesper schüttelte den Kopf. »Was willst du denn damit?«

»Du hast doch noch eine Rechnung mit diesem Typen in Augustas Haus offen.«

»Inger bringt mich um«, sagte Jesper, doch seine Augen begannen zu glänzen.

»Das glaube ich nicht, und Hausarrest hat sie dir sowieso schon aufgebrummt. Was kann dir da noch groß passieren?«

»Ich weiß nicht.« Jesper zögerte.

»Komm schon, das wird ein Bombenspaß.« Henrik lachte über die Doppeldeutigkeit seiner Worte. »Wasserbombe und Bombenspaß, verstehst du?«

»Ich bin ja nicht blöd«, brummte Jesper. Er war sich immer noch nicht sicher, ob er daran teilnehmen sollte. Einerseits war er ebenso wie sein Freund der Meinung, dass er mit Per

Holmqvist noch eine Rechnung offen hatte. Andererseits hatte er Angst, dass Inger den Ärger hinterher ausbaden musste. So etwas Ähnliches hatte dieser Typ ja beim letzten Mal angedeutet.

»Jesper ist ein Feigling«, sang Bertil. »Jesper ist ein Feigling.«

»Jesper ist ein Feigling«, stimmte Jonas, der Vierte im Bunde, mit ein.

»Ich bin kein Feigling«, sagte Jesper finster. »Also gut, ich mache mit.«

Die anderen drei Jungen stießen ein Triumphgeheul aus. Sie steckten ihre Köpfe, zusammen und schmiedeten eifrig Pläne. Nur Jesper sagte so gut wie kein Wort mehr. Er würde mitgehen, er war kein Feigling, aber wohl fühlte er sich dabei nicht.

»Ich hätte nicht gedacht, dass du doch noch kommst.« Malena war allein in der Küche, als Thorsten nach kurzem Anklopfen eintrat.

Er kam nicht näher. Die Distanz zwischen ihnen konnte kaum größer sein, und es war nicht nur die räumliche Entfernung.

»Inger kann schließlich nichts dafür«, sagte er rau.

»Thorsten«, bat Malena mit flehender Stimme. »Bitte, versteh mich doch.«

»Ich verstehe dich nur zu gut, und ich akzeptiere deine Entscheidung«, sagte er. »Im nächsten Jahr wird es für uns beide einfacher. Dann bin ich weg, und wir müssen uns nicht mehr ständig begegnen.«

Malena presste die Lippen aufeinander. Ihre Augen füllten sich mit Tränen.

»Ich habe das so nicht gewollt.«

»Und doch hast du es so entschieden.« Thorsten zuckte mit den Schultern. Er wirkte abgeklärt, fast schon gleichgültig.

»Lass uns nicht mehr darüber reden, Malena. Es ist einfach so, und wir müssen uns beide damit abfinden.«

Malena hätte gerne noch etwas gesagt, doch in diesem Moment kamen die Kinder dazu, und kurz darauf folgte Inger.

✳

Draußen war es schon lange dunkel, obwohl es erst früher Abend war. Per Holmqvist stand mitten im Raum und schaute sich um. Er war schon viel länger hier, als er eigentlich eingeplant hatte.

»Wenn ich nicht aufpasse, fühle ich mich hier irgendwann noch so wohl, dass ich überhaupt nicht mehr wegwill«, sagte er zu sich selbst und musste im nächsten Moment über sich selbst lachen. »Wer tauscht schon freiwillig eine junge, moderne Metropole wie Stockholm gegen die tiefste Provinz?«

Plötzlich wurde Per Holmqvist sehr nachdenklich. »Ist doch ganz egal, wo ich lebe«, brummte er nach einer Weile vor sich hin. »Mich wird in Stockholm niemand vermissen und hier auch nicht, wenn ich wieder gehe.«

Er ließ sich auf das bequeme Sofa fallen und hielt weiter Selbstgespräche. »Vielleicht sollte ich das Haus hier behalten, dann könnte ich hin- und herpendeln.«

Ein lautes Klopfen an der Tür unterbrach seine Gedankengänge. Per stand auf und ging in die Diele. Als er die Haustür öffnete, stand niemand davor.

»Hallo?« Per trat einen Schritt nach draußen, sah sich aufmerksam nach allen Seiten um. Er hörte ein leises Kichern, das hinter seinem Wagen hervorzukommen schien.

»Was soll das?«, rief er ärgerlich aus und ging noch einen Schritt vor.

»Feuer«, hörte er eine Jungenstimme laut rufen, und dann prasselte es auf ihn ein. Er spürte schmerzhaft, wie die Geschosse, die gegen seinen Körper prallten, platzten und kalte Nässe hinterließen. Immer mehr wurden es. Er wurde am Kopf getroffen, mitten im Gesicht, am ganzen Körper. Er hob schützend die Arme, spürte, wie das Wasser auf dem Boden sofort gefror und er bei dem ersten Schritt ins Rutschen geriet.

Er war klatschnass. Das Wasser war so kalt, dass es auf der Haut schmerzte.

Per machte kehrt und eilte ins Haus zurück. Er warf die Tür hinter sich zu und hörte, dass noch einige der Wasserbomben gegen die Tür geworfen wurden. Dann war draußen plötzlich Stille.

Per sah an sich hinab, eine Wasserlache breitete sich zu seinen Füßen aus, und plötzlich musste er grinsen. »Verflixte Lausebengel«, sagte er. »Das nächste Mal erwischt ihr mich nicht unvorbereitet.«

❄

»Wo warst du so lange?« Inger schaute auf die Uhr. Der Weihnachtsmarkt war seit bestimmt zwei Stunden vorbei.

»Wir mussten noch den Stand aufräumen«, gab Jesper mürrisch zur Antwort, schaute ihr dabei aber nicht in die Augen.

»Du weißt, dass du Hausarrest hast.« Inger spürte, dass Jesper sie anlog, aber sie vermutete, dass er den Weihnachtsmarkt dazu genutzt hatte, seinen Ausgang zu verlängern, um noch ein bisschen mit seinen Freunden zusammen zu sein.

»Kommt nicht mehr vor«, sagte Jesper.

»Das will ich hoffen.« Inger kam auf ihn zu und legte einen

Arm um seine Schulter. »Jedenfalls freue ich mich, dass du jetzt zu Hause bist. Die anderen haben schon auf dich gewartet. Wir wollen alle zusammen noch ein bisschen spielen, bevor wir zu Abend essen.«

Thorsten war leider gleich nach dem Kaffee wieder gegangen. Inger hätte es gerne gehabt, wenn er zum Abendessen geblieben wäre, aber er hatte behauptet, er müsse dringend noch ein paar Briefe schreiben.

Jesper blickte sehr unbehaglich drein. »Inger, ich …«

»Ja?« Aufmerksam schaute sie ihn an. Sie ahnte, dass er ihr etwas gestehen wollte. Wahrscheinlich wollte er ihr sagen, dass er ganz bewusst getrödelt hatte, aber es kam kein Wort mehr über seine Lippen.

»Schon gut«, lachte sie. »Wenn ich früher Hausarrest hatte, habe ich auch jede Minute genutzt, in der ich abhauen konnte.«

»Ja.« Jesper sah zu Boden.

Inger wurde plötzlich misstrauisch. »Oder ist da noch etwas anderes?«

»Nein«, erwiderte er einsilbig und schien geradezu erleichtert, als Ronja dazukam.

»He, ihr beiden, wir warten auf euch.«

»Ich komme schon.« Jesper streifte Ingers Arm von seinen Schultern und ging in die Küche. Inger folgte ihm langsam.

Sie spürte den ganzen Abend über, dass der Junge nervös war. Immer wieder schaute er auf die Uhr, und als das Telefon klingelte, zuckte er erschrocken zusammen.

Es war nur eine Freundin von Ronja, die etwas ungemein Wichtiges zu besprechen hatte.

Inger und Malena grinsten sich zu, als sie mitbekamen, was denn so wichtig war. Natürlich ging es um die Party am nächsten Samstag und die Frage, was sie dazu anziehen wollten.

Und richtig kam kurz nach Ronjas Telefonat die unvermeidliche Forderung: »Ich brauche dringend neue Klamotten.«

»Ich kann dir etwas stricken«, sagte Malena. »Absolut schief, krumm und stylish.«

Ronja zog eine Grimasse und setzte sich wieder an den Tisch.

Inger nahm Jesper später noch einmal zur Seite. »Gibt es da vielleicht doch noch etwas, was du mir sagen willst?«

Jesper konnte sie auch diesmal nicht ansehen, als er den Kopf schüttelte. »Kann ich jetzt ins Bett gehen?«, fragte er gleich darauf. »Ich bin müde.«

Inger nickte und sah ihm besorgt nach, als er nach oben ging.

Die nächste Woche verging rasend schnell. Jesper war erstaunlich folgsam. Er kam jeden Tag pünktlich nach Hause. Nervös, wie es Inger erschien, und dann fragte er immer, ob etwas Besonderes vorgefallen wäre. Wenn sie es verneinte, atmete er jedes Mal erleichtert auf.

Es war, als ob Jesper auf etwas wartete, und Inger hätte gerne gewusst, was es war.

Nelly und Lotta verstanden sich inzwischen ausgezeichnet, sodass Nils sich jetzt hin und wieder ausgeschlossen fühlte. Inger schaffte es aber immer wieder, zwischen den Kleinen zu vermitteln.

Ronja war voll und ganz mit ihren Partyvorbereitungen beschäftigt. Inger hatte inzwischen mit Malins Mutter telefoniert und war beruhigt, weil sie wusste, dass die Eltern von Ronjas Freundin die Aufsicht führen würden.

Sogar die Kleiderfrage war inzwischen geklärt, weil die Mädchen beschlossen hatten, eine Pyjama-Party zu machen. Ronja entdeckte auf dem Dachboden einen alten Schlafanzug von Ingers und Malenas Vater, der ihr mindestens drei Nummern zu groß war. Ronja fand das toll, und so ließ Inger sie gewähren.

Malena wirkte in diesen Tagen sehr in sich gekehrt, und Inger glaubte mehrmals, Tränenspuren im Gesicht ihrer Schwester zu erkennen. Wenn Inger mit ihr reden wollte, wich Malena aus und behauptete, es wäre alles in Ordnung. Sie würde im Moment nur schlecht schlafen.

»Machst du dir Sorgen wegen der Villa Pusteblume?« Inger glaubte, dass die Schlaflosigkeit daher rührte, und beschloss, ihrer Schwester nun doch reinen Wein einzuschenken.

»Das musst du nicht, Malena. Im Moment sieht alles ganz gut aus. Ich habe Mårten bezahlt und sogar einen Großteil unserer Mietrückstände.«

Malena starrte sie fassungslos an. »Wo hast du denn das Geld her?«

Inger schluckte, schaute zu Boden. Dann hob sie den Kopf wieder und schaute ihrer Schwester tapfer ins Gesicht. »Ich habe das Medaillon verkauft.«

»Was?«, schrie Malena entsetzt. Sie schüttelte den Kopf. »Das hast du nicht getan.«

»Ich hatte keine andere Wahl, Malena.«

Malena drückte die Handflächen gegen ihre Schläfen. Plötzlich sprang sie auf. »Du hattest kein Recht, das Medaillon zu verkaufen. Weißt du eigentlich, wie lange es schon im Familienbesitz war?«

»Es gehörte mir, Malena«, sagte Inger ruhig. »Ich konnte damit machen, was ich wollte.«

»Das machst du doch immer«, schrie Malena sie an. »Du machst, was du willst, ohne jede Rücksicht auf mich.«

»Das stimmt doch nicht, Malena«, sagte Inger erschrocken. »Ich mache das alles doch nur für dich und die Kinder.«

»Du machst es in erster Linie für dich«, sagte Malena heiser. »Mich hast du nie gefragt, was ich will.«

Minutenlang war es vollkommen still. Keine von ihnen sagte ein Wort.

Inger horchte in sich hinein. Stimmte das, was Malena ihr da gerade vorgeworfen hatte? Sie war innerlich in Aufruhr, trotzdem blieb sie weiterhin ganz ruhig. »Was willst du denn, Malena?«

»Ein Leben«, fauchte Malena. »Mein Leben!«

»Okay«, nickte Inger. »Sag mir einfach, was ich tun soll, damit du dein Leben leben kannst.«

»Du kannst gar nichts tun«, fuhr Malena sie heftig an. »Es ist alles … Ach …« Sie machte eine wegwerfende Handbewegung. »Ich kann einfach nicht mehr.« Damit lief sie hinaus.

Inger hörte, wie ihre Schwester die Treppe hochlief. Kurz darauf schlug oben eine Tür zu.

Inger blieb wie erstarrt in der Küche sitzen. Sie hatte keine Ahnung, was mit ihrer Schwester los war und wie sie ihr helfen konnte.

Malena ließ sich den ganzen Tag nicht mehr blicken. Den Kindern erklärte Inger, dass sie krank sei. »Lasst sie heute bitte in Ruhe«, bat sie.

Alle nickten und verhielten sich erstaunlich leise.

Inger ging später mit einer Tasse Tee und einem Sandwich nach oben. Sie klopfte an Malenas Tür, doch es kam keine Antwort. Sie wusste nicht, ob Malena von innen abgeschlossen hatte, aber sie probierte es auch nicht aus. Wenn Malena sie nicht sehen wollte, würde sie diesem Wunsch nachkommen.

»Vor der Tür stehen eine Tasse Tee und ein Sandwich«, informierte sie ihre Schwester, erhielt aber auch diesmal keine Antwort.

Inger ging nach unten. Ihr Herz war schwer. Warum mussten ausgerechnet in der Vorweihnachtszeit, der schönsten Zeit des Jahres, so viele Probleme über sie hereinbrechen?

Als sie später noch einmal nach oben ging, standen die Teetasse und der Teller mit dem Sandwich immer noch unberührt vor Malenas Tür. Sie seufzte, unternahm aber keinen weiteren Versuch.

Am nächsten Morgen kam Malena erst herunter, als die Kinder schon in der Schule waren. Lotta, die jetzt tagsüber mit Nils und Nelly spielte, hielt sich dann immer noch mit ihrem Bilderbuch in ihrem Zimmer auf, bis die beiden Kleinen aus der Schule zurückkamen. Nur zum Mittagessen kam Lotta nach unten.

»Können wir reden?«, fragte Inger.

Malena schüttelte den Kopf. »Ich will nicht darüber sprechen.«

»Dann sag mir doch endlich, was du willst, Malena. Du hast mir gestern vorgeworfen, ich würde dich das nie fragen. Jetzt frage ich dich und bekomme keine Antwort.«

»Ich kann nicht mit dir darüber reden, Inger. Nicht jetzt, und vielleicht nie. Weil sowieso schon alles zu spät ist und ich eine Entscheidung getroffen habe, die mein ganzes Leben zerstört.«

»Mein Gott, Malena, was hast du entschieden? Was ist los?«, rief Inger verzweifelt aus.

Diesmal war es Malena, die ganz ruhig blieb. »So wie du dir das Recht herausnimmst, deine Entscheidungen ganz für dich zu treffen, wie den Verkauf des Medaillons, so nehme auch ich mir das Recht heraus, meine Entscheidungen zu treffen, ohne mit dir darüber zu sprechen. Brauchst du Frida heute?«

Inger schüttelte verwirrt den Kopf.

»Gut«, sagte Malena. »Ich bin heute nicht da. Ab morgen ist dann alles so wie immer.«

❄

Malena hielt Wort. Sie war am nächsten Tag wieder zurück und verhielt sich so wie immer. Nichts war ihr anzumerken. Ganz so, als hätte es die letzten beiden Tage nie gegeben.

Inger hatte keine Ahnung, wie ihre Schwester das machte. Wie sie nach allem, was gesagt worden war, einfach auf Normalbetrieb umschalten konnte. Sie selbst konnte das nicht, auch wenn sich Malena sogar ihr gegenüber wie immer verhielt. Inger wartete, bis sie mit ihrer Schwester allein war.

»Bitte, Malena, so geht das doch nicht.«

Malena blickte ihre Schwester verwundert an. »Ich weiß nicht, was du meinst.«

»Natürlich weißt du das. Lass uns endlich reden.«

Malenas Augen verengten sich. Ganz kurz nur, dann lächelte sie wieder. »Wir haben genug geredet, Inger.«

Damit war das Thema für Malena endgültig erledigt. Sie ließ Inger einfach auflaufen.

Auch wenn es ihr nicht gefiel, Inger musste sich damit abfinden. Es war schlimm für sie, zu wissen, dass Malena in ihrem Innern todunglücklich war und nach außen lächelte. Sie war sich sicher, dass es nicht nur am Verkauf des Medaillons lag. Das war nur der Auslöser gewesen.

Inger war sich nicht sicher, ob die Kinder nicht doch etwas von den unterschwelligen Spannungen zwischen ihr und Malena spürten. Wenn es so war, so ließen sie es sich zumindest nicht anmerken. Selbst Jesper schien allmählich wieder entspannter, nachdem er eine ganze Woche lang nach der Schule immer wieder gefragt hatte, ob es etwas Besonderes gegeben hätte, und erleichtert schien, wenn Inger das verneinte.

Inzwischen war Inger klar, dass der Junge etwas angestellt haben musste und darauf wartete, dass es herauskam. Was immer es war, es hatte diesmal zum Glück nichts mit Per Holmqvist zu tun. Der hätte einen weiteren Streich gewiss nicht auf sich beruhen lassen.

Inger hatte in den letzten Tagen nichts mehr von Per Holmqvist oder seinen Anwälten gehört, und sie hoffte, dass es so blieb.

Am Samstagabend ging Ronja zu ihrer Party und kehrte erst am nächsten Tag zurück. Begeistert erzählte sie ihren Geschwistern von dem tollen Abend, den die Mädchen hauptsächlich damit verbracht hatten, sich die Finger- und Fußnägel zu lackieren, anschließend Liebesfilme auf DVD anzusehen und dabei Unmengen an Cola und Süßigkeiten in sich hineinzustopfen.

Inzwischen war der dritte Advent. Jesper hatte seine Schichten zusammen mit seinen Freunden auf dem Weihnachtsmarkt erfüllt. An den letzten beiden Weihnachtsmarkttagen waren andere Mitschüler an der Reihe.

In zwei Tagen war das Lucia-Fest und in zwei Wochen sogar schon der erste Weihnachtstag.

Inger ging nach dem Frühstück mit den drei Kleinen noch einmal zum Weihnachtsmarkt. Ronja, die in der vergangenen Nacht kaum geschlafen hatte, war müde und wollte sich hinlegen. Jesper hatte noch Hausarrest und erklärte, er hätte inzwischen ohnehin genug vom Weihnachtsmarkt.

Malena blieb auch lieber zu Hause. Sie war nach wie vor freundlich zu allen, doch wenn es ihr irgendwie möglich war, ging sie Inger aus dem Weg.

Inger hatte es aufgegeben, das Verhalten ihrer Schwester

verstehen zu wollen oder mit ihr darüber zu reden. Malena hatte ihr nachdrücklich klargemacht, dass sie an einem Gespräch nicht interessiert war, und Inger beschloss, das zu respektieren.

Alles blieb ruhig, aber manchmal kam es Inger vor, als wäre das nur die berühmte Ruhe vor dem Sturm.

Nelly und Lotta liefen Hand in Hand von einem Stand zum anderen. Nils folgte den beiden und schien damit völlig zufrieden zu sein. Die Kinder standen noch an einem Stand mit Spielsachen, Inger war bis zum nächsten Stand weitergegangen, wo sie handbemalte Baumkugeln bewunderte. Als sie sich umdrehte, stand plötzlich Mårten vor ihr. Er hatte den Arm um eine Frau gelegt, die so aufgetakelt war, dass es schon ordinär wirkte.

»Na?« Mårten bedachte Inger mit einem hämischen Lächeln. »Bist du mal wieder auf der Suche nach Typen, denen du kostenfrei etwas aus den Rippen leiern kannst?«

Inger spürte, wie die Wut in ihr hochschoss. Sie blieb nach außen jedoch ganz ruhig und erwiderte sein Lächeln. »Und du?«, fragte sie zurück. »Bist du mal wieder auf der Suche nach einer Eroberung, während deine Freundin zu Hause hochschwanger auf dich wartet?«

»Mårten«, rief die Frau an seiner Seite aus und löste sich aus seinem Arm. »Du hast gesagt, das wäre deine Cousine.«

Inger winkte mit einer Hand lachend ab. »Das hat er mir auch erzählt.«

Mårten schnappte nach Luft. »Du ... du ...«

»Ja?« Inger schaute ihn an, als würde sie höchst interessiert auf die Fortsetzung seines wütenden Gestammels warten.

Seine neueste Eroberung machte sich derweil aus dem Staub. Mårten lief ihr nach, er fasste sie an der Schulter, um sie aufzuhalten.

Inger beobachtete schadenfroh, dass die junge Frau seine Hand abschüttelte und ihn offensichtlich beschimpfte. Schade, dass sie kein Wort verstehen konnte.

Die Frau wollte nichts mehr von ihm wissen. Mårten machte plötzlich kehrt und kam zu Inger zurück. »Konntest du nicht einfach den Mund halten?«

»Du hast mich angesprochen«, erinnerte sie ihn immer noch lächelnd. Ihr Gesicht wurde ernst. »Das ist so mies, was du machst, Mårten. Du wirst bald Vater, da solltest du dir doch allmählich der Verantwortung bewusst werden, die auf dich zukommt.«

»Du musst es ja wissen«, erwiderte er höhnisch. »Du hängst dir einen Haufen Kids an den Hals und weißt nicht mal, wie du sie durchbringen kannst.«

Dieser Vorwurf war ungeheuerlich und gleichzeitig wahr. Inger ließ sich trotzdem nicht aus der Ruhe bringen. »Ich versuche es wenigstens, Mårten, und es gibt Menschen, die mich wirklich unterstützen.«

Mårten sah aus, als wollte er etwas sagen, dann winkte er jedoch einfach ab und ging.

Die Kinder kamen zu Inger gelaufen und wollten jetzt nach Hause. Nach Mårtens Auftritt verspürte Inger auch keine große Lust mehr, noch länger zu bleiben. Sie gingen durch das weihnachtlich verschneite Dorf zurück.

An der Abzweigung warf Inger einen kurzen Blick nach links, wo Augustas Haus stand. So viel war passiert, seit Per Holmqvist hier aufgetaucht war, dass es ihr so vorkam, als würde sie ihn schon ewig kennen. Dabei waren seither erst ein paar Wochen vergangen.

Inger fragte sich, wie es weiterging, wenn er hier alles geregelt hatte. Wann war dieser Zeitpunkt überhaupt? Wenn er die volle Miete erhalten hatte? Und was hatte er mit Augustas

Haus vor? Kehrte er irgendwann für immer nach Stockholm zurück?

Der Gedanke versetzte ihr einen kurzen, schmerzhaften Stich, und plötzlich wurde ihr klar, sie wollte gar nicht, dass er hier wieder wegging.

Inger, hör auf, ermahnte sie sich selbst. Dieser Mann hatte bisher nichts als Ärger gemacht. Eigentlich müsste es ihr größter Wunsch sein, dass er so schnell wie möglich wieder von hier verschwand und sie ihn nie wiedersah.

Um sich von ihren unsinnigen Gedanken abzulenken, stimmte sie ein Weihnachtslied an. Die Kinder fielen sofort ein, und so kehrten sie singend und lachend zur Villa Pusteblume zurück.

❄

»Wo sind meine Schuhe? Wo ist meine rote Schärpe? Oh Gott, ich habe die ganzen Liedertexte vergessen.«

Seit dem frühen Morgen lief Ronja durchs Haus und scheuchte alle auf.

Inger und Malena behielten die Ruhe. Während Inger für das Frühstück sorgte, suchte Malena alles zusammen, was Ronja für diesen Tag brauchte, und sang gemeinsam mit ihr die Lieder.

Natürlich hatte Ronja keinen der Texte vergessen, sie hatte nur schreckliches Lampenfieber.

»Dürfen wir alle gucken, wenn Ronja mit den anderen durch das Dorf zieht?«, bat Nelly.

»Natürlich gehen wir gucken«, nickte Inger.

»Toll«, freute sich Nelly. »Das macht sie dann nämlich richtig nervös.«

Inger kam nicht mehr dazu, auf Nellys Bemerkung zu reagieren. Ronja kam in die Küche, und sie sah wunderschön aus. Das weiße Kleid umspielte ihre schmale Figur. Ein Band aus roter Seide war um ihre Taille geschlungen. Auf dem Kopf trug sie eine mit Preiselbeerkraut geschmückte Krone mit Kerzen, die aber erst angezündet werden sollten, wenn sie mit ihrem Gefolge durch das Dorf schritt.

Jesper kam jetzt ebenfalls nach unten und pfiff durch die Zähne, als er Ronja sah. »So solltest du immer herumlaufen«, sagte er und wies auf ihren Kopf. »Das Gemüse steht dir echt gut.«

»Idiot!«, fauchte Ronja ihn an.

»Na, na«, ermahnte Jesper sie mit erhobenem Zeigefinger. »So etwas sagt die Heilige Lucia aber nicht.«

»Es wird Zeit«, mahnte Malena.

Inger war schon dabei, den Kleinen in Mäntel und Stiefel zu helfen. Ronja zog ebenfalls einen Mantel über, den sie später in der Schule lassen würde.

»Du wirst heftigst frieren«, prophezeite Jesper auf dem Weg zur Schule.

»Ich friere jetzt schon.« Ronja bibberte.

Die Schule war wunderschön geschmückt. Vor dem Eingang traf Ronja sich mit dem übrigen Gefolge. Die anderen Mädchen trugen ebenfalls weiße Gewänder, allerdings mit Lametta um die Taille und im Haar. Jedes Mädchen trug eine Kerze in der Hand, ebenso wie die Jungen mit den weißen Hemden und den spitzen Sternenhüten.

Inger ging mit den anderen Kindern in die Turnhalle, wo sich alle trafen. Fast das ganze Dorf war anwesend bis auf die Alten, die heute beschenkt werden sollten. Stimmengewirr und lautes Lachen erfüllten den Raum. Es herrschte eine ganz besondere Stimmung. Mit diesem Tag begann ganz offiziell die Weihnachtszeit.

Malena blieb noch bei Ronja, um die Kerzen auf ihrer Krone anzuzünden. Es dauerte ein paar Minuten, bis sie zu Inger und den Kindern kam. Das Licht in der Turnhalle wurde heruntergedimmt, sodass der große Raum nur noch durch Kerzenlicht erhellt wurde.

Langsam wurde es still. Alle schauten erwartungsvoll auf die Tür, und dann erklang das traditionelle Lucia-Lied.

In einer Prozession zogen die Jungen, die Stjärngossar, und die Mädchen, die Tärnor, in die Halle.

Ronja ging vorweg, die Hände vor der Brust gefaltet, die anderen Jungen und Mädchen folgten ihr mit brennenden Kerzen in den Händen.

Der Gesang erfüllte die Halle. So schön, dass es Inger die Tränen in die Augen trieb. Als sie Malena anschaute, sah sie, dass auch deren Augen feucht schimmerten. Sie lächelten sich an, und dann fasste Malena nach Ingers Hand, hielt sie ganz fest.

Der Schuldirektor hielt eine kurze Ansprache über die Lichterkönigin, die heute, am dunkelsten Tag des Jahres, hinausging, um den Menschen das Licht zu bringen und den einsamen, alten und kranken Leuten Freude zu bereiten. Danach wurde die Prozession nach draußen geleitet, während alle das Lied der heiligen Lucia anstimmten.

Weil die Kinder es so gerne wollten, gingen Inger und Malena noch ein Stück mit. Auch andere Eltern folgten mit ihren Kindern bis zu dem ersten Haus, vor dem der Zug Halt machte. Ronja und ihr Gefolge fingen kaum an zu singen, da kam der alte Olaf Andersson aus der Tür. Er strahlte über das ganze Gesicht und schlug begeistert die Hände zusammen, als Ronja ihm die Tüte mit den Süßigkeiten gab.

»Schau mal, unsere Ronja«, flüsterte Malena Inger zu. »Sie hat tatsächlich Tränen in den Augen.«

Ronja schien wirklich gerührt über die Freude des alten Mannes. Inger nickte und spürte ebenfalls einen Kloß in der Kehle. Das Fest verlieh dem dunklen, kalten Wintertag Wärme und Helligkeit.

Als Ronja mit ihrem Gefolge weiterzog, brachten Inger und Malena die Zwillinge zur Schule. Wegen der Feierlichkeiten fing ihr Unterricht heute später an. Danach gingen die beiden Frauen zusammen mit Lotta nach Hause.

Auch wenn der Lucia-Tag kein gesetzlicher Feiertag war, so bestimmte er doch das Geschehen. Der Schultag war kürzer als sonst, und gegen Mittag waren alle Kinder wieder zu Hause.

Ronja schien sich ein bisschen wie die echte Lichterkönigin zu fühlen und war traurig, als alles vorbei war. Immerhin konnte sie noch vor ihren jüngeren Pflegegeschwistern glänzen, weil die alles bis ins kleinste Detail wissen wollten und sie mit Fragen bestürmten, obwohl sie zusammen mit Inger und Malena den Zug fast bis zum Ende begleitet hatten.

»Die alte Greta hat sich vielleicht gefreut«, Ronja kicherte. »Allerdings wollte sie, dass wir sie anschließend mitnehmen und nach Hause bringen.«

Inger hörte besorgt zu und fragte sich, was hinter dem Wunsch der verwirrten alten Dame steckte.

»Warst du auch bei Per?«, fragte Lotta plötzlich.

»Per? Welcher Per?«, fragte Ronja kopfschüttelnd.

»Bei dem Mann, der jetzt in Augustas Haus wohnt.«

»Was sollen wir denn bei dem? Er ist weder alt noch krank. Und arm ist er ganz bestimmt nicht«, fügte Ronja ziemlich abfällig hinzu.

»Aber er ist ein armer, einsamer Mann. Das hast du doch gesagt.«

Inger musste erst nachdenken, aber dann fiel ihr ein, dass sie tatsächlich etwas Ähnliches zu Jesper gesagt hatte.

»Der Mann in der Schule hat doch gesagt, dass die Lucia heute auch allen einsamen Menschen eine Freude bereiten soll, und wir haben genug Lussekatter und Pfefferkuchen, um Per ein paar abzugeben«, meinte Lotta beharrlich.

Ronja und Jesper lachten sie aus. »Von uns bekommt dieser Blödmann nichts«, sagte Jesper.

»Es ist gut, Jesper«, sagte Inger streng. Sie sah, dass sich Lottas Augen bereits mit Tränen füllten, und zog die Kleine an sich.

»Es ist ganz lieb von dir, dass du dir solche Gedanken machst«, sagte sie, »aber Per Holmqvist braucht wirklich keine Süßigkeiten von der Lucia. Mach dir also keine Gedanken, ja?«

Lotta ließ den Kopf hängen, kaute unschlüssig auf ihrer Unterlippe und schien keineswegs überzeugt.

»Er würde sich nicht einmal darüber freuen«, fuhr Inger fort. »Weißt du, er hat lieber seine Ruhe, und es würde ihm nicht gefallen, wenn die Lucia bei ihm auftaucht.«

»Vielleicht ja doch«, beharrte das Mädchen. »Wenn er doch so einsam ist und sich keiner um ihn kümmert.«

Ronja lachte gehässig. »Dann geh du doch zu ihm. Du wirst schon sehen, was du davon hast.«

Lottas Kopf flog hoch. Im gleichen Augenblick sagte Inger: »Jetzt hör endlich auf, Ronja. Ihr solltet euch nicht über Lotta lustig machen, weil sie sich Gedanken um andere Menschen macht. Ich finde das sehr nett und bewundernswert.« Inger zog Lotta noch einmal ganz fest an sich und küsste sie auf die Wange.

Lotta sagte nichts mehr, und als Nelly sie und Nils aufforderte, heilige Lucia zu spielen, folgte sie den beiden sofort nach oben.

❄

Per Holmqvist war in der oberen Etage, als er die Geräusche vor seinem Haus vernahm. Er verhielt sich ganz still und lauschte. Dann hörte er ganz deutlich, wie draußen jemand kicherte.

»Na warte, Bursche, diesmal kriege ich dich«, murmelte er mit einem grimmigen Lächeln.

Leise schlich er auf den Gang, holte aus der Abstellkammer einen Putzeimer und ging ins Bad, wo er ihn mit Wasser füllte. Dann ging er in Augustas Schlafzimmer und von dort aus auf den Balkon, der über dem Eingang lag.

Er hörte ein leises Flüstern, Kichern, und dann klopfte jemand an die Tür.

Per schaute über die Brüstung und kippte gleichzeitig den Inhalt des Eimers aus. »Wasserspielchen liebst du doch …« Er brach ab, als er erkannte, dass es nicht der Junge war, sondern drei kleine Kinder, die äußerst merkwürdig aussahen.

Das kräftige Mädchen hatte sich eine Art Gardine umgehängt und ein rotes Tuch um die Taille gebunden. Auf dem Kopf trug sie eine Krone aus Papier. Die gelben Quadrate mit den aufgeklebten, orangenen Punkten sollten wohl Kerzen in der Krone darstellen.

Der Junge trug über seiner Kleidung einen weißen Kopfkissenbezug, in den Löcher für die Arme geschnitten waren. In seinem Haar steckten Strohsterne in verschiedenen Größen. Er trug einen Korb in der Hand, ebenso wie das dritte Mädchen.

Dieses Mädchen kannte Per Holmqvist.

Lotta trug ebenfalls einen weißen Kopfkissenbezug und Strohsterne im Haar, aber sie hatte die Wasserladung voll erwischt. Sie war klatschnass, alles an ihr tropfte. Ihr Blick war zu ihm nach oben gerichtet und so voller Entsetzen, dass ihm heiß und kalt wurde.

»Es tut mir leid …«

Nelly fasste sich zuerst. »Weg hier«, rief sie.

Nils war schon unterwegs. Er ließ seinen Korb einfach fallen und rannte los. Nur Lotta stand immer noch wie angewurzelt da und starrte zu ihm hoch.

»Los, komm!« Nelly fasste nach ihrer Hand. Da ließ auch Lotta den Korb fallen und rannte mit ihr los.

»Wartet«, rief Per ihnen nach. »Du kannst doch so nass nicht draußen herumlaufen.«

Die Kinder liefen weiter, verschwanden in der Dunkelheit.

»Verdammt, du wirst dir den Tod holen«, flüsterte Per. Er lief nach unten, riss die Tür auf und wollte den Kindern folgen. Doch das Wasser, das er vor ein paar Minuten vom Balkon geschüttet hatte, war inzwischen auf dem Boden gefroren. Per trat darauf, rutschte aus und spürte einen scharfen, ziehenden Schmerz im rechten Fußgelenk.

»Verdammt«, fluchte er laut, »ich bin in meinem ganzen Leben nicht so oft gestürzt wie hier in den letzten zwei Wochen.«

Nur mühsam kam er wieder hoch. Bei jedem Schritt schoss eine Schmerzwelle durch seinen Körper, die ihn laut aufstöhnen ließ. Trotzdem versuchte er noch, die Kinder einzuholen.

Er sah sie erst wieder hinter der Wegbiegung, als sie gerade die Stufen zur Villa Pusteblume hochstiegen.

»Gott sei Dank«, seufzte er erleichtert und machte kehrt.

Der Rückweg wurde zu einer einzigen Qual. Nachdem ihm die Sorge um die Kinder genommen worden war, spürte er erst richtig den Schmerz in seinem Fußgelenk. Es war, als würde das Gelenk bei jedem Schritt stärker anschwellen. Die Zeit, bis er sich durch Schnee und Kälte nach Hause gequält hatte, kam ihm unendlich vor.

Mit letzter Kraft schleppte er sich ins Wohnzimmer und ließ sich aufs Sofa fallen. Er schaffte es kaum, den verletzten Fuß anzuheben, und er stöhnte erneut laut auf, als er sich Schuhe und Strümpfe auszog.

Das Fußgelenk war stark angeschwollen und rot. Per schaffte es jetzt nicht einmal mehr, nach oben ins Bad zu gehen, um das Gelenk mit einem feuchten Tuch zu kühlen. Er blieb einfach auf dem Sofa liegen, zog sich die Decke über den Kopf und schloss die Augen.

»Morgen ist es bestimmt besser«, seufzte er leise.

❄

Inger und Malena starrten erschrocken auf die traurige Prozession, die ins Haus kam.

»Wie seht ihr denn aus?«, rief Malena aus, und Inger sagte gleichzeitig zu Lotta: »Du bist ja klatschnass.«

Lotta begann zu weinen, Nils stammelte hilflos etwas von einem bös-sen Mann. Nur Nelly behielt die Oberhand. Sie stemmte beide Fäuste in die Taille und sagte: »Also, dieser Mann, der in Augustas Haus wohnt, der hat sie ja wohl nicht mehr alle.«

»Ihr wart bei Per Holmqvist?«, fragte Inger entsetzt.

»Ich wollte doch auch so gerne Lucia sein.« Nelly sah sich offensichtlich als Wortführerin. »Und Lotta wollte dem Mann in Augustas Haus Süßigkeiten bringen, weil er einsam ist. Aber der ist nicht einsam, der ist einfach nur böse.«

Auch Ronja und Jesper kamen jetzt dazu. Ronja grinste, als sie die drei Kleinen sah, nur Jesper schaute ziemlich unbehaglich drein.

»Was ist denn genau passiert?«, fragte Inger ungeduldig.

»Also«, setzte Nelly ihre Erzählung ein wenig umständlich

fort. »Wir haben uns unsere Kostüme gemacht, und ich bin eine viel schönere Lucia als du«, wandte sie sich an Ronja.

Ronja tippte sich gegen die Stirn. »Du siehst aus wie eine Witzfigur.«

Nelly legte den Kopf schief. »Du bist ja nur neidisch, weil du genau weißt, dass ich eine bessere Lucia bin als du.«

»Schluss jetzt!«, donnerte Inger dazwischen. »Lotta muss jetzt erst einmal aus den nassen Sachen, und dann will ich genau wissen, was passiert ist.«

»Nicht viel.« Nelly zuckte mit den Schultern. »Wir haben bei dem Mann angeklopft, dann hat er Wasser vom Balkon auf Lotta geschüttet.«

»Ja«, nickte Nils, »und dabei hat er gerufen, das-s is-st ein Was-s-s-sers-spiel.« Das letzte Wort war eine echte Herausforderung für den kleinen Jungen.

»Nein«, verbesserte Nelly. »Er hat gesagt, du liebst doch Wasserspiele.«

»Ich bringe ihn um«, zischte Inger. Ihr Blick fiel auf die bibbernde Lotta. »Aber erst einmal gehst du in die Badewanne.«

»Das erledige ich«, winkte Malena ab und befreite Lotta von dem nassen Kopfkissenbezug. »In der Zwischenzeit kannst du deine Mordgelüste befriedigen.«

Lotta machte große Augen. »Du darfst ihm nichts tun, In-ger.«

Es war unglaublich, aber selbst jetzt nahm das Mädchen diesen Kerl noch in Schutz. Überraschenderweise stimmte Jesper der Kleinen zu.

»Lotta hat recht, Inger«, sagte er.

»Natürlich bringe ich ihn nicht um«, sagte Inger wütend und fügte etwas milder zu Lotta gewandt hinzu: »Mach dir keine Sorgen, Kleines. Ich habe das nur gesagt, weil ich so wütend bin.«

»Es ist meine Schuld«, sagte Jesper da.

Inger fuhr zu ihm herum.

Jesper senkte schuldbewusst den Kopf. »Wir haben Per Holmqvist mit Wasserbomben beschossen. Wahrscheinlich meinte er das mit den Wasserspielchen.« Jesper beichtete jetzt seinen letzten Streich, verschwieg aber auch diesmal die Namen der Freunde, die daran beteiligt waren.

Inger schüttelte fassungslos den Kopf. »Per Holmqvist hat nicht ein Wort darüber verloren.«

»Ja«, nickte Jesper, »und das war das Schlimmste. Jeden Tag habe ich damit gerechnet, dass er dich anruft oder hier auftaucht, aber er hat nichts gemacht. Ich hatte so viel Angst, und das war schlimmer als die schlimmste Strafe.«

Inger spürte, wie ihre Wut langsam verrauchte. Trotzdem fand sie es nicht in Ordnung, dass ein erwachsener Mann kleine Kinder mitten im Winter mit Wasser überschüttete.

Nelly kombinierte inzwischen messerscharf. »Dann hat er uns gar nicht gemeint«, sagte sie. »Er hat bestimmt gedacht, du bist das. Zuerst kam nämlich das Wasser über den Balkon, und dann kam der Kopf von dem Mann. Er hat uns vorher gar nicht gesehen.«

Inger verzichtete nun ganz darauf, zu Per Holmqvist zu gehen und ihm wieder einmal die Meinung zu sagen. Obwohl sie es auch nicht in Ordnung gefunden hätte, wenn Jesper bei diesem Wetter sein Opfer gewesen wäre. Andererseits rechnete sie es ihm an, dass er über Jespers letzten Streich kein Wort verloren hatte. Sie selbst konnte allerdings nicht dazu schweigen.

»Du weißt, was das bedeutet«, sagte sie zu Jesper.

»Länger als lebenslänglich Hausarrest?«

Ronja kicherte, und auch in Jespers Augen funkelte es verdächtig. Inger musste sich selbst Mühe geben, ernst zu bleiben. Aber das musste sie, wenn sie weiterhin von den Kindern ernstgenommen werden wollte.

»Diesmal wirst du dich bei Per Holmqvist entschuldigen«, verlangte sie, ohne auf seine Bemerkung einzugehen.

Jesper schüttelte den Kopf. »Das mache ich nicht.«

»Du hast so lange Hausarrest, bis du dich bei ihm entschuldigt hast.« Damit beendete Inger das Thema und ging ebenfalls nach oben, um nach Lotta zu sehen.

❄

Zwei Tage konnte er kaum einen Schritt gehen. Der Weg ins Bad war mühsam und schmerzvoll, deshalb verzichtete er auf jeden weiteren unnötigen Gang.

Es war ihm noch nie aufgefallen, dass er tatsächlich ein einsamer Mensch war. Niemand schaute nach ihm, es gab keinen Menschen, den er um Hilfe bitten konnte, es sei denn, er bezahlte dafür.

Per hatte in diesen beiden Tagen viel Zeit, über sein Leben nachzudenken, und es gab vieles, was ihm nicht gefiel.

Danach ging es ihm etwas besser. Er hatte zwar immer noch Schmerzen beim Gehen, aber das Gelenk war nicht mehr so stark angeschwollen, und er konnte sich zumindest ein bisschen bewegen.

»Schon seltsam«, wunderte er sich irgendwann einmal, »dass die Verrückte hier nicht aufgetaucht ist, um mir den Kopf abzureißen.«

Er hatte den Gedanken noch nicht zu Ende gebracht, als es an der Tür klopfte.

Per humpelte in die Diele und stellte sich auf die Vorwürfe ein, die gleich auf ihn niederprasseln würden. Er holte tief Luft und riss die Tür auf.

»Ich bin wieder zu Hause.« Eine alte Frau drängte sich an ihm vorbei und ging in die Küche.

Per war so überrascht, dass er ihr zuerst nur hinterherstarrte. Dann schloss er die Tür und folgte ihr.

Die alte Frau hatte den Kühlschrank geöffnet und schaute prüfend hinein. »Viel ist das ja nicht.« Sie schloss die Tür wieder und schaute Per fragend an. »Wohnst du auch hier?«

»… äh … ja.«

»Soll ich uns etwas zu essen machen?«

Er hatte seit zwei Tagen nichts Vernünftiges mehr gegessen, und als Antwort auf ihre Frage begann sein Magen nun laut zu knurren.

»Wer sind Sie?«, wollte Per wissen. Er glaubte, die Frau schon einmal gesehen zu haben, aber ganz sicher war er sich nicht.

»Ich bin Greta«, sagte sie, als erkläre das alles. »Also, was ist jetzt? Hast du Hunger?«

»Ja«, nickte Per und schaute zu, wie die Frau daraufhin erneut den Kühlschrank öffnete. Es gab nur noch ein kleines Stück Schinken, dafür jede Menge Eier und Kartoffeln.

Die Frau arbeitete schnell und schien genau zu wissen, was sie tat. Bald zog der Geruch von gebratenem Speck durch die Küche. Per lief das Wasser im Mund zusammen.

Sie kochte die Kartoffeln, schnitt sie anschließend klein und briet sie zusammen mit dem Speck. Danach machte sie Spiegeleier.

»Du kannst schon mal den Tisch decken«, sagte sie zu Per.

Per gehorchte und wunderte sich immer noch. Waren die Menschen auf dem Land überall so seltsam, oder war dieses Dorf hier ein Sonderfall?

Plötzlich glaubte er zu wissen, was los war. Er begann zu grinsen. Das war wieder einer dieser Streiche. Die Strafe für seine Wasserattacke. Wahrscheinlich war das Essen, das jetzt so verführerisch roch, ungenießbar.

Die Frau stellte die Pfanne auf den großen Holztisch in der Küche und lud erst eine riesige Portion auf Pers Teller, bevor sie sich selbst bediente. Sie setzte sich und begann mit sichtlichem Appetit zu essen. Plötzlich bemerkte sie, dass Per das Besteck nicht einmal in die Hand genommen hatte.

»Schmeckt es dir nicht?«

Per nahm die Gabel und probierte vorsichtig einen kleinen Bissen. Es schmeckte ausgezeichnet. Mit jedem Bissen fühlte er sich ein klein wenig besser.

»Also«, versuchte er es nach einer Weile noch einmal. »Wer sind Sie, und warum sind Sie hier?«

»Ich bin Greta«, leierte die alte Frau herunter. »Ich bin fünfzehn Jahre alt, und ich wohne hier mit meiner Mutter und meinem Vater. Meine Eltern arbeiten für die Ekbergs.«

Die Ekbergs? So lautete der Mädchenname seiner Mutter.

»Sie kennen Kerstin und Augusta?«

»Freilich«, nickte Greta. »Das sind doch die Töchter der Ekbergs. Augusta ist zwei Jahre und Kerstin vier Jahre jünger als ich. Wo sind die Ekbergs überhaupt?« Greta schaute sich um. Misstrauen schlich sich in ihr Gesicht. »Und wer bist du?«

»Ich heiße Per Holmqvist«, stellte Per sich vor. Er verzichtete darauf, genau zu erklären, wer er war. Diese alte Dame, die glaubte, sie wäre erst fünfzehn Jahre alt, war zweifellos verwirrt. Diesmal brauchte er dringend Hilfe, und es fiel ihm nur eine Person ein, an die er sich wenden konnte.

✳

Nelly war allein in der Küche, als das Telefon klingelte. Sie ging an den Apparat und meldete sich mit »Villa Pusteblume, hier ist Nelly!«

»Hallo, hier ist Per Holmqvist.«

Nelly zuckte erschrocken zurück, nahm den Hörer vom Ohr und schaute ihn erschrocken an. Erst als Per Holmqvist mehrmals laut »Hallo« rief, weil er keine Antwort bekam, nahm sie den Hörer zögernd wieder ans Ohr.

»Hallo«, sagte sie kleinlaut.

»Ich würde gerne mit Inger Nyström sprechen.«

»Inger ist nicht da.«

»Dann gib mir bitte Malena Nyström.«

»Die ist auch nicht da.«

Am anderen Ende war es sekundenlang still. Dann bat Per Holmqvist: »Sag Inger Nyström doch bitte, sie soll mich sofort anrufen, wenn sie wieder da ist.«

Nelly sagte nichts.

»Hast du mich verstanden?«

»Ja«, sagte Nelly und legte den Hörer einfach auf. Sie ging zurück an den Küchentisch und setzte sich, den Kopf tief über ihr Heft gebeugt.

Malena kam kurz darauf aus dem Waschkeller nach oben und traf mit Inger zusammen, die nach Lotta geschaut hatte. Die Kleine fieberte ein wenig nach ihrem Auftritt im Gefolge der Nelly-Lucia.

»Hat da nicht gerade das Telefon geklingelt?«, fragte Inger.

Nelly sah nicht auf, als sie kurz und bündig antwortete: »Nö!«

✳

Per Holmqvist wartete bis zum späten Abend vergeblich auf Ingers Rückruf. Schließlich wusste er sich keinen anderen Rat, als sich wieder einmal an den Dorfpolizisten zu wenden.

»Ach, Sie schon wieder«, lautete die wenig begeisterte Antwort des Polizisten, als Per seinen Namen nannte. »Hat Ihnen wieder jemand Fisch ins Haus gebracht, oder wollen Sie sich darüber beschweren, dass es im Winter schneit?«

Per zog es vor, auf diesen ironischen Ton nicht einzugehen. »Hier ist eine alte Frau, die sich Greta nennt und behauptet, hier zu Hause zu sein.«

»Greta Forsberg?«, stieß der Polizist hervor.

»Keine Ahnung«, erwiderte Per. »Sie hat sich nur als Greta vorgestellt und schläft jetzt oben im Bett meiner Tante.«

»Seit wann ist sie bei Ihnen?«, wollte Yngve Löfgren wissen.

»Sie kam irgendwann in der Mittagszeit, hat Essen gekocht und …«

»Sie ist seit dem Mittag bei Ihnen?«, fiel Yngve ihm aufgebracht ins Wort. »Ihre Tochter sucht überall nach ihr und macht sich die größten Sorgen. Warum haben Sie sich nicht schon früher gemeldet?«

Ja, das wäre auch eine Lösung gewesen. Per verzichtete darauf, dem Polizisten zu erklären, dass er bis eben auf Ingers Anruf gewartet hatte. Außerdem hatte die alte Dame ihn nicht gestört. Nach dem Essen hatte sie ihm befohlen, die Küche in Ordnung zu bringen, und jeden seiner Handgriffe kritisch beobachtet. Danach nahm sie im Wohnzimmer am Fenster zum See Platz, blieb da den ganzen Tag sitzen und schaute mit einem feinen Lächeln auf den Lippen nach draußen.

»Ich bin so glücklich, dass ich endlich wieder zu Hause bin«, murmelte sie hin und wieder.

Asta war eine halbe Stunde nach seinem Anruf bei Yngve

bei ihm. Sie entschuldigte sich vielmals und wollte ihre Mutter sofort mitnehmen, doch Per schüttelte den Kopf. »Sie hat sich so darüber gefreut, dass sie in dem großen Balkonzimmer schlafen darf.«

Per verschwieg, dass er selbst bisher kaum einen Fuß in Augustas Schlafzimmer gesetzt hatte.

»Lassen Sie Ihre Mutter schlafen. Sie können sie doch auch morgen abholen.« Per lächelte. »Sie hat immer wieder gesagt, wie glücklich sie wäre, endlich wieder zu Hause zu sein.«

»Sie spricht immer davon, dass sie nach Hause will«, rief Asta entgeistert aus. »Ich habe nie verstanden, was sie damit meinte. Ihr Zuhause ist doch bei uns. Bei meinem Mann, bei mir und den Kindern. Aber es stimmt, meine Mutter hat als Kind und junges Mädchen hier gelebt.«

»Sie scheint …« Per zögerte und fügte dann vorsichtig hinzu, »… verwirrt zu sein. Sie glaubt, sie wäre fünfzehn Jahre alt und ihre Eltern würden hier noch arbeiten.«

»Sie bringt immer öfter Vergangenheit und Gegenwart durcheinander oder vermischt beides. Ich mache mir große Sorgen um sie«, sagte Asta bedrückt.

Per lächelte. »Wenn Ihre Mutter in Zukunft das Bedürfnis verspürt, nach Hause zu gehen, bringen Sie sie einfach hierher. Sie stört mich nicht.«

Asta starrte ihn an. »Ich weiß gar nicht, wie ich Ihnen danken soll.«

»Überhaupt nicht«, schüttelte Per den Kopf. »Ich habe die Anwesenheit Ihrer Mutter sehr genossen, und besser kochen als ich kann sie auch.«

❅

»Das ist die Lichtmaschine.« Viljam schüttelte den Kopf. »Das wird nichts mehr, Inger.«

»Aber ich dachte, es ist die Batterie?« Inger wollte es nicht wahrhaben. Die Sache mit der Batterie hatte sie raus. Einfach über Nacht das Ladegerät anschließen, und Frida war am nächsten Tag wieder einsatzbereit. Aber Lichtmaschine klang ziemlich teuer.

»Du solltest keine allzu langen Strecken mehr fahren«, warnte Viljam. »Es besteht die Gefahr, dass Frida unterwegs stehen bleibt.«

»Auch das noch«, stöhnte Inger. »Lotta ist krank. Ich muss mit ihr zum Kinderarzt.«

»Wir haben schon gehört, was dieser Holmqvist diesmal getan hat«, sagte Viljam finster. »Jetzt glaubt er, er könnte die Sache ungeschehen machen, nur weil er einmal nett zu Greta war. Aber der wickelt die anderen Dorfbewohner nicht um den Finger, wie er das mit Asta geschafft hat.«

Greta? Asta? Inger hatte keine Ahnung, wovon Viljam überhaupt sprach. Sie hatte auch keine Zeit mehr, sich danach zu erkundigen. Lotta hatte schon seit dem Morgen Fieber, sie hustete und klagte über Atemnot.

Viljam wollte sie nicht mit dem Kind fahren lassen. »Das fehlt noch, dass dein Wagen unterwegs stehen bleibt und du mit der Kleinen irgendwo draußen in der Kälte bist. Märta kann für ein paar Stunden alleine im Laden bleiben, ich fahre dich.«

»Ach, Viljam!« Inger umarmte den Ladenbesitzer. »Ich bin dir so dankbar.«

Inger packte Lotta gut ein, bevor sie losfuhren. Die Kleine sah schlecht aus, aber am meisten Sorge machte Inger die Atemnot des Mädchens. Der Atem ging schwer und pfeifend. Ihr Brustkorb hob sich mühsam.

Der Kinderarzt in der Notfallzentrale bestätigte kurz darauf, dass ihre Sorge nicht unbegründet war. Er wies Lotta mit Verdacht auf Lungenentzündung ins Krankenhaus in Mora ein. Das *Mora lasarett* war auf Akutfälle eingerichtet.

Viljam fuhr die beiden, und jetzt war Inger erst recht froh, nicht allein zu sein. Lotta weinte leise vor sich hin. Sie hatte Angst und wollte nicht ins Krankenhaus.

»Es wird alles wieder gut.« Inger saß mit der Kleinen auf dem Rücksitz und drückte sie ganz fest an sich. Sie hatte Mühe, nicht selbst in Tränen auszubrechen.

Die Atmosphäre im Krankenhaus wirkte auf das Kind anfangs erst recht einschüchternd, bis sich eine sehr nette Ärztin und eine Krankenschwester um das Kind kümmerten. Außerdem blieb Inger die ganze Zeit an ihrer Seite.

Lotta wurde geröntgt. Danach zeigte die Ärztin Inger auf dem Röntgenbild, dass es einige entzündliche Prozesse in Lottas Lunge gab.

»Nichts Schlimmes«, fügte die Ärztin beruhigend hinzu. »Es ist noch keine richtige Lungenentzündung, und um zu verhindern, dass eine daraus wird, würde ich Lotta gerne für zwei bis drei Tage hierbehalten.«

Lotta warf sich in Ingers Arme. »Ich will nicht hierbleiben.«

Britta, die junge Krankenschwester, ging neben Lotta in die Hocke. »Du musst keine Angst haben. Ich verspreche dir, dass ich ganz viel bei dir bin, wenn Inger nicht da ist. Außerdem bist du zusammen mit einem Mädchen in einem Zimmer, dass anfangs genauso viel Angst hatte wie du. Komm gleich mal mit, dann lernst du Lisbet kennen.«

Lotta klammerte sich noch fester an Inger.

»Inger kommt natürlich mit«, lächelte die nette Krankenschwester.

Endlich ließ Lotta sich dazu bewegen, mit in das Zimmer zu gehen. Lisbet lag in ihrem Bett, spielte mit ihrer Puppe und schaute neugierig auf, als sie ins Zimmer kamen.

»Lisbet, das ist Lotta, und sie hat ganz schreckliche Angst vor dem Krankenhaus«, sagte Schwester Britta.

Lisbet sprang aus dem Bett und kam auf Lotta zu. »Das musst du nicht«, sagte sie. »Hier sind alle ganz nett, und die machen dich schnell wieder gesund.«

Lotta hatte sich hinter Inger versteckt, lugte aber vorsichtig hervor. Britta und Inger blieben mit den beiden Mädchen zusammen im Zimmer. Nach einer halben Stunde war das Eis gebrochen, und Lotta war bereit, erst einmal im Krankenhaus zu bleiben. Inger versprach ihr, zu Hause ein paar Sachen zu holen und dann sofort wieder zu ihr zurückzukommen.

Viljam hatte in der Eingangshalle des Krankenhauses auf sie gewartet. Besorgt kam er ihr entgegen und war erst beruhigt, als Inger ihm erklärte, dass Lotta nur ein paar Tage zur Beobachtung bleiben musste. Die Ärztin hatte sogar durchblicken lassen, dass sie das Kind am Sonntag schon nach Hause holen konnten, wenn die Medikamente bis dahin gut anschlugen. Am Sonntag war der vierte Advent.

Viljam und Inger hingen auf der Rückfahrt ihren Gedanken nach, bis Viljam schließlich sagte: »An allem ist nur dieser Per Holmqvist schuld.«

Inger war zu müde und zu erschöpft, um mit Viljam darüber zu diskutieren und ihm den ganzen Verlauf der Geschichte zu erzählen.

»Es ist nicht alles seine Schuld«, sagte sie leise, »obwohl er uns das Leben bisher ganz schön schwer gemacht hat.«

»Ich wünschte, er würde endlich aus dem Dorf verschwinden«, stieß Viljam hervor. »Er passt einfach nicht zu uns.«

Inger lehnte den Kopf gegen die Rücklehne und wollte nur

für einen Moment die Augen schließen. Als sie sie wieder öffnete, hielt Viljam gerade vor der Villa Pusteblume an.

Inger bedankte sich noch einmal bei ihm und bot ihm einen Kaffee an. Viljam lehnte ab, weil er Märta nicht länger im Laden allein lassen wollte, und verabschiedete sich von ihr.

Inger ging ins Haus, erstattete Malena Bericht und ging dann nach oben, um eine Tasche für Lotta zu packen. Vorsichtshalber steckte sie auch gleich ihre eigene Zahnbürste ein. Schwester Britta hatte ihr zugesichert, dass sie über Nacht bleiben könnte, wenn Lotta anders nicht zum Bleiben zu bewegen war.

Als Nelly erfuhr, dass Lotta im Krankenhaus war, begann sie schrecklich zu weinen. Erschrocken zog Inger sie an sich.

»Es ist alles gut, Nelly. Lotta kommt schon bald wieder nach Hause.«

»Und wenn sie stirbt?«, schluchzte Nelly.

Inger strich dem Mädchen über die tränenfeuchte Wange. »Warum sollte Lotta denn sterben? So schlimm krank ist sie nicht.«

»Ich habe mir gewünscht, dass sie stirbt und einfach hier weg ist«, weinte Nelly und war kaum noch zu beruhigen. »Ich habe sie auch gesehen, als sie aus dem Haus gegangen ist, und habe extra nichts gesagt, damit du sie nicht findest. Aber jetzt will ich nicht mehr, dass Lotta weg ist. Ich hab sie doch lieb, und ich sag nie mehr etwas, wenn sie mal ganz allein mit Nils spielt.«

Inger drückte das Mädchen ganz fest an sich. »Das ist doch die Hauptsache, dass du die Lotta jetzt lieb hast. Mach dir keine Sorgen, Lotta kommt ganz bestimmt bald wieder.«

Nelly bog den Kopf ein bisschen zurück. »Und du bist nicht böse, weil ich mir so schlimme Sachen gewünscht und dir nicht gesagt habe, dass Lotta in Hausschuhen und mit ohne Mantel aus dem Haus gegangen ist?«

Mit ohne Mantel? Inger bemühte sich, nicht zu lachen. Sie strich eine Haarsträhne aus der erhitzten Stirn des Mädchens und schüttelte lächelnd den Kopf. »Alles vergeben und vergessen.«

Nelly senkte die Stimme zu einem Flüstern. »Sagst du Lotta auch nichts?«

Inger legte den Zeigefinger über ihre Lippen und versprach dann: »Wir erzählen es niemandem. Es bleibt unser großes Geheimnis.«

Es schien Nelly zu gefallen, dass sie nun mit Inger ein Geheimnis hatte, und sie war erleichtert. Sie half Inger sogar, Lottas Sachen einzupacken, und gab ihr ihren eigenen Teddybären mit.

»Den mag Lotta so gerne. Vielleicht freut sie sich darüber und wird noch ein bisschen schneller gesund.«

Nachdem sie alles eingepackt hatte, trank Inger in der Küche noch einen Kaffee mit ihrer Schwester. Danach machte sie sich mit Frida auf den Weg ins Krankenhaus.

Viljam war immer noch wütend, als er in den Laden kam. Ausgerechnet Asta war gerade da und sang mal wieder ihr Loblied auf Per Holmqvist. Wie nett er sei, und wie lieb er mit ihrer Mutter umginge. Wie erleichtert sie sei, weil sie endlich wisse, in welches Zuhause es ihre arme, verwirrte Mutter zog, und wie großzügig Per Holmqvist war, weil er es Greta gestattete, immer in sein Haus zu kommen, wenn sie es wollte.

»Ich sag dir mal was über diesen Per Holmqvist.« Viljam fuchtelte wütend mit der Faust in der Luft herum. »Er hat die kleine, ängstliche Lotta aus dem Kinderheim mit kaltem Wasser übergossen und sie anschließend klatschnass von Augustas Haus zurück nach Hause gehen lassen. Jetzt liegt das arme Kind mit einer schweren Lungenentzündung in Mora im Krankenhaus. Wenn der Kleinen etwas passiert, dann ist daran ganz allein dieser Per Holmqvist schuld.«

Asta starrte ihn geschockt an. »Das glaube ich nicht.«

»Frag Inger, wenn du mir nicht glaubst«, regte Viljam sich weiter auf. »Die habe ich nämlich eben mit Lotta ins Krankenhaus gebracht.«

Asta schaute ihn immer noch zweifelnd an. Sie konnte oder wollte sich einfach nicht vorstellen, dass ein Mann wie Per Holmqvist zu so einer Tat fähig war. Aber es waren noch andere Frauen im Laden, die gespannt zuhörten, und so verbreitete sich innerhalb kürzester Zeit die Geschichte von der armen kleinen Lotta im Dorf. Jeder bauschte die Ereignisse, die Viljam schon sehr dramatisiert wiedergegeben hatte, noch ein bisschen auf, bis es schließlich hieß, das kleine Mädchen schwebe in Lebensgefahr. So kam die Geschichte zuletzt auch bei Per Holmqvist an.

Inger war ganz zufrieden, als sie ins Krankenhaus kam. Lotta ging es dank der Medikamente bereits ein bisschen besser. Lisbet, die Ende der Woche entlassen werden sollte, saß bei Lotta auf dem Bett und spielte mit ihr.

Inger blieb noch eine halbe Stunde bei den Mädchen, dann verabschiedete sie sich und war erleichtert, weil Lotta das ziemlich gelassen hinnahm. Inger hatte ihr das Weihnachtswichtelbilderbuch mitgebracht, und die beiden Mädchen blätterten darin herum.

Es dämmerte bereits, als Inger sich auf den Heimweg machte. Auf dem Hinweg hatte es keine Probleme mit Frida gegeben. Die Batterie war zum Glück frisch aufgeladen.

Hinter Rättvik aber ging es los. Der Wagen ruckelte, und der Motor ging aus. Einfach so. Zum Glück rollte Frida noch weiter, und Inger steuerte sie durch die festgefahrene Schneedecke an den Straßenrand. Sie spürte, wie die Reifen hier in den tiefen Schnee einsanken.

»Hoffentlich komme ich hier jemals wieder raus.«

Immerhin gab Frida Geräusche von sich, als sie den Zündschlüssel umdrehte. Ein ungemütliches, orgelndes Geräusch, das kurz darauf wieder erstarb.

»Bitte, Frida, sei lieb.«

Es war, als hätte das Auto ihr Flehen erhört. Es sprang beim nächsten Versuch sofort an. Inger gelang es sogar, den Wagen wieder auf die Straße zu lenken.

Frida ruckelte noch einige Male, aber bis hinter Tällberg ging alles gut. Und dann hatte Frida einfach keine Lust mehr. Der Motor ging auf der Landstraße einfach aus, und auch diesmal konnte Inger den ausrollenden Wagen noch bis an den Straßenrand lenken. Das war aber auch alles. Frida ließ sich durch nichts mehr bewegen, wieder anzuspringen.

»Du bekommst eine Extraportion Motoröl«, versprach Inger, aber Frida schwieg.

»Jetzt stell dich nicht so an«, versuchte Inger es noch einmal. »Entweder fährst du jetzt sofort los, oder du kommst in die Schrottpresse.«

Frida gab keinen Ton von sich. Es war kalt, und es begann wieder zu schneien.

❊

Bevor er ins Krankenhaus fuhr, steuerte Per einen Spielzeugladen an und kaufte die schönste und teuerste Puppe, die er bekam.

Am Empfang wurde ihm gesagt, wo Lotta lag, aber auf der Station wurde er von einer misstrauischen Krankenschwester aufgehalten.

Per erklärte, dass er aus dem Dorf kam, in dem auch Lotta wohnte, und dass er sich nur nach dem Gesundheitszustand des kleinen Mädchens erkundigen wollte. Er wirkte so besorgt, dass Schwester Britta ihm schließlich glaubte. Zu Lotta lassen wollte sie ihn allerdings nicht, und über den Gesundheitszustand durfte sie ihn auch nicht informieren.

Immerhin brachte Per aus ihr heraus, dass das kleine Mädchen nicht in Lebensgefahr schwebte, und so konnte er sich ein bisschen beruhigter auf den Heimweg machen.

Er kam zügig voran, bis hinter Tällberg. Dort begann es zu schneien. Er schaltete die Scheibenwischer ein und sah erst im letzten Moment den Wagen rechts am Straßenrand.

❄

Inger wusste nicht, was sie tun sollte. »Jetzt mach schon, Frida«, feuerte sie ihren Wagen noch einmal an und drehte den Zündschlüssel herum.

Frida schwieg.

»Na gut, dann gehe ich eben zu Fuß«, schimpfte Inger. Sie dachte mit Schrecken an den Weg, der vor ihr lag, und war sich bewusst, dass es nicht ganz ungefährlich war, bei dieser Kälte und dem zunehmenden Schneetreiben eine Landstraße entlangzulaufen.

Ausgerechnet jetzt fielen ihr natürlich auch die vielen Berichte ein, die sie im Winter in der Zeitung gelesen hatte.

Von einsamen Fußgängern, die in der Kälte und im dichten Schneetreiben die Orientierung verloren hatten und wenige Meter vor der eigenen Haustür erfroren waren.

Erfrieren würde sie aber auch, wenn sie lange genug im Auto sitzen blieb. Mit dem Motor funktionierte auch die Heizung nicht mehr, und das Wageninnere kühlte ziemlich schnell aus.

Wenn wenigstens ein anderes Auto kommen würde, aber seit sie hier stand, war noch kein Fahrzeug vorbeigefahren.

Inger hielt es nicht länger untätig aus. Sie verließ den Wagen, überzeugte sich davon, dass er keine Gefahr für nachfolgende Fahrzeuge darstellte, und ging los.

Zuerst schien es gar nicht so schlimm. Die Bewegung vertrieb die Kälte ein bisschen, und ihr wurde zunehmend warm unter der dicken Winterkleidung. Nach einer Weile aber gewann die Kälte die Oberhand. Ihre Füße schmerzten, der Schnee peitschte ihr in das ungeschützte Gesicht, und jeder einzelne Schritt wurde zur Qual. Am liebsten hätte sie sich einfach auf den Boden gesetzt, um ein paar Minuten auszuruhen.

Inger wusste, dass genau da die Gefahr lag, und ging tapfer weiter.

An allem war nur Per Holmqvist schuld! Sie wusste, dass es sich nicht so verhielt, aber sie steigerte sich richtig in ihre Wut hinein. Weil es ihr half, durchzuhalten, weil es sie vorantrieb. Und dann tauchte plötzlich der große, dunkle Geländewagen neben ihr auf. Einfach so, wie aus dem Nichts.

Inger hatte ihn nicht gehört, weil sie den Kragen ihres Mantels hochgeklappt hatte. Sie zuckte erschrocken zusammen, als er neben ihr anhielt, warf einen kurzen Blick auf den Wagen und ging stur weiter, als sie erkannte, wer darin saß. Kein Gedanke daran, dass dies ihre Rettung war. Sie hatte sich so in ihre Wut hineingesteigert, dass Per Holmqvist der Letzte war, den sie jetzt sehen wollte.

Sie ging schneller, rechnete damit, dass der Wagen sie gleich wieder einholte, aber dann war Per selbst plötzlich neben ihr. Er war aus seinem Wagen gestiegen und hielt sie an der Schulter fest.

Inger fuhr herum. Ihre Augen funkelten. »Lassen Sie mich in Ruhe«, fauchte sie ihn an.

»Schon gut!« Er hob abwehrend beide Hände. »Ist das Ihr Wagen, der da hinten am Straßenrand steht?«

»Und wenn schon«, fuhr Inger ihn an und wusste gleichzeitig, wie unvernünftig sie sich gerade benahm.

»Kommen Sie, ich bringe Sie nach Hause«, sagte er ruhig.

»Ich brauche Ihre Hilfe nicht«, schrie Inger ihn an. »Es ist doch alles Ihre Schuld. Wegen Ihnen liegt Lotta im Krankenhaus, wegen Ihnen verlieren wir unser Zuhause …« Inger war am Ende ihrer Kraft. Sie brach in Tränen aus.

Plötzlich war er da und nahm sie in die Arme. Seine Hände hielten sie ganz fest, streichelten über ihren Rücken.

Es war schön, sie fühlte sich mit einem Mal sicher und geborgen, doch dann machte er einen großen Fehler.

»Jetzt stellen Sie sich doch nicht so an«, sagte er dicht an ihrem Ohr.

Inger stieß ihn mit aller Kraft von sich. Er taumelte rückwärts und fiel in den Schnee.

Inger drehte sich einfach um und ging. Weit kam sie jedoch nicht. Plötzlich war er wieder neben ihr und riss sie an der Schulter herum.

»Du verdammte Kratzbürste«, brüllte er sie an. »Kannst du dich nicht ein Mal wie ein normaler Mensch benehmen?«

»Das sagst ausgerechnet du mir«, brüllte Inger zurück und registrierte ebenso wenig wie er selbst, dass sie sich plötzlich

244

duzten. »Du bist doch emotional völlig gestört. Deine Mitmenschen interessieren dich überhaupt nicht. Ich frage mich, ob du überhaupt zu irgendwelchen Gefühlsregungen fähig bist.«

Er starrte sie an, sie funkelte zurück, und plötzlich lag sie wieder in seinen Armen. Sie spürte seine Lippen hart auf ihrem Mund, und eigentlich wäre genau das der Zeitpunkt gewesen, ihn erneut zurückzustoßen und ihm eine schallende Ohrfeige zu verpassen.

Stattdessen schlang Inger ihre Arme um seinen Hals und erwiderte seinen Kuss. Sie schloss die Augen, ließ sich treiben und wusste mit einem Mal, genau das hatte sie sich die ganze Zeit gewünscht. Dieser Mann brachte eine Saite in ihr zum Klingen, die ihr bisher fremd gewesen war.

Als er sie losließ, taumelte sie einen Moment und musste sich an ihm festhalten. Er schaute sie mit einem Blick an, den sie nicht deuten konnte.

»Wir fahren jetzt nach Hause«, bestimmte er. Seine Stimme klang so, wie sie sich fühlte. Er hatte selbst noch Probleme, mit der völlig veränderten Situation umzugehen.

Inger wollte erneut auffahren, ihm sagen, dass sie von ihm keine Befehle entgegennahm, doch Per kam ihr zuvor. Er legte einen Finger auf ihre Lippen.

»Du hältst jetzt besser den Mund«, sagte er leise und fast schon bittend.

Per setzte sie vor der Villa Pusteblume ab. Er nahm sie nicht mehr in den Arm, schaute sie nicht einmal mehr an, als er sich von ihr verabschiedete.

»Auf Wiedersehen.«

Inger fragte sich, ob sie sich das alles nur eingebildet hatte. Die Umarmung, den Kuss.

Auf der ganzen Fahrt hatte er kein Wort mehr mit ihr gesprochen, und sie selbst hatte nicht gewusst, was sie sagen sollte. So schwiegen sie beide, und während er mit versteinerter Miene den Wagen steuerte, schaute sie aus dem Beifahrerfenster hinaus auf die verschneite Landschaft.

Nach seiner kühlen Verabschiedung sprang Inger aus dem Wagen. Wortlos und ziemlich heftig schlug sie die Tür hinter sich zu und stolzierte davon. Als sie den Motor seines Wagens aufheulen hörte, konnte sie nicht anders. Sie wandte den Kopf, konnte sein Gesicht hinter der Scheibe aber nicht mehr sehen. Allerdings erkannte sie, dass er ihr nicht nachschaute. Sein Blick war starr nach vorn gerichtet.

Inger straffte die Schultern und ging ins Haus. Am liebsten hätte sie geweint, aber sie musste stark sein. Wegen der Kinder, wegen Malena.

Inger hoffte, dass ihr niemand etwas anmerken würde, aber allzu sehr musste sie sich nicht verstellen. Während ihrer Abwesenheit war etwas passiert, was vor allem Malenas Aufmerksamkeit so sehr beanspruchte, dass sie Ingers Verstörtheit nicht bemerkte.

Malena saß in der Küche, aber sie war nicht allein. Anna saß bei ihr am Küchentisch und presste sich ein tränennasses Taschentuch gegen die Augen. Sie erhob sich schwerfällig, als Inger in die Küche kam. Auch Malena stand auf.

»Ich habe mich von Mårten getrennt«, schluchzte Anna. »Ich habe es einfach nicht mehr ausgehalten, aber dann wusste ich nicht, wo ich hinsollte.«

Inger ging zu dem weinenden Mädchen und umarmte es. »Das hast du genau richtig gemacht. Du kannst natürlich erst einmal bei uns bleiben.«

»Das habe ich ihr auch schon gesagt«, nickte Malena.

»Ich habe aber kein Geld, ich habe nicht einmal meine Sachen.« Anna schluchzte wieder auf. »Als ich Mårten sagte, dass ich mich von ihm trennen würde, konnte ich nicht einmal meine Kleider in meine Reisetasche packen. Er hat mich so vor die Tür gesetzt.«

»Mårten ist ein Schwein«, stieß Malena hervor.

»Wir bekommen deine Sachen schon«, sagte Inger. Sie verdrängte ihren eigenen Kummer und wandte sich jetzt praktischen Dingen zu. Zuerst informierte sie Malena über ihren Besuch bei Lotta. Auch Anna hörte interessiert zu, und es stellte sich heraus, dass sie einmal eine Ausbildung zur Kinderkrankenschwester begonnen hatte. Als sie Mårten kennenlernte, überzeugte der sie davon, dass es für sie beide sinnvoller wäre, wenn sie ihre Ausbildung abbrechen und die Büroarbeiten in seiner Werkstatt übernehmen würde.

»Für ihn war es bestimmt sinnvoller«, murmelte Malena. »So hat er eine billige Arbeitskraft bekommen, die ihm auch noch anderweitig gefällig war.« Ihr Blick fiel auf Annas dicken Bauch.

»Malena!«, mahnte Inger sanft.

»Sie hat ja recht.« Anna strich über ihren Bauch. »Ich war so verliebt in ihn, dass ich alles für ihn getan hätte.«

»Und jetzt?«, fragte Inger.

»Er tut mir nur noch leid«, sagte Anna. »Ich kann ihn nicht einmal hassen, weil ich weiß, dass Menschen wie er niemals glücklich werden können. Ich glaube, er ist überhaupt nicht dazu fähig, einen anderen Menschen zu lieben.«

Was für eine weise Einsicht für ein so junges Mädchen, dachte Inger bewundernd. Sie musste aber auch an Per Holmqvist denken. Gehörte er auch zu den Menschen, die andere nicht lieben konnten? Auch wenn er ganz anders war als Mårten?

»Ich hätte mich nie auf ihn einlassen sollen«, schloss Anna unglücklich und erzählte, dass sie es einfach schön gefunden hatte, dass es da einen Menschen in ihrem Leben gab, der sie aufrichtig zu lieben schien. Ihr Vater war erst kurz zuvor gestorben, ihre Mutter lebte schon lange nicht mehr, und Anna hatte keine Geschwister. Sie hatte sich schrecklich einsam und verlassen gefühlt, als Mårten in ihr Leben trat.

»Am meisten bedaure ich, dass ich meine Ausbildung abgebrochen habe. Ich liebe Kinder so sehr.« Wieder strich sie über ihren Bauch. »Ich würde mich so gerne auf mein Baby freuen, aber ich weiß einfach nicht, wie es weitergehen soll.«

Bevor das Mädchen wieder in Tränen ausbrach, sagte Inger schnell: »Das wird sich alles finden. Außerdem muss Mårten für das Kind Unterhalt zahlen, und es gibt auch eine ganze Menge anderer Möglichkeiten für dich. Du bleibst jetzt erst einmal hier, und wir werden in nächster Zeit in aller Ruhe herausfinden, was für dich und das Baby am besten ist. Hör auf, dir Gedanken zu machen. Das ist nicht gut für dich und noch weniger für das Baby.« Inger legte ihre Hand auf Annas Hand, die immer noch über den Bauch strich. »Das Baby sollte spüren, dass es willkommen ist.«

Anna lächelte unter Tränen und nickte. »Ich bin froh, dass ich euch kennengelernt habe.«

Als es Abendessen gab, bestand Anna darauf, zu helfen und den Tisch zu decken. Als Inger und Malena nichts davon wissen wollten, sagte sie energisch: »Bei Mårten habe ich viel härter anpacken müssen, ich bin zäher, als ich aussehe.«

Die Kinder akzeptierten Anna sofort. Nils schielte auf ih-

248

ren Bauch und wollte dann wissen: »Warum bis-st du s-so dick?«

»Weil ich ein Baby bekomme«, erklärte Anna freundlich.

»Is-st das-s da drin?«, wollte Nils wissen und zeigte mit dem Finger auf ihren Bauch.

Anna nickte.

»Und wie kommt das-s da raus-s?«, wollte Nils wissen.

Inger registrierte, dass die Kinder unterschiedlich reagierten. Ronja war gelangweilt. Sie hatte das Thema längst in der Schule gehabt. Jesper ebenso, und er wirkte eher peinlich berührt. Nelly hingegen war ebenso gespannt auf Annas Erklärung wie Nils.

Anna nahm die Frage ganz gelassen, und es gelang ihr, es sehr kindgerecht zu erklären, sodass Nils und Nelly den Vorgang der Geburt sofort verstanden. Nils war aber immer noch nicht ganz zufrieden. Nachdenklich kratzte er sich am Kinn, starrte immer noch auf Annas Bauch und wollte dann wissen: »Aber wie is-st das-s Baby überhaupt da reingekommen?«

»Das war ein schöner Abend«, sagte Anna später. Ihr Gesicht war leicht gerötet, ihre Augen glänzten. Es war ihr anzusehen, dass sie sich wohl fühlte.

»Dank dir sind unsere Kleinen auch endlich aufgeklärt«, schmunzelte Inger. Anna wirkte erschrocken. »Oje, ich wollte euch da nicht vorgreifen.«

Inger schüttelte den Kopf. »Du hast das sehr gut und richtig gemacht«, sagte sie. »Wir versuchen, den Fragen der Kinder nie auszuweichen und alles möglichst so zu erklären, dass sie es verstehen. Ich gebe ehrlich zu, so gut wie du hätte ich das nicht gekonnt.«

»Der Umgang mit den Kindern macht mir Spaß.« Anna zögerte einen Moment, dann fragte sie vorsichtig: »Könnte ich nicht für euch arbeiten? Hier, mit den Kindern.«

Inger und Malena warfen sich einen Blick zu, dann schüttelte Inger bedauernd den Kopf. »Ich würde dich wahnsinnig gerne und sofort einstellen, Anna. Es gefällt mir, wie du mit den Kindern umgehst. Aber leider können wir uns keine Hilfskraft leisten. Wir kommen so schon kaum über die Runden.«

»Ich will gar kein Geld«, sagte Anna eifrig. »Mir würde es reichen, wenn ich mit meinem Baby einfach nur hierbleiben kann.«

»Ich habe ja gesagt, dass du erst einmal hierbleiben kannst«, sagte Inger freundlich, aber sehr bestimmt. »Aber wenn ich dich nicht bezahlen kann, werde ich dich auch nicht beschäftigen.«

»Schade«, sagte Anna. »Das wäre so eine gute Lösung.« Malena sagte kein Wort. Sie stand auf und ging hinaus.

❄

Lotta durfte tatsächlich am Sonntag wieder nach Hause, und Inger konnte sie persönlich abholen. Dank Viljam und einigen anderen Dorfbewohnern lief Frida wieder problemlos.

Viljam kannte einen Automechaniker in Tällberg, der ihm noch etwas schuldete. Zusammen mit anderen Dorfbewohnern sammelte er das Geld für eine neue Lichtmaschine, und Viljams Bekannter baute sie nicht nur ein, sondern unterzog Frida auch noch einer kompletten und vor allem kostenlosen Inspektion.

Außerdem bekam Inger den Scheck einer gemeinnützigen

Institution, die jedes Jahr Spenden vergab und sich in diesem Jahr für die Villa Pusteblume entschieden hatte. Jetzt konnte sie die restlichen Mietrückstände ausgleichen und hatte genug Geld für die nächsten Mieten. Es durfte nur nichts Schlimmes mehr passieren.

Die Kinder liebten Anna inzwischen und hingen so sehr an ihr, dass Inger überlegte, ob sie das Mädchen nicht doch einstellen sollte. Sie sprach mit Malena darüber.

»Wenn es nicht am Geld scheitern würde«, sagte Malena gedehnt. »Es wäre so toll, wenn sie bleiben könnte.«

»Arbeit hätten wir genug«, sagte Inger nachdenklich, verschob die Entscheidung aber auf das kommende Jahr.

Malena schien enttäuscht. Sie sagte aber nichts, sondern nickte nur.

Von Per Holmqvist hatte Inger nichts mehr gehört. Ein paarmal überlegte sie, ob sie einfach zu ihm gehen sollte. Es tat weh, dass er sich nicht mehr bei ihr meldete, und nachts träumte sie von seinem Kuss.

Inger machte sich nichts vor. Sie hatte sich in diesen Mann verliebt. In diesen eiskalten Egozentriker, der hin und wieder gezeigt hatte, dass doch so etwas wie Gefühl in ihm steckte. Wahrscheinlich war sie schon sehr viel länger in ihn verliebt, als sie wahrhaben wollte.

Der vierte Advent verlief ebenso turbulent wie die Sonntage vorher. Mårten tauchte plötzlich auf. Das Frühstück war gerade vorbei, und die Kinder waren zum Spielen nach oben gegangen. Zum Glück, so bekamen sie die hässliche Szene nicht mit.

»Komm nach Hause«, forderte Mårten brüsk.

Anna trat einen Schritt zurück. Sie atmete schwer, schüttelte aber den Kopf.

»Ich kann nicht mehr mit dir zusammenleben, Mårten.

Du hast alles kaputt gemacht, was ich je für dich empfunden habe.«

»Du hältst jetzt deinen Mund und kommst mit!« Mårten trat einen Schritt vor, doch sofort stellten sich Malena und Inger zwischen ihn und Anna.

»Ich will mit ihr alleine sein«, sagte er wütend.

Inger wandte den Kopf zu Anna. »Möchtest du das auch?«

Anna war blass. Tapfer schüttelte sie den Kopf, und Inger schaute Mårten wieder an. »Wir bleiben!«

»Ihr blöden Weiber«, regte er sich auf. »Ihr habt Anna doch erst gegen mich aufgehetzt.«

Malena und Inger schauten sich an und brachen gleichzeitig in Gelächter aus. »Das hast du schon ganz alleine geschafft«, sagte Inger.

»Ich wüsste gerne, warum du sie jetzt zurückhaben willst«, ergänzte Malena.

Inger schaute Mårten eine Weile prüfend an, und plötzlich dämmerte es ihr. »Du hast dich erkundigt, was du für dein Kind bezahlen musst, und da hast du dir ausgerechnet, dass es billiger ist, wenn du die Mutter als kostenlose Arbeitskraft behältst.«

Er sah sekundenlang aus wie ein ertappter Sünder, und Inger wusste, dass sie richtiglag. Gleich darauf verzog sich sein Gesicht wieder zu einem hämischen Grinsen.

»Keine Öre bekommt sie von mir«, zischte er.

»Das werden wir schon sehen«, sagte Inger ganz ruhig. »Am besten lassen wir das eure Anwälte klären.«

»Anwalt?« Seine Augen flackerten unruhig. »So weit muss es ja nicht gehen.«

Inger blieb weiterhin ruhig. »Das liegt ganz bei dir. Aber jetzt möchte ich, dass du verschwindest. Und wage es nicht noch einmal, unangemeldet hier aufzutauchen.«

Mårten blieb auf der Stelle stehen, bis Inger und Malena sich gleichzeitig einen Schritt auf ihn zu bewegten. Unsicherheit lag plötzlich in seinem Blick, und ihm wurde offensichtlich klar, dass Inger und Malena sich nicht so leicht einschüchtern ließen wie die junge Anna.

Mårten drehte sich um und ging. Dabei murmelte er etwas, was verdächtig nach »dämliche Weiber« klang.

Der Rest des Tages verlief weihnachtlich harmonisch. Malena und Inger kochten zusammen, Anna erzählte den Kindern Geschichten von den drei Kobolden Tomtebisse, Tomte und Nisse. Und natürlich vom Jultomte, dem roten Weihnachtsmann, der am Weihnachtsabend mit einem Sack Geschenke vorbeikam.

Anna verstand es so spannend zu erzählen, dass selbst die beiden Großen gebannt zuhörten.

Am Nachmittag spielten sie alle zusammen ein Gesellschaftsspiel. Es wurde viel gegessen und getrunken, bis sie alle matt und träge waren. Selbst Lasse und der dicke Kater Felix wirkten satt und zufrieden.

Nur Thorsten ließ sich den ganzen Tag nicht blicken. Als Inger dies Malena gegenüber erwähnte, zuckte sie nur kurz mit den Schultern, als wäre es ihr völlig gleichgültig.

»Was ist eigentlich mit euch los?«, fragte Inger ein wenig ärgerlich. »Ihr seid schon eine ganze Weile so komisch miteinander.«

Malena öffnete den Mund, schloss ihn wieder und sagte dann niedergeschlagen: »Wir sind einfach in grundsätzlichen Dingen unterschiedlicher Meinung, und bevor es Streit gibt, gehen wir uns lieber aus dem Weg.«

Viele Worte, die nichts besagten. Aber zu mehr war Malena nicht bereit.

Ganz spät am Abend, als alle im Bett lagen, ging Inger

noch einmal allein nach draußen. Es war eine sternenklare, kalte Winternacht. Eine Nacht, so fand sie, in der durchaus Weihnachtsmärchen wahr werden konnten.

An der Wegbiegung traf sie auf Per. Es war, als hätte es sie beide zueinandergezogen. Sie schauten sich an, dann beugte er den Kopf zu ihr hinunter. Seine Lippen berührten sanft ihren Mund.

Inger erwiderte seinen Kuss, doch diesmal schlang sie nicht ihre Arme um seinen Hals. Als er sich wieder aufrichtete, fragte sie leise: »Was machst du nur mit mir?«

»Was machst du mit mir?«, gab er zurück. »Alles ist anders geworden, du stellst mein ganzes Leben auf den Kopf.«

»Ist das so schlimm?«, fragte sie.

»Ja«, er nickte, schüttelte aber gleich darauf den Kopf. »Nein!«

Beide schwiegen und schauten sich nur an, bis er hilflos sagte: »Ich weiß es einfach nicht.«

Inger begriff, dass er noch Zeit brauchte, dass er über alles in Ruhe nachdenken musste. Was mit ihnen werden sollte, wussten sie jetzt beide noch nicht. Die Unsicherheit erfüllte Inger mit Angst. Sie stellte sich auf die Zehenspitzen, hauchte einen Kuss auf seine Lippen. »Gute Nacht«, sagte sie und machte kehrt. Per hielt sie nicht zurück.

❅

Er kam am nächsten Morgen, gleich nach dem Frühstück. Die Kinder waren in der Schule, Malena war mit Lotta nach Leksand gefahren, um die restlichen Weihnachtseinkäufe zu erledigen. Die Geschenke würden in diesem Jahr weniger üppig ausfallen, darauf hatten Malena und Inger die Kinder bereits eingestimmt.

Alle fünf hatten versichert, dass es nicht wichtig wäre. Sie freuten sich einfach nur auf die schöne Zeit. Auf den Weihnachtsbaum, auf das gute Essen und die gemeinsamen Spiele.

Inger räumte die Küche auf, nachdem sie Anna dazu gebracht hatte, sich ein wenig hinzulegen. Dem Mädchen ging es an diesem Morgen nicht besonders gut. Anna war davon überzeugt, es läge am üppigen Essen des Vorabends.

Plötzlich stand Per hinter ihr in der Küche. Er war so leise hereingekommen, dass Inger einen erschrockenen Schrei ausstieß, als er plötzlich vor ihr stand.

»Steht eure Tür eigentlich immer offen?«

»Ja, tagsüber«, nickte Inger. »Die Villa Pusteblume ist ein Ort, wo jedermann willkommen ist.« Sie machte eine Pause und fügte dann lächelnd hinzu: »Sogar du.«

Per ging darauf nicht ein. »Können wir reden?«

»Ja.« Sie nickte beklommen. Er wirkte so ernst, dass es ihr Angst bereitete.

»Ich weiß immer noch nicht, was da gerade zwischen uns beiden passiert«, begann er. »Ich weiß auch nicht …«

Ein schriller Schrei gellte durchs Haus. Per zuckte erschrocken zusammen.

»Anna!«, stieß Inger gleichzeitig hervor. Sie rannte an Per vorbei ins Wohnzimmer, wo Anna auf dem Sofa lag. Das Mädchen versuchte krampfhaft, sich aufzurichten. In ihren Augen flackerte Panik. »Das Baby kommt!«

Inger blieb wie angewurzelt stehen. Sie starrte Anna an. Spürte selbst die Angst, die in Annas Augen lag. Sie bemerkte kaum, dass Per hinter sie trat. Erst als er eine Hand auf ihre Schulter legte, wandte sie ihm den Kopf zu. »Anna bekommt ihr Baby.«

»Oh!« Er trat einen Schritt zurück.

»Tu doch etwas!«, fuhr Inger ihn an.

»Ja, aber was?«

Inger versuchte, sich zu sammeln. Sie presste die Hände gegen die Schläfen, während Anna laut stöhnte und Per abwartend hinter ihr stand.

»Soll ich heißes Wasser besorgen?«, fragte er hilflos.

»Wozu?«, fuhr Inger ihn gereizt an. »Willst du das Baby kochen, wenn es da ist?«

»Ich weiß nicht.« Er zuckte mit den Schultern. »In Filmen benötigen sie immer heißes Wasser.«

»Das hier ist kein Film, das hier ist die Realität«, fauchte Inger ihn an. Sie wusste, dass sie ungerecht war. Er konnte schließlich nichts dafür, dass sie sich selbst so hilflos fühlte.

»Gibt es hier im Dorf keinen Arzt?«, fragte Per.

Inger atmete tief ein und aus. »In Tällberg gibt es einen Arzt, aber der ist in Urlaub. Deshalb musste ich mit Lotta nach Leksand in die Notfallzentrale.«

»Hast du eine Telefonnummer? Dann rufe ich da an.«

»Auf dem Block neben dem Telefon in der Küche.«

Per ging hinaus, und Inger trat langsam zu Anna. »Glaubst du, du kannst aufstehen? Ich glaube, es wäre besser, wenn wir dich ins Bett bringen.«

Anna versuchte es, sank aber mit einem Schmerzensschrei wieder zurück. Die Wehen kamen in immer kürzeren Abständen.

Zum Glück war Per kurz darauf wieder da. »Sie schicken eine Hebamme«, sagte er, und dann half er Inger, Anna nach oben zu bringen. Auf der Treppe mussten sie immer wieder Halt machen. Es dauerte eine ganze Weile, bis Anna in ihrem Bett lag.

Per blieb tapfer an Ingers Seite, obwohl ihm anzusehen war, wie unwohl er sich fühlte. Auch wenn es den beiden wie eine Ewigkeit vorkam, dauerte es nicht lange, bis die Hebamme kam. Eine freundliche Frau mittleren Alters. Sie strahlte eine solche Ruhe und Gelassenheit aus, dass es sich auf Inger und Per, vor allem aber auf Anna übertrug.

»Du hast Glück, Mädchen«, sagte die Hebamme zu Anna. »Die meisten Erstgeburten ziehen sich hin, bei dir scheint es aber ziemlich schnell zu gehen.«

Es dauerte dann noch bis Mittag. Per war in der Küche und kochte Kaffee für alle. Inger kam hinunter, weil die Hebamme sie gebeten hatte, noch ein paar Handtücher zu holen. Plötzlich war Babygeschrei zu hören.

Per und Inger lauschten und strahlten sich an. Inger fiel ihm um den Hals. »Es ist da«, jubelte sie. »Das erste Baby, das in der Villa Pusteblume geboren wurde.«

Sie ließ ihn los, trat einen Schritt zurück. Ihre Miene verfinsterte sich. »Aber wahrscheinlich auch das einzige Baby.«

»Inger, darüber wollte ich mit dir …«

»Wo bleiben die Handtücher?«, vernahm sie von oben den Ruf der Hebamme.

Inger hätte so gerne noch gehört, was Per sagen wollte, aber der zuckte nur mit den Schultern. »Lass uns später darüber reden.«

Inger lief wieder nach oben. Das Baby schrie immer noch. Sein Gesichtchen war hochrot vor Anstrengung, aber die Hebamme versicherte, dass es ein ganz gesundes und kräftiges Mädchen sei.

Anna strahlte vor Stolz und Glück. Dann durfte Inger das Baby halten. Dick eingewickelt in Handtücher hielt sie das kleine Bündel auf dem Arm. Das kleine Mädchen hatte endlich aufgehört zu schreien. Seine Augen blickten groß und erstaunt in die Welt, in die es so plötzlich hineingestoßen worden war.

Es war so bezaubernd, ein wunderschönes Gefühl. Als sie

aufblickte, sah sie direkt in Pers Augen. Er stand an der Tür, schaute sie und das Kind an. Er lächelte. Dann drehte er sich um und ging.

❄

Per ging nicht direkt nach Hause. Er machte einen kurzen Umweg am gefrorenen See vorbei und dachte über sein ganzes Leben nach. Als er zum Haus kam, das er inzwischen sein Zuhause nannte, war Greta da. Sie saß an ihrem Platz am Fenster und schaute sich kurz um, als er ins Wohnzimmer trat.

»Augusta war eine gute Frau«, sagte sie. »Sie hat im Alter vieles bereut, was sie in ihrer Jugend angerichtet hat.«

Per zog die Augenbrauen zusammen. »Wieso sagst du so etwas? Wieso sagst du es ausgerechnet heute?«

Greta hatte schon wieder vergessen, was sie gesagt hatte. »Ich wünsche mir zu Weihnachten ein neues Kleid«, sagte sie im Kleinmädchenton. »Eines mit ganz vielen Rüschen und einer Schleife im Nacken. Ob Mama und Papa mir das schenken?«

»Bestimmt«, nickte Per.

Greta sah wieder aus dem Fenster. »Ich mag den Schnee«, plauderte sie weiter. »Ob der See schon so zugefroren ist, dass ich Schlittschuhe darauf laufen kann?«

Es war eine Frage, die sie fast immer stellte, wenn sie hier am Fenster saß. Automatisch gab Per ihr die immer gleichlautende Antwort. »Warte lieber noch ein bisschen.«

»Du hast recht«, nickte Greta und schaute schweigend nach draußen.

Per ging zum Schreibtisch. Alles, was in den vergangenen Wochen passiert war, besonders aber Gretas Worte, bewogen ihn dazu, Augustas Brief aus der Schublade zu nehmen.

Er zögerte einen Augenblick, bevor er den Umschlag aufriss. Er schloss kurz die Augen, faltete ihn auseinander, und dann las er, was Augusta ihm unbedingt mitteilen wollte.

Lieber Per,

ich kann bis heute nicht begreifen, wieso ich ausgerechnet dir gegenüber so grausam und herzlos reagieren konnte. Du bist der einzige noch lebende Verwandte, der Sohn meiner Schwester, die ich einmal so sehr geliebt habe.

Ich habe schlimme Dinge getan, mein lieber Per, auf die ich nicht stolz bin. Ich habe deinen Vater geliebt und alles darangesetzt, ihn und deine Mutter auseinanderzubringen. Nachdem es mir nicht gelungen ist, habe ich deine Mutter wegen meiner grenzenlosen Eifersucht aus ihrem Elternhaus vertrieben. Ich habe es durchgesetzt, dass ich die Alleinerbin meines Vaters wurde und deine Mutter nur ihr Pflichtteil erhielt.

Einmal war deine Mutter bei mir, du erinnerst dich wahrscheinlich nicht mehr daran, obwohl sie dich damals mitgebracht hatte. Sie wollte sich mit mir versöhnen. Ich war immer noch viel zu verletzt. Mein Herz war verhärtet, ich konnte die Hand nicht ergreifen, die sie mir zur Versöhnung entgegenstreckte.

Als deine Eltern starben, war ich immer noch voller unversöhnlichem Hass. Du warst das Produkt ihrer Liebe und für mich das Symbol all dessen, was ich verloren hatte.

Ich hatte vergessen, dass du weit mehr warst. Ein unschuldiges, hilfloses Kind. Einsam und verlassen, völlig verstört durch den plötzlichen Tod seiner Eltern.

Ich habe dich im Stich gelassen, Per, und es vergeht kein Tag, an dem ich mir deswegen keine Vorwürfe mache. Ich bin einsam geblieben, wegen meiner eigenen Hartherzigkeit. Ich habe versucht, einen Teil meiner Schuld wiedergutzumachen, indem ich ein Heim hier im Ort unterstütze. In jedem dieser Kinder sehe ich dich.

Wenn du diesen Brief liest, mein lieber Per, gibt es mich nicht mehr. Ich hoffe, ich bekomme in einer anderen Welt die Gelegenheit, deine Mutter um Verzeihung zu bitten.

Per, mein lieber Junge, ich wünschte, ich hätte dich zu mir genommen. Ich wünschte, ich hätte dich aufwachsen sehen und dir all das gegeben, was ein Kind verdient. Ich weiß, meine Schuld wird auch nach meinem Tod nie vergehen.

In Liebe, deine Tante Augusta

❄

Tief bewegt faltete Per den Brief zusammen. Als er aufschaute, blickte er geradewegs in Gretas Augen.

»Glaubst du, dass du ihr verzeihen kannst?«, fragte Greta und wirkte zum ersten Mal, seit er sie kannte, kein bisschen verwirrt.

»Ja«, nickte Per, und es war ihm anzusehen, dass eine jahrelange Last von seinem Herzen genommen wurde. »Jetzt kann ich ihr verzeihen.«

»Das ist gut, mein Junge.« Greta stand auf. »Ich gehe dann jetzt nach Hause.«

»Nach Hause?«, fragte Per verwirrt. Bisher hatte Greta doch immer behauptet, hier wäre ihr zu Hause.

»Nach Hause«, nickte Greta, »zu Asta und den Kindern.«

»Ich bringe dich hin«, sagte Per, doch davon wollte Greta nichts wissen.

»Ich bin noch recht gut zu Fuß, mein Junge, und meine alten Knochen wollen hin und wieder ein wenig bewegt werden.«

Per ließ sie gewähren, rief aber bei Asta an und sagte ihr, dass ihre Mutter auf dem Heimweg wäre.

Greta kam nie wieder in Augustas Haus, und Asta erzählte

ihm später einmal, dass sie auch nie wieder danach verlangte, nach Hause zu gehen.

Nachdem Greta fort war, rief Per den Anwalt seiner Tante an. »Ich muss Sie dringend sprechen«, sagte er.

❄

Thorsten kam am nächsten Tag mit einem frisch geschlagenen Weihnachtsbaum vorbei und lehnte ihn an die Hauswand neben der Tür.

»Am Freitag komme ich vorbei und stelle ihn auf«, versprach er.

Freitag war bereits der Tag vor Heiligabend. Unglaublich, wie schnell die Adventszeit wieder vorbeigegangen war. Malena kochte und buk seit Tagen. Inger hatte alle Rechnungen bezahlt und empfand das als ganz besonderen Luxus.

Anna und das Baby waren wohlauf. Nils und Jesper hatten die Nachricht von dem Nachwuchs recht unbewegt zur Kenntnis genommen, die Mädchen waren aber allesamt begeistert.

Inger ließ sich von der allgemeinen Weihnachtsstimmung anstecken. Nur wie es mit ihr und Per weitergehen sollte, das war für sie noch vollkommen ungeklärt, bis Dag an diesem Morgen auftauchte und ihr zum dritten Mal ein Einschreiben brachte.

Inger konnte es nicht fassen, aber der Brief kam tatsächlich von Pers Stockholmer Anwälten. Sie riss den Brief auf, las ungläubig erst einmal und dann ein zweites Mal, dass ihre Zahlung zu spät und bisher noch nicht vollständig eingegangen sei, deshalb sei die Räumungsklage beantragt worden.

Nach allem, was zwischen uns passiert ist, nach allem, was wir zusammen erlebt haben. Inger konnte es einfach nicht fassen. Mit allem hatte sie gerechnet, aber das war zu viel. Sie hatte in diesem Mann etwas gesehen, was er einfach nicht war. Sie konnte es drehen und wenden, wie sie wollte. Trotz seiner Küsse, trotz der zärtlichen Momente blieb er ein eiskalter, nur auf seinen Vorteil bedachter Geschäftsmann.

Inger wartete keinen Augenblick. Sie sagte nicht einmal Malena, wohin sie ging. Sie zog ihren Mantel über, verließ das Haus und stand kurz darauf vor Augustas Haustür.

Hart klopfte sie gegen die Tür. Per öffnete. Sie ignorierte seine überraschte Miene, die sich gleich zu einem Lächeln wandelte, und warf ihm den Brief vor die Füße.

»Ich will dich nie wiedersehen«, schleuderte sie ihm entgegen. Damit drehte sie sich um und ging. Für sie war es das endgültige Ende. Sobald das Jahr vorbei war, würde sie ein neues Haus für ihr Kinderheim suchen.

Als Inger nach Hause kam, fand sie Malena in Tränen aufgelöst. Noch mehr Katastrophen, noch mehr Schwierigkeiten? Sie konnte es fast nicht ertragen.

»Was ist passiert, Malena?«

»Thorsten«, stammelte Malena. »Er geht schon vor Weihnachten nach Mariefred.«

»Das ist aber schade«, sagte Inger bedauernd, wunderte sich aber dennoch, dass Malena so verzweifelt war. Besonders in der letzten Zeit hatten die beiden sich doch überhaupt nicht mehr verstanden.

»Warum geht er denn so plötzlich?«

»Meinetwegen«, schluchzte Malena, und dann brach es aus ihr heraus. »Er sagt, er hält es nicht mehr aus, mich ständig zu sehen und zu wissen, dass wir nie zusammen sein können.«

»Wie bitte?« Inger ließ sich auf einen Küchenstuhl fallen.

»Wir lieben uns, aber ich kann doch nicht mit ihm gehen«, weinte Malena. »Ich kann dich doch nicht im Stich lassen.«

Das war es also. Und ich habe nichts bemerkt, dachte Inger. Offensichtlich bin ich unfähig, meine Mitmenschen einzuschätzen. Das habe ich ja schon bei Per Holmqvist hinlänglich bewiesen.

»Ich kann einfach nicht mehr, Inger. Ich kann mir ein Leben ohne Thorsten nicht vorstellen.«

»Und das sollst du auch nicht.« Inger sprang auf und umarmte ihre Schwester. »Ich würde doch nie verlangen, dass du meinetwegen auf dein Glück verzichtest. Im Gegenteil, ich könnte mir keinen besseren Mann für dich vorstellen als Thorsten.«

Malena legte den Kopf zurück und schaute ihr ins Gesicht. Immer noch liefen Tränen über ihre Wangen. »Meinst du das auch wirklich so, Inger? Sagst du das nicht nur, damit ich kein schlechtes Gewissen habe? Und du bist mir wirklich nicht böse, wenn ich mit Thorsten nach Mariefred gehe?«

»Ich nehme es dir höchstens übel, dass du mir nicht schon früher etwas gesagt hast. Ich hätte mich gerne an eurem Glück erfreut.«

Die Tränen versiegten, Malena begann zu strahlen.

Inger ließ ihre Schwester los. »Nun ruf ihn schon an, deinen Thorsten, und sage ihm, dass du mit ihm kommst. Aber nur unter der Bedingung, dass er Weihnachten mit uns feiert.«

Malena machte eine ängstliche Miene. »Aber wirst du das hier auch wirklich alleine schaffen?«

Inger schüttelte den Kopf. »Ich habe schon längst beschlossen, Anna einzustellen. Sie wird dich nie ersetzen können, aber sie kommt gut mit den Kindern zurecht und wünscht sich nichts mehr, als hierbleiben zu können.«

»Ach, Inger«, Malena schluchzte laut auf. »Es tut mir leid, dass ich in letzter Zeit oft so hässlich zu dir war, wo du doch auch so schon genug Sorgen hattest. Ich war so unglücklich, weil ich dachte, dass es für Thorsten und mich nie eine gemeinsame Zukunft geben würde.«

Inger schaute ihre Schwester an. »Du hättest dir selbst viel Kummer erspart, wenn du früher mit mir darüber gesprochen hättest.«

»Ich habe dich sehr lieb«, sagte Malena.

Inger schloss ihre Schwester in die Arme. »Ich habe dich auch lieb, und ich wünsche dir und Thorsten alles Glück der Welt.«

Die nächsten Tage vergingen wie im Fluge. Anna weigerte sich, noch länger im Bett zu bleiben. Lilli, ihre kleine Tochter, schlief die meiste Zeit in einem Stubenwagen, den Thorsten mitgebracht hatte. »Eine Art vorgezogenes Weihnachtsgeschenk«, hatte er gesagt, »weil ich es ja auch ein bisschen Anna verdanke, dass Malena jetzt mit mir geht. Wir sind beide froh, dass du nicht ganz alleine zurückbleibst.«

Inger war zufrieden und traurig zugleich. Sie liebte Per immer noch, kam gegen dieses Gefühl nicht an und wusste gleichzeitig, dass es für sie keine Gemeinsamkeiten mehr geben konnte. Es tat unglaublich weh.

Aber damit werde ich leben müssen, dachte Inger. Irgendwann lässt der Schmerz bestimmt nach.

Der Heilige Abend war da. Gestern hatten sie alle zusammen den Weihnachtsbaum geschmückt, der jetzt glänzend im Wohnzimmer stand.

Die Kinder, vor allem die Kleinen, waren aufgeregt und voller Vorfreude. Viljam kam mit seiner Frau, sie brachten Süßigkeiten für die Kinder.

Thorsten kam auch schon recht früh und half Malena in der Küche. Sie hatte einiges auf dem Speiseplan stehen. Heringe, Schweinerippchen, Weihnachtsschinken, Stockfisch und natürlich den Milchreis, von dem eine große Schale für die Wichtel vor die Tür gestellt wurde.

Die drei Kleinen standen bei Einbruch der Dämmerung immer wieder am Fenster und warteten auf die Weihnachtswichtel, die irgendwo am Himmel von Norden her mit ihrem vollbepackten Rentierschlitten kommen sollten.

Natürlich konnte Ronja es wieder nicht lassen, die Kleinen aufzuziehen. »Ihr seid doch alle blöd, glaubt noch an die Weihnachtswichtel.«

»Du wirst schon sehen«, nickte Nelly mit wichtiger Miene.

Der Tisch war schon gedeckt, das Essen aufgetragen, als Nils plötzlich laut aufschrie. Er war wieder ans Fenster gegangen. »Die – Wichtel – waren – da«, sagte er, und obwohl er doch tatsächlich an die Wichtel glaubte, lag Erstaunen in seiner Stimme.

Ronja und Jesper lachten ihn aus. Auch Malena und Inger warfen sich amüsierte Blicke zu, aber Anna, die hinter Nils ans Fenster getreten war, sagte laut. »Nils hat recht. Da war wirklich jemand.«

Jetzt wurden auch die anderen neugierig und traten ans Fenster. Kein Mensch war zu sehen, aber in einem Kreis aus leuchtenden Julsternen standen weihnachtlich geschmückte Pakete.

»Vielleicht hatten die Wichtel es-s ja eilig und haben des-shalb alles-s vor dem Haus-s abgeladen.« Nils war so aufgeregt, dass er noch stärker lispelte als sonst.

Thorsten und Malena gingen hinaus, um die Pakete zu holen. Beide schauten Inger mit einem sonderbaren Blick an. Sie brachten die Geschenke, an die kleine Namensschilder für jedes Kind angebracht waren, ins Wohnzimmer und verteilten sie unter dem Weihnachtsbaum. Bescherung war erst nach dem Essen.

Für Inger war nur ein Umschlag dabei. »Und du solltest nicht bis nach dem Essen warten«, sagte Malena mit einem feinen Lächeln. »Der Tomte besteht darauf, dass du den Brief sofort öffnest.«

Inger schaute erst sie an, dann Thorsten. Beide blickten sie erwartungsvoll an, und schließlich öffnete sie den Umschlag. Darin war eine Urkunde, die sie als Besitzerin der Villa Pusteblume auswies.

Inger las sie immer wieder, konnte es aber kaum fassen.

Malena trat dicht an sie heran und flüsterte ihr ins Ohr. »Der Tomte steht übrigens draußen und wartet auf dich.«

Inger war wie betäubt, als sie nach draußen ging. Per kam auf sie zu und blieb vor ihr stehen. »Es tut mir leid«, sagte er leise. »Ich hatte vergessen, meine Anwälte zurückzurufen, und so ging dieses Schreiben automatisch an dich raus. Dabei hatte ich längst beschlossen, dir die Villa zu überschreiben.«

»Aber …«

»Kein Aber«, unterbrach Per sie. »Das Haus steht dir ohnehin zu, Augusta wollte es so.«

Inger sah ihn nur an.

»Ich habe meinen Frieden mit ihr geschlossen«, sagte er, »und damit auch mit mir selbst. Ich habe hier übrigens noch

266

etwas für dich.« Er griff in seine Manteltasche und holte ein kleines, perlmuttbesetztes Kästchen hervor. Er öffnete es.

Inger hielt den Atem an, als sie ihr Medaillon erkannte.

»Ich weiß gar nicht, wie ich dir danken soll«, sagte sie leise. »Ich habe überhaupt nichts für dich.«

Per lächelte. »Für den Anfang wäre ich schon mit einem Kuss zufrieden.«

Inger schmiegte sich an ihn und wurde ganz ernst. »Ich liebe dich«, sagte sie.

»Das ist das schönste Geschenk«, sagte er leise. »Ich liebe dich auch.«

Von drinnen waren Weihnachtslieder zu hören. Der Duft des Essens drang zu ihnen, und durch die offene Haustür konnten sie bis ins Wohnzimmer schauen, wo der Weihnachtsbaum in festlichem Glanz erstrahlte.

»Komm mit«, sagte Inger und griff nach seiner Hand.

Per schüttelte den Kopf. »Ich weiß nicht, ob ich dazugehöre.«

»Du gehörst zu mir«, lächelte Inger. »Und damit gehörst du zu uns allen.«

Malena und Thorsten hatten am Fenster gestanden und die beiden beobachtet. »Ich wusste es immer«, sagte Malena leise, »an Weihnachten werden sogar Märchen wahr.«

Rezepte

Lussekatter

150 g Butter
50 ml Milch
3 Päckchen Safran
½ Teelöffel Salz
125 g Zucker
50 g Hefe
850 g Mehl
½ Tasse Rosinen
½ Tasse gehackte Mandeln

Die Butter zerlassen und die Milch leicht erwärmen. Davon eine halbe Tasse Milch abfüllen und darin den Safran mit einem Teelöffel Zucker auflösen. Die Hefe zerkleinern und in eine Rührschüssel geben. Die erwärmte Milch unter Rühren zugeben, bis die Hefe gelöst ist. Nun die zerlassene Butter und die zuvor hergestellte Safranlösung zugeben. Alles gut verrühren. Danach den restlichen Zucker und das Salz unterrühren.

Zum Schluss wird durchgesiebtes Mehl zugegeben. Den Teig gut durchkneten, bis er Blasen wirft und sich vom Schüsselrand löst. Rosinen und Mandeln einarbeiten, dabei einige Rosinen für die Verzierung zurückbehalten. Den Teig zugedeckt eine Stunde an einem warmen Ort gehen lassen. Anschließend gut durchkneten.

Nun Stangen rollen und zu einem »S« formen. In die Mulden Rosinen geben, mit geschlagenem Eigelb bepinseln. Auf ein eingefettetes, mehlbestäubtes Backblech legen. Bei 225–240 Grad ca. 7–10 Minuten backen. Abkühlen lassen. Dazu trinkt man Kaffee oder Glögg.

Pepparkakor

1,5 dl Sirup
3 dl brauner Zucker
3 dl Butter
2 Eier
500 g Weizenmehl
1½ Teelöffel Bikarbonat
(Natron)
1–2 Teelöffel Nelken
1 Teelöffel geriebene Schale einer ungespritzten Orange

Glasur
2 dl Puderzucker mit etwas Zitronensaft verrühren

Zucker mit der Butter verrühren, Sirup aufkochen und darüber geben. So lange rühren, bis die Masse abgekühlt ist. Eier und Gewürze dazugeben. Das Bikarbonat in etwas kaltem Wasser lösen, das Mehl nach und nach zufügen. Alle Zutaten zu einem Teig verkneten und über Nacht ruhen lassen. Den Teig ausrollen und Figuren ausstechen. Bei 200–225 Grad backen. Mit der Glasur Muster und Figuren auf die Pfefferkuchen spritzen.

Glögg

¾ l Rotwein
⅓ Flasche Madeira
1 Esslöffel Kardamomkörner
1–2 Stangen Zimt
60 g brauner Zucker
Schale einer halben ungespritzten Zitrone
2 Esslöffel Rosinen
2 Esslöffel geschälte Mandeln

Wein mit den Kräutern erwärmen, den Zucker in der Mischung auflösen und die spiralförmig geschnittene Zitronenschale dazugeben. Zum Glögg werden Rosinen und geschälte Mandeln serviert.

Ein unvergessliches Weihnachtsfest
mit Kater Kasimir

Elke Schweizer
DER WEIHNACHTSKATER
Roman
ISBN 978-3-404-18550-4

Die erfolgreiche Rechtsanwältin Laura kümmert sich nach dem Tod ihrer Schwester um deren Kinder. Anfangs fühlt sie sich mit dieser Aufgabe völlig überfordert. Aber sie liebt die drei Kinder und möchte ihnen ein schönes Zuhause bieten. Als wäre das alles nicht schwierig genug, bereitet ihr der neue Nachbar auch noch Ärger. Doch dann taucht Kater Kasimir auf. Plötzlich ist alles anders, und bald glaubt sogar die vernünftige Laura, dass es Weihnachtswunder geben kann.

Ein zauberhafter Weihnachtsroman mit einer romantischen Liebesgeschichte und dem eigenwilligen Kater Kasimir

Lübbe

Weihnachtszauber und Hochzeitsglocken in der Seidenvilla

Tabea Bach
WEIHNACHTEN IN
DER SEIDENVILLA
Eine Geschichte im Veneto
ISBN 978-3-404-18521-4

Dieses Weihnachtsfest wird ein ganz besonderes in der Seidenvilla, denn Nathalie und Amadeo werden heiraten. Die Vorbereitungen laufen auf Hochtouren. Allerdings herrscht dicke Luft zwischen den Brautleuten, denn Amadeo erhält am Tag vor der Hochzeit einen Anruf von seiner einstigen Jugendliebe und fährt daraufhin eilig nach Venedig. Dass Nathalies Mutter Angela ihn begleitet, um Seidenschals zum Weihnachtsmarkt-Stand zu bringen, beruhigt Nathalie kaum. Doch dann entwickelt sich alles ganz anders als erwartet ...

Eine wunderbare Weihnachtsgeschichte zur erfolgreichen *Seidenvilla*-Saga

Lübbe